公文庫

夢の上

夜を統《す》べる王と六つの輝晶《きしょう》3

多崎　礼

中央公論新社

目次

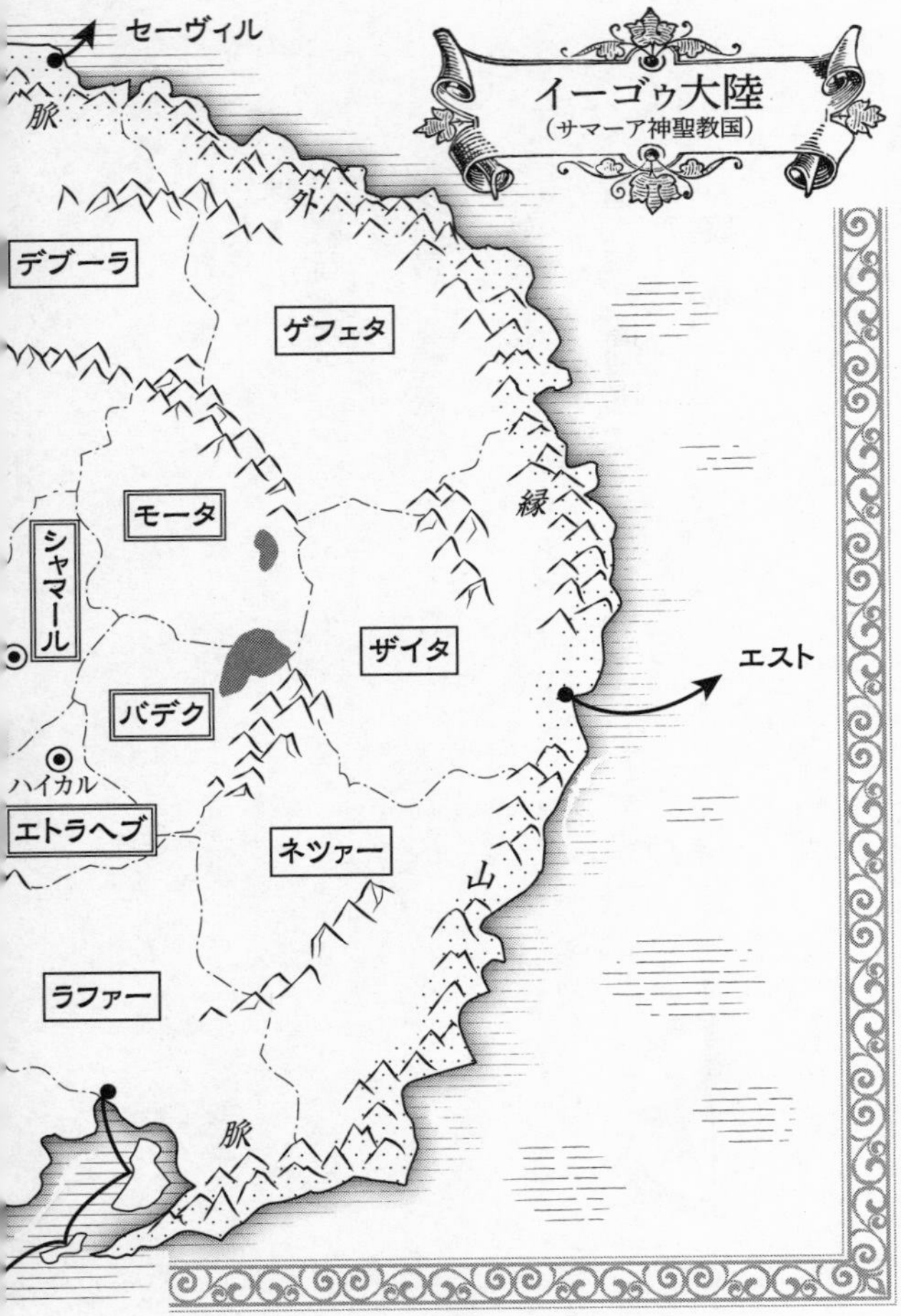
イーゴゥ大陸
（サマーア神聖教国）
セーヴィル
脈
外
縁
山
脈
デブーラ
ゲフェタ
モータ
シャマール
ザイタ
バデク
エスト
ハイカル
エトラヘブ
ネツァー
ラファー

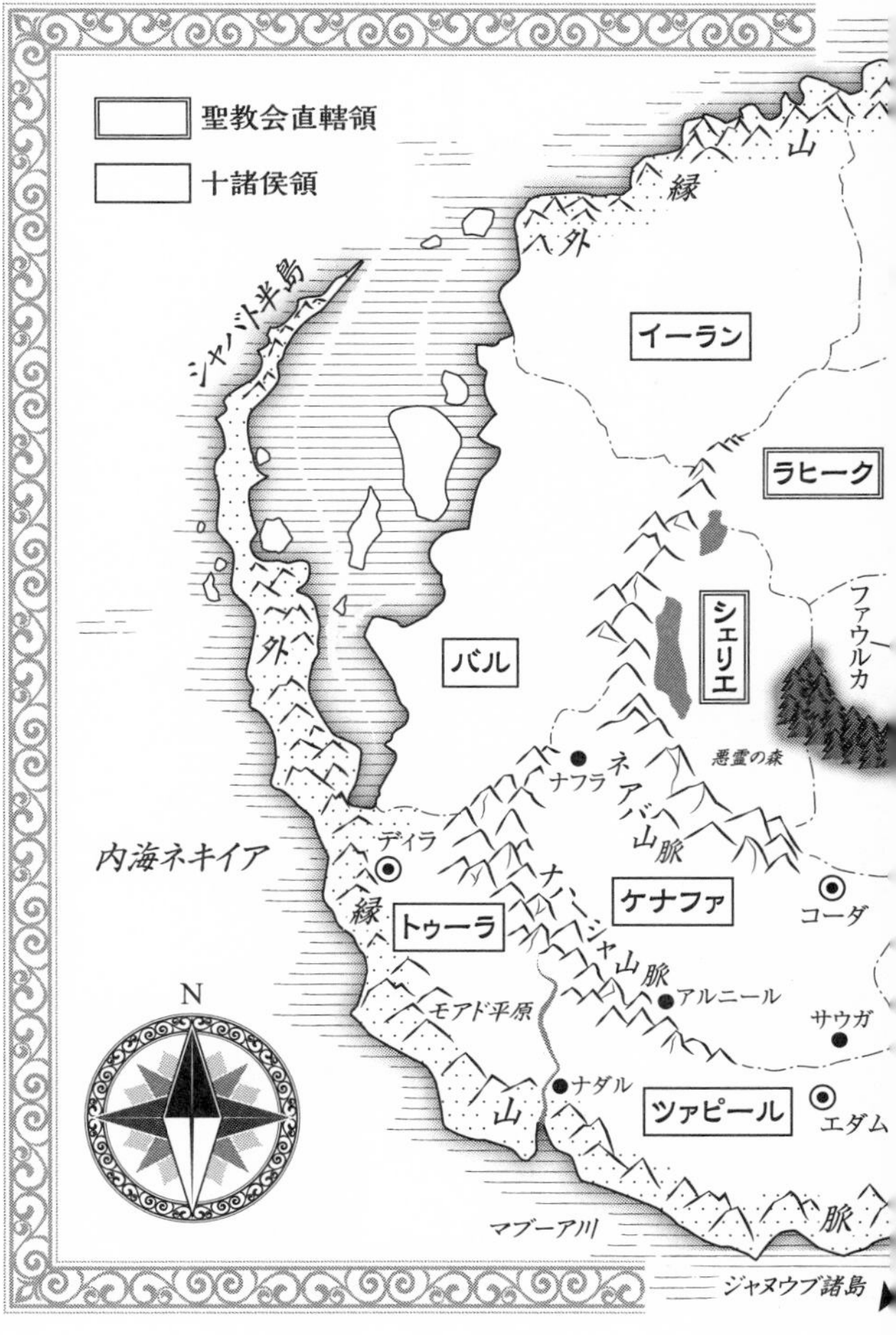
聖教会直轄領
十諸侯領
外縁山
シャバト半島
外
イーラン
ラビーク
シェリエ
ファウルカ
バル
悪霊の森
ナフラ
ネアバ山脈
ディラ
内海ネキイア
ナバジャ山脈
ケナファ
コーダ
縁
トゥーラ
アルニール
モアド平原
サウガ
N
ナダル
ツァピール
エダム
山
脈
マブーア川
ジャヌウブ諸島

夢の上　夜を統《す》べる王と六つの輝晶《きしょう》3

幕間（六）

残り二つとなった宝玉。

夢売りはそのうちの一つを手にした。

「叶《かな》わないとわかっていても、忘れられない夢がある。万に一つの可能性を信じ、捨てられずにいる夢がある。人の夢に限界はなく、それが果てることはない。けれど人の時空は有限で、終わりの時がやってくる」

彼の掌《てのひら》に載せられた白い宝玉。

それは彩輝晶《さいきしょう》の中でも最も貴重で、最も美しいとされる光輝晶《こうきしょう》。

「悲しみによる傷も、憎しみによる歪みも、迷いによる曇りもない夢。それは単純であるがゆえに忘れ難く、純粋であるがゆえに深く心を蝕《むしば》む。夢と呼ぶには純真すぎる、本能にも似た無垢なる願い」

夢売りは光輝晶を両手で包み、そっと息を吹きかけた。

その指の間から白い光が溢れ出す。

百の蠟燭《ろうそく》。

千の光木灯《こうぼくとう》。

一万の篝火《かがりび》。

それよりもさらに目映《まばゆ》い、苛烈《かれつ》な光。

真夜中の広間に現れた、燦然《さんぜん》と輝く真昼の太陽。

「子にとって親は太陽。力強く温かい、無償の光を与えし者。太陽に変わるものなど他にない」

淡々とした夢売りの声。

掌に生まれた峻烈《しゅんれつ》な光に包まれ、その姿は白く霞《かす》んでいる。

「これは怒りと憎しみと慟哭《どうこく》の末、それでも太陽を求めた貴方の『見果てぬ夢』」

ぽたり……

ぽたり……

水の滴《したた》る音が聞こえる――

第五章　光輝晶

岩壁から地下水がしみ出してくる。湿り気を帯びた澱《よど》んだ空気。黴《かび》と埃と腐った水の臭い。地下牢には窓も明かりもない。室内を照らすのは鉄扉《てっぴ》の向こう側から差し込むわずかな光だけ。石の寝台に体を横たえ、私は目を閉じる。

眠ってしまおう。

もう何も見たくない。何も考えたくない。

夢を見よう。時が来るまで夢を見ていよう。

遠くの方から靴音が響いてくる。誰かが石の階段を下り、廊下を歩いてくる。

それが鉄扉の前で止まった。錠前が外される重たい音。何者かが牢内に入ってくる。

「起きろ」

老いた嗄《しわが》れ声に、私は渋々目を開く。

すぐ側に男が立っている。曲がった腰。長く伸びた白髪。目深《まぶか》にかぶったフード。背後に明かりを背負っているため、顔は見えない。

「明日正午、刑が執行される」

淡々とした声音で老人は告げる。

「その前にすべてを話せ。お前が見聞きし、思い描いた夢のすべてを」

「──私にかまうな」

呻《うめ》いて、私は目を閉じる。

「眠らせてくれ」

「お前にはまだ時空が残されている。未練を残したまま死ねば、お前の夢は闇輝晶《あんきしょう》となる。それでもいいのか？」

私は再び目を開いた。

老人が身につけているのは金の縁飾りがついた紫紺《しこん》の長衣。黴臭い文書館に棲《す》み、偽りの歴史を編纂《へんさん》する歴史学者の衣だ。

「話しても無駄だ」

低い声で私は呟いた。

「歴史学者の仕事は、光神王のため、偽りの歴史を書き残すことだ。私が夢を語ったところで、それは記録には残らない」

「記録に残すためではない。私が知りたいのだ」

熱っぽい口調で歴史学者は言う。

「すべてを話してくれたなら、その礼に、よいものをやろう」

「よいもの？」

明日の正午には処刑されるという私に、いったい何をよこそうというのか。

苦笑する私に、執拗《しつよう》に老人は言いつのる。

「自らの行いを悔いているのなら、すべて吐き出してしまえ。お前自身も、心のどこかで、それを望んでいるはずだ」

私は静かに息を吐いた。

彼の言う通りかもしれないと思った。

誰かに聞いて欲しかった。誰かに告白したかった。

長い間、胸に秘めてきたこの想いを。ずっとずっと隠してきた、私の本当の夢を。

「いいだろう」

どうせ記録には残らないのだ。何を話すも自由だろう。

私は身を起こし、石の寝台に腰掛けた。

「私には夢があった。それはとても美しく輝いていて——どうしても諦めることが出来なかった」


高いところが好きだった。

高いところに登ると、遠くがよく見えたから。

眼下に広がるのは王都ファウルカ。肩を寄せ合うようにして連なる四角い建物。天気のいい日には町並みの先に広々とした平原が見えた。

うねうねと続く丘陵。木々の生い茂った森。それが見たくて、屋根に登っては怒られた。木に登っては怒られた。石垣に登っては怒られた。

それでもやめられなかった。

城壁の外、町並みの向こう、はるか遠くに広がる世界。そこに行ってみたいと思った。広々とした草原を息が切れるまで走ってみたい。深い森の中を探検してみたい。まだ見たことのない世界を見て、いろんな人と話がしてみたい。

ある日、図鑑を見ていて、いいことを思いついた。もし鳥のように空を飛ぶことが出来たら、私はここから出て行ける。遠くまで飛んでいっても夕食までには戻ってこられる。きっと誰にも気づかれない。

私は鳥の真似をして手を羽ばたかせた。両手を広げて全速力で走ると、体が浮きあがるような気がする。なかなかいい感じだ。でも私は知っている。鳥の雛《ひな》だっていきなり飛ぶことは出来ない。何事にも訓練が必要だ。

まずは低いところから始めよう。

私は裏庭にある橋の欄干《らんかん》によじ登り、そこから天に向かって飛んだ。鳥のように手をばたつかせる……暇もなく落ちた。小川に突っ込み、しかも両膝を擦《す》り剝《む》いた。びしょぬれのままべソをかいていると、母さまが慌てて駆け寄ってきた。

私の無事を確認した後、母さまは安堵《あんど》の息をつき、それから怖い顔で私を叱った。

「だから高いところに登っちゃ駄目だって、いつも言っているでしょう！」

アルティヤは呆れながらも、私の膝に薬を塗ってくれた。

「お元気なのはよいことだども、アライス様は本当に生傷が絶えねぇですだなぁ」

膝の痛みを堪《こら》えながら、私は光神サマーアに祈った。

神さま、神さま、どうか私に翼を下さい。ここを飛び出して、遠くの地平まで飛んでいかれるよう、強い翼を授けて下さい。

けれどどんなに祈っても私の腕は人のまま、羽が生えてくることもなかった。

光神サマーアは全知全能の神。なのに光神サマーアは、私の願いを叶《かな》えては下さらなかった。

「驚いたな」

歴史学者は声を震わせた。驚嘆とも畏怖《いふ》とも取れる低い声音。

「お前はそんな幼い頃から光神サマーアの存在を疑っていたというのか？」

「疑ってなどいない。心から信じていた。だからこそ光神サマーアが私の願いを叶えて下さらないのは、私のせいなのだと思っていた」

「お前が、女だったからか？」

「ああ……そうだ」


子供の頃は深刻な悩みなどなかった。女に生まれたことに引け目を感じることもなく、そのために引き起こされるであろう災難にも考えが及ばなかった。

そんな私に、母さまは言った。

「良き王になりなさい。国の第一の下僕《げぼく》となり、国の幸せのために尽くしなさい。民のことを第一に考え、民の幸福と平和を守るためにその身を捧げなさい。そうすれば、みんなが貴方を認めてくれる」

その一方で、彼女は毎晩私に言い聞かせた。

「貴方が女の子であることを誰かに知られたら、貴方も母もアルティヤも殺されてしまいます。だから決して自分が女の子であることを知られてはいけません。わかりましたか？」

母さまは厳しかったが、深く私を愛してくれた。アルティヤは面白い話をたくさん聞かせてくれたし、女官達と遊ぶのも楽しかった。部屋は暖かくて心地よく、朝夕の食事は美味しく、満腹になって潜り込む寝台はいつだって柔らかだった。

それは私にとって当たり前のことだった。天に光神サマーアがおられる限り、この世は平和で喜びに満ち溢れている。この幸せな日々はいつまでも続く。そう信じて疑わなかった。

けれど、世界はゆっくりとその本性を現す。

きっかけは六歳の冬。肌寒い十月《テシュリーン》のことだった。

その日も私は裏庭を駆け廻っていた。息を弾ませ、泳ぐようにして藪《やぶ》をかきわける。細い小枝がピシピシと顔にあたる。

林を通り抜け、鉄柵沿いに石垣へと向かった。石垣の近くには行っちゃ駄目と言われていたが、駄目と言われれば言われるほど、行きたくなるのはなぜだろう。大人達の目を盗んで石垣の上に立ち、城外に広がる世界を眺めることが、私の密かな楽しみになっていた。

藪が開けた。目の前に私の背丈ほどの石垣が現れる。

そこで、私は足を止めた。

石垣の上に誰かが立っている。鉄柵の向こう側、左手で鉄柵を掴んで、はるか遠くに目を向けている。生まれて初めて見る、私と同じ年頃の子供だった。銀糸で刺繍《ししゅう》が施された長衣。絹《ハリール》で出来たゆったりとした下衣。革の靴はぴかぴかで、まだ真新しい。

彼を一目見て、私は直感した。

この子も鳥になりたいのだと。なぜなら彼は今にも石垣を蹴って、飛んでいきそうに見えたから。でも人は空を飛ぶことは出来ない。それは私が身をもって学んだ数少ない知識の一つだった。

だから私は、彼に声をかけた。

「石垣に登ると怒られるんだぞ?」

彼はびくりと肩を震わせて、私を振り返った。

銀色の髪。青い眼。誰かに似ていると思ったけれど、誰だかわからなかった。会うのは初めてなのに、初めて会ったという気がしなかった。

自分のことは棚に上げ、私は彼に向かって言った。

「危ないから石垣の上には登っちゃいけないんだ。見つかったら、お前、母さまに叱られるぞ?」

彼は不思議そうに私を見つめた。

「君が、アライスか?」

びっくりした。なぜこいつは私の名前を知っているのだろう。急に怖くなった。でも逃げ出して、臆病者だと思われるのは嫌だった。

私は石垣に登ると、鉄柵を挟んで彼の隣に立った。

「鳥になって、遠くまで飛んでいきたいって思っているんだろう?」

「……」

「やめておけ。人の手は飛ぶのに向かない」

「ああ」と答え、彼ははるか彼方の地平に目を向けた。「わかっている」

「ならいい」

私達は黙ったまま、目の前に広がる景色を眺めた。

どこまでも続く光神サマーア。その下に広がる町並み、丘陵、遠く霞《かす》んだ森。目に見えても、決して触れることの出来ない世界。

ふと胸が熱くなった。泣きたいような笑い出したいような、不思議な気持ちだった。

それが何だったのか、今でもよくわからない。

ただ、感じた。こいつは私と同じだと。こいつも空を飛びたいと思っているんだ。ここを出て、遠くに行きたいと思っているんだ。

私は思い切って呼びかけた。

「なあ、お前。こっち来て、一緒に遊ばないか？」

彼は探るような目で私を見た。

「……本気か？」

第一離宮の庭に入ってはいけないと、母さまはいつも言っていた。もし見つかれば間違いなく大目玉を喰らう。だから本当は後ろめたかったのだが、私は虚勢《きょせい》を張って胸を反《そ》らした。

「本気だとも！」

「私がツェドカ・アプレズ・シャマール・サマーアだと知った上で、誘っているのか？」

「……ツェドカ？」

どこかで聞いた名前だ。私は首を捻《ひね》った。どこで聞いたのか、懸命に思い出そうとした。

「あ、もしかしてパラフさまの子供の――？」

「気づいていなかったのか？」

「うん」

私が頷くと、彼はため息をついた。

なんだか馬鹿にされたようで面白くない。

「初めて会ったんだ。わからなくて当然だろう？」

ツェドカは何かを言い返しかけたが、何も言わずに肩を落とした。

「それで、どうする？」と私は続けた。「お前になら、淡雪茸《あわゆきだけ》が生えてる場所を教えてやってもいい」

淡雪のような白い綿をかぶったキノコ。指先で触れるとしゅわしゅわと溶けていく。それは滅多に見つからない私の宝物だった。それを見せてやると言っているのに、ツェドカはまだ迷っている。

私は裏庭へと飛び降りた。

「来るのか来ないのか、早く決めろ」

一瞬の間を置いて、ツェドカは答えた。

「わかった」

彼は鉄柵を左手で摑み、体半分を石垣の外に浮かせた。もし足を滑らせたら、はるか下まで落っこちる。私は内心ハラハラしながら彼の様子を見守った。

ツェドカは鉄柵の外をぐるりと廻り、こちら側の石垣に立った。

「お前、度胸あるなあ」

私は素直に感嘆した。その勇気に敬意を表して、彼に手を差し出した。

「来いよ」

ツェドカは私の手を握り、庭に降り立った。急に楽しくなってきた。私は歓声を上げ、林に向かって走り出した。

次の日も、そのまた次の日も、ツェドカは同じ場所に現れた。私達はすぐに打ち解けた。大人達の目を盗み、一緒に第二離宮の裏庭で遊んだ。木に登ったり、根本の土を掘り返して幼虫を探したり、いろんな種類のキノコを集めたり、樹液に誘われて木の幹に集まってくる虫を捕ったりした。

中でも私のお気に入りは、枯れ枝を剣に見立てて騎士の真似をすることだった。

「さあ、こい！　勝負だ！」

私は木の剣を構えた。ツェドカも木の棒を構える。彼が繰り出す勢いのない突きを私は難なく払いのけた。ツェドカは体勢を崩し、勢いあまってすっ転ぶ。

ずっと第一離宮に閉じこめられていたツェドカは、身体を動かす遊びに慣れていなかった。だから騎士ごっこでは常に私が優位に立った。というか、頭ではとても彼にかなわないとわかっていたからこそ、私は騎士ごっこが大好きだったのだが。

「なんだ、もう降参か？」

「降参はしない」

ツェドカは立ちあがると、汚れた服を気にする風もなく、再び打ちかかってくる。さっきよりも速い。私は右に跳んでそれをかわし、すれ違いざまに彼の肩を木の枝で叩いた。

ツェドカは呻いて後じさった。苦痛に顔を歪め、打たれた肩を左手で押さえている。これで降参するだろうと思った。しかし、彼は諦めなかった。鈍い音を立てて木の棒がぶつかりあう。ツェドカは何度打たれても怯《ひる》むことなく、何度転がされても立ちあがった。疲れ切ってフラフラしているくせに、決して「参った」と言わなかった。

どんなにツェドカが粘り強くても、負ける気はしない。が、いい加減、疲れてきた。

「なあ、少し休まないか？」

「――降参するか？」

「ば、馬鹿いうな。降参なんてするもんか！」

「じゃ、続行だ！」

意地を張って打ち合ううちに、手が痺《しび》れたのか、ツェドカが棒を取り落した。今度こそ降参するだろうと思ったのに、彼は棒を拾い、身構える。

私はウンザリして言った。

「お前、ほんとにしつこいな？」

「当たり前だ」肩で息をしながらツェドカは真顔で言い返した。「光神王に降服は許されない」

私は呆れた。なんて頭の固い奴なんだ。

とはいえ、私も負けを認めるのは嫌だった。けれど、これではいつまでたっても休めないし、何よりちっとも楽しくない。そこで私は浅知恵を働かせた。

「ツェドカ殿下の心意気、アライスは心より感動いたしました」

母さまが毎晩話してくれる物語。それに出てくる騎士のように、私は右の拳を胸に当てた。

「貴方がこの国をよりよき未来に導く王となるなら、私は貴方とこの国を守る王となりましょう」

「そんなこと、軽々しく口にするものじゃない」

頑《かたく》なな声でツェドカは言い返した。

「王になれるのは一人だけ。君か私のどちらか一方だけだ」

「そんなの誰が決めた?」

「誰が……って——」

ツェドカは言葉に詰まり、目を白黒させた。

それが小気味よくて、私は笑った。

「じゃあ、これで終わり」

私は木の棒を放り出した。

「おやつを食べよう。お前もお腹すいただろう?」

ツェドカは呆れたように首を横に振り、木の棒を足下に置いた。

私達は背の高い木に登ると、枝に並んで腰掛け、母さまが持たせてくれたカアクを分け合って食べた。眼下に広がる王都の町並み。その先に広がる平原。カアクを食べ終わった後も私達は枝に腰掛けたまま、飽きることなくその風景を眺めていた。

天を覆う光神サマーアが赤味を帯びる。周囲が暗くなってくる。そろそろ戻ろうと、私が言いかけた時だった。

「一つ聞かせてくれ」

赤く染まった地平に目を向けたまま、ツェドカが私に問いかけた。

「君は光神王になりたくないのか？」

「なりたいさ。なりたいに決まってる」

そう言ってから、私は正直に答えた。

「けど、お前は私の大切な友達だ。争いたくない」

「でも――」

「私は頭が悪いから、難しいことを考えるのはお前に任せる。そのかわり私はうんと強くなって、お前とこの国を守る」

我ながら名案だと思った。私は悦に入り、晴れ晴れと笑った。

「なあ、それでいいじゃないか？」

ツェドカはまじまじと私を見つめ、諦めたようにため息をついた。

「君は時々、恐ろしいことをいとも容易《たやす》く口にする」

「そうか？」

「自覚していないところが、また恐ろしい」

そう言いながら、彼も笑った。自嘲しているようにも、馬鹿にしているようにも取れる、複雑な微笑みだった。

だから、私は聞きそびれてしまったのだ。

「それはどういう意味だ？」と。

「何がそんなに恐ろしいんだ？」と。

そう……私は知らなかったのだ。自分が置かれた状況の危うさを、ツェドカが抱いた危機感の正体を、まるで理解していなかったのだ。

その片鱗に気づいたのは、ツェドカと遊ぶようになって三カ月《シャハル》あまりが経過した頃だった。いつものように石垣に登り、鉄柵を迂回《うかい》しようとした時、不意にツェドカは顔をしかめて手を引っ込めた。

どうした——と尋ねようとして、私は気づいた。ツェドカの左手に包帯が巻かれている。

「その手、どうしたんだ？」

ツェドカは左手を背後に隠した。

「……黒い母にやられた」

「黒い母？」

ツェドカは頷くと、こちら側に来ることを諦め、石垣の上に腰を下ろした。私は石垣に登り、鉄柵を挟んで彼の隣に腰を下ろした。

「痛むのか？」

「ああ」彼は恨めしげに鉄柵を見上げた。「しばらくそちらに行かれそうにない」

「じゃあ、私がそっちに行——」

「駄目だ」厳しい口調でツェドカが遮《さえぎ》った。「こっちに来ちゃいけない」

「……なんで？」

「黒い母に見つかったら、君は殺される」

「まさか!」

私は鼻で笑い飛ばそうとした。ツェドカが私を脅《おど》かそうとしているのだと思ったのだ。けれど彼の真剣な目を見て、慌てて笑いを引っ込めた。

「お前の母さまは、そんなに怖い人なのか?」

「怖くはない」

吐き捨てるように、彼は言った。

「ただ理解出来ないだけだ。あの女が何を考えているのか、私にはまったく理解出来ない」

自分の母さまのことを『あの女』なんて呼ぶものじゃない……と言いたかったが、とても言えるような雰囲気じゃなかった。

「あの女は光神王を憎んでいる。光神王の息子である私のことも憎んでいる」

珍しくツェドカは怒っていた。いや、怒っているというより、憤《いきどお》っていたというべきかもしれない。

「女は何かに頼らずには生きていけない。困難な状況に直面すると冷静な判断力を失う。すぐ感情に流され、己を見失う。自分が不幸なのは他の誰かのせいだと決めつけ、自分が悪いのだとは欠片《かけら》も思わない。可哀相な自分。可哀相な私。そう嘆いては周囲に当たり散らし、他人の気持ちなど考えもしない」

息つく間もなく吐き出して、ツェドカは傷ついた左手を握りしめた。

「女というものは、なんて感情的で弱い生き物なんだろう」

この時の私は、自分が女であることをまだ自覚していなかった。でも女は弱いと断言されるのは面白くなかった。本当は言い返したかったのだけれど、やめておいた。何を言っても言い負かされるのは目に見えていたし……何よりツェドカはとても悲しそうだった。今にも泣き出しそうに見えた。

あの時、彼は自分が実母に憎まれる理由を必死に探していたのだ。今ならば、彼の気持ちがよくわかる。無理からぬことだと同情もする。しかし浅薄な子供であった私は、その考えに至る賢さを持ちあわせてはいなかった。

ツェドカが放ったこの言葉は、熾火のように私の胸中で燻《くすぶ》り続けた。

それが炎を上げて燃え出したのは七歳の誕生日のことだった。

その頃には、私がツェドカと遊んでいることは、母さまにもアルティヤにも知られていた。アルティヤはいい顔をしなかったけれど、母さまはいつもおやつを二人分用意してくれた。

私は嬉しくて仕方がなかった。さすがは私の母さまだと思った。

母さまは、努力し続ければ手に入れられない物などないということを教えてくれた。女である私でも、正しき道を歩めばいつか必ず認められると教えてくれた。

母さまは私の誇りだった。「夕食にツェドカを招きたい」と言ったのは、彼に同情したからじゃない。母さまを見せびらかしたかったからだ。私の母さまはこんなにも寛容で優しいのだと、ツェドカに自慢したかったからだ。

卑劣な私の残酷な思いつき。それが、あの悲劇を招いた。

私とツェドカの誕生日。私と母さまは、ツェドカの母さまに夕食会に招かれた。

初めて見るパラフさまはとても綺麗な人だった。肌は抜けるように白く、髪は真っ黒でつやつやとしていた。もちろん私の母さまには負けるけれど、目を見張るほどの美人だった。

私はツェドカの耳元に口を寄せて囁《ささや》いた。

「お前の母さま、綺麗だな」

「今日は白い方だからね」

ツェドカはかすかに頰を赤らめた。

「でもハウファの方がもっと綺麗だ」

夕食会は楽しかった。次々と運ばれてくる料理は、どれも舌が蕩《とろ》けるほど美味しかった。こんな美味しい物を毎日食べているのかと、私はツェドカを羨《うらや》ましく思った。

やがて食事が終わり、食後のお茶が運ばれてきた。女官達が去り、居間には私とツェドカ、母さまとパラフさまだけが残される。

「ちょっと失礼いたしますね」と言って、パラフさまが席を立った。

私は横目で彼女の動きを追った。パラフさまは扉に向かい、後ろ手で鍵を閉めた。私は不安になった。なんで鍵を閉めるんだろう。彼女はいったい何をするつもりなんだろう。

パラフさまは棚から宝玉箱を取って戻ってきた。にっこりと微笑んで、それを母さまに差し出した。

「今日の記念にこれを差し上げます。どうぞお受け取り下さい」

母さまは立ちあがると、礼を言って宝玉箱を受け取った。

「開けてみて下さいませ」

パラフさまは母さまの手に手を重ね、優しい声で繰り返した。

「開けてみて？」

「開けるな！」

いきなりツェドカが立ちあがった。テーブルを廻り、母さまに駆け寄ると、宝玉箱へと手を伸ばす。

「邪魔をするな！」

パラフさまは宝玉箱を奪い取ると、それでツェドカを殴った。ツェドカはテーブルにぶつかり、跳ね返って床に倒れる。

「ツェドカ！」

私は慌てて立ちあがり、彼を助け起こした。

ツェドカは呻いて右目を押さえた。流れ出した血が頰を伝っている。

私はカッとなった。ツェドカを背に庇《かば》い、パラフさまを睨《にら》みつける。

「何をする！」それが母親のすることか――と続けようとして、私は息を飲んだ。

パラフさまは笑っていた。冷え冷えとした眼差し、歪んだ唇、血も凍るような冷笑。それを目《ま》の当たりにして、情けないことに、私は身がすくんでしまった。怒らなければならないのに、ツェドカと母さまを守らなければならないのに、怖くて体が動かない。

「早くお開けになって下さいまし」

パラフさまは母さまにすり寄った。まるで内緒話をするみたいに、母さまの耳に口を寄せる。

「ハウファ様、貴女もご覧になったのでしょう？　あの悪夢を。あのおぞましい穢《けが》れの正体を。

あんな穢れた存在を神と崇《あが》める輩《やから》など、みんな滅びてしまえばいい。そう思いませんこと？」

わけのわからないことを言いながら、パラフさまは宝玉箱をひっくり返した。蓋《ふた》が開き、目にも鮮やかな、色とりどりの彩輝晶《さいきしょう》が撒《ま》き散らされる。

意味がわからず、私は混乱した。

パラフさまは何をしているんだ？

彩輝晶を撒いて、どうするつもりなんだ？

「――！」

母さまが声にならない悲鳴を上げた。

私は母さまを見てから、母さまが見つめる先に目を向けた。

最初は誰かの影が壁に映っているのだと思った。が、すぐに違うとわかった。そこには誰もいない。立っているのは影だけだ。

死影《しえい》――人を襲い、人の魂を喰らうという化け物。母さまから幾度となく聞かされてはいたけれど、実際に目にしたのはこの時が初めてだった。

死影がゆるりと動き出す。滑るように、こちらに向かってやってくる。

座り込んだまま、私は動けなかった。逃げなければと思っても、体がいうことを聞かなかった。怖くて、恐ろしくて、ただ死影を凝視することしか出来なかった。

「立って！」

母さまに腕を引かれ、私はようやく立ちあがった。

「さあ、走って！」

よろめきながら、裏庭に面した格子窓《こうし》に向かって走る。母さまは格子窓を開こうとしたが、開かない。そうしている間にも死影はするすると近づいてくる。

「カーテンの後ろに隠れていなさい」

母さまは傍《そば》にあった花瓶を持ち上げ、格子窓に叩きつけた。花瓶が砕け、窓硝子《ガラス》が割れる。窓枠に残った硝子片を取りのけ、母さまは私の背中を押した。

「早く、外へ！」

私は四つんばいになって、狭い窓枠をどうにかくぐり抜けた。すぐさま立ちあがって振り返る。

「母さまも早く——」

声が、喉で凍りついた。

母さまのすぐ後ろに死影が立っている。大鎌のような手を振りあげている。母さまはツェドカを抱きしめ、彼を庇って死影に背を向ける。

「母さまッ！」

大鎌が振り下ろされる——！

その瞬間、私は目を閉じた。

背筋が凍るような沈黙。

世界中の生き物が死に絶えたかのような静寂。

「ツェドカ！」

切り裂くような母さまの声。

私は目を開いた。

死影は消えていた。母さまはツェドカを抱きかかえ、彼の名前を呼んでいる。

咄嗟《とっさ》に私は思った。ツェドカは死んだのだと。死影に殺されてしまったのだと。

大切な友人を亡くした衝撃と悲しみ。自分だけ逃げてしまったという罪悪感。私は再び格子をくぐり抜け、第一離宮の居間に戻った。

「母さま！」

母さまの背中に抱きつく。

「ああ、アライス。怪我はしませんでしたか？」

母さまは私を抱きしめてくれた。その白い手は血まみれだった。硝子の破片で切ったのだ。

「私は大丈夫です。母さまこそ、お怪我をなさってます。大丈夫ですか？　痛くありませんか？」

答えるかわりに、母さまは痛そうに顔をしかめた。

それを見て、私は立ちあがった。

「私、助けを呼んで参ります！」

その時、どすん！　という音が響いた。誰かが居間の扉を破ろうとしているのだ。私が息を飲んで見守る中、大きな音を立てて扉が開かれた。先を争うようにして、大勢の人が居間になだれ込んでくる。

「お嬢様っ！」

血相を変えて、アルティヤが駆けつけてきた。

「ああ、こんなお怪我をなさって、いったい何があっただか。いったい誰がお嬢様にこんなことをしただかね」

母さまはゆっくりと首を横に振った。

「なんでもないの」

「何を言うですだ。こんな大騒ぎになって、何もないではすまされねぇですだよ！」

「その通りです」背の高い、痩せた男が口を挟んだ。「このような事件は前代未聞です。何があったのか、ご説明願えますかな？」

男は眼を細め、母さまを睨んだ。それを見て、私は一発でこの男が嫌いになった。

「ハウファ様——よもやとは思うが、これは貴女の仕業か？」

失礼な物言いに腹が立った。母さまを守るため、私は男に食ってかかろうとした。

「違う」

小さな声に、私は驚いて振り返った。

母さまの腕の中、ツェドカが薄く左目を開いていた。生きていたのかと思い、死んでしまえばよかったのにと思い、そんな自分に驚いた。

「ハウファ様は身を挺《てい》して私とアライスを庇い、私達を逃がそうとしてくれたのだ」

呆然とする私の耳に、ツェドカの声が響く。その事実をつきつけられ、私はますます動揺する。

そうだ。母さまはツェドカを庇った。ツェドカは賢いし、光神王の子供だし、本物の男の子だ。私のようなニセモノの王子じゃない。だから母さまはツェドカを助けたんだ。

いや、そんなことない。母さまは私の母さまだ。ツェドカのじゃない。私だけの母さまだ。

「ツェドカ殿下が十歳になられるまでの三年間《サナ》。殿下を私に預けていただけませんか？」

母さまの声に、私は我に返った。

母さまはツェドカをひしと抱きしめている。ツェドカは母さまの胸に頭を預け、目を閉じている。ああ、まるで本物の親子みたいだ。

「ですが私は光神王の妃。アライスもツェドカ殿下も、光神王の血を引く御子はすべて私の子供でございます」

下唇をぐっと噛み、心の中で私は叫んだ。

母さま、こっちを見て。

ツェドカでなく私を抱きしめて。

母さまは私よりツェドカの方が好きなの？

私よりツェドカの方が可愛いの？

女である私より、男であるツェドカの方が大事なの？

私のことなんてどうでもよくなっちゃったの？

私、もういらない子になっちゃったの？

「いいから早く奪い取れ！」

二人の近衛兵《このえ》が母さまとツェドカを引き離す。それでも母さまはツェドカの名を呼び、彼に向かって必死に手を伸ばす。

「やめて下さい！」

気づいた時には、叫んでいた。

「お願いです、母さま。もうやめて下さい」

泣きたくなかった。女は感情的だといわれるから。女は弱いといわれるから。女ではツェドカに負けてしまうから。泣きたくない。泣きたくないのに、どうしても涙がこぼれてしまう。母さまは私をぎゅっと抱きしめてくれた。私は母さまの肩に額を押しつけた。我慢しようとしたけれど、苦しくて、悲しくて、涙が溢れて止まらなかった。

あの事件以後、私の中で何かが変わった。

いつまでも続くと思っていた幸せはいとも容易く崩れ去り、私は鬱々《うつうつ》として、以前のように無邪気に遊ぶことも楽しむことも出来なくなってしまった。

女である我が身が疎《うと》ましかった。どんなに努力しても、持って生まれた性別は変えられない。それが悔しかった。悔しくて悔しくて仕方がなかった。

傷を負ったツェドカはシャマール卿の居室に運び込まれた。手厚い看護の甲斐あって、命は取り留めたと聞いた。けれどパラフさまはすでに後宮を追われている。ツェドカがここに戻って来ることはない。彼に母さまを取られるんじゃないかと心配する必要もない。そんなことを考えてしまう自分が嫌で嫌でたまらなかった。

いつの間に、私はこんな意地汚い子になってしまったのだろう。こんな風にツェドカに嫉妬を覚えるのは、私が感情的な女だからなのだろうか。

悶々と悩み続ける私を見かねたのだろう。アルティヤが私を湯浴みに誘った。彼女と二人、後宮殿にある湯殿に向かう。完全に人払いをしてから、私は服を脱ぎ、湯に浸かった。

広い湯船の中で手足を伸ばす。棒のように細い手足。平らな胸。母さまやアルティヤとは全然違う。けれどいずれはこの肩も丸みを帯び、胸もまろやかにふくらんで、女の体になっていくのだ。

なんと疎ましく、呪わしいのだろう。

私は目を閉じ、光神サマーアに祈った。

神さま神さま、柔らかな体も、まあるい胸もいりません。そのかわり私に男子の印を下さい。私を男にして下さい。

しばらく待ってから、私は目を開いた。期待を込めて、自分の股間に目を向ける。平らな胸と腹の下、男子の印は見当たらない。

がっかりして私は肩を落とした。

光神サマーアは私の祈りを聞いてくれない。それはきっと私が悪い子だからだ。私は優しい女官達だけでなく、父王である光神王さえも欺《あざむ》いている。だから光神サマーアは私の願いを叶えて下さらないのだ。

悲しくて涙が滲《にじ》む。それをアルティヤに見られたくなくて、私はお湯の中に頭を沈めた。

「あれまあ、何をしてるだか！」

アルティヤが私を湯船から引っ張り上げる。

「お背中をお流ししますだで、座って下せぇ」

私は黙って床に座った。私の背中を柔布で洗いながら、アルティヤは言った。

「アライス様、どうかハウファ様を怒らないでやって下せぇまし」

私が怒る？　母さまを？

そんなことあり得ない。

「怒ってなどいない」と私は言った。「私は申し訳なく思っているんだ。私のせいで、母さまはとても苦労をなさっている。もし私がきちんと男に生まれていたならば、母さまは悩むことも傷つくこともなかったはず……」

言っているうちに、泣きそうになった。私は言葉を切り、下唇を嚙みしめる。

そんな私の背中をわしわしと洗いながら、アルティャは優しい声で語りかける。

「アライス様が女に生まれたんは、アライス様のせいじゃねぇですだよ。アライス様が女でも、ハウファ様はアライス様のことを、そりゃもう深く、深ぁ〜く愛しておられるだよ」

「うん――」それはわかっている。「でも母さまはツェドカを庇った。もしツェドカが女の子だったら、母さまはツェドカを庇っただろうか？」

「まあ、ハウファ様がツェドカ様に心を砕かれるには、すんごく複雑な理由があるですだよ」

「複雑な理由？　どんな理由だ？」

アルティャは答えず、私の背中を湯で流した。泡立てた石鹼《せっけん》で私の髪を洗いながら、彼女は小さな声で囁く。

「今からアルティャがする話は決してハウファ様には言わねぇと、お約束下せぇますか？」

私は頷いた。流れ落ちてきた泡が目に入りそうになり、慌てて目を閉じる。

「昔々のことでごぜぇます」

まるで御伽話《おとぎばなし》を始めるように、アルティャは切り出した。

「ハウファ様の故郷アルニールは、豊かな時空鉱山に恵まれた平和な町でごぜぇました。だどもハウファ様が十五歳ん時、神聖騎士団の手によってアルニールは滅ぼされたんでごぜぇます。女も子供も老人も、町の住人の大半が無惨に殺されましただ。生き残ったハウファ様はその復讐を果たすため、この王城に上がられたんでごぜぇますだよ」

「復讐――？」

母さまが父王を好いていないことは、以前から薄々感じていた。けれど――

「まさか光神王を殺すために、母さまは後宮に入ったとでもいうのか？」

「ああ、動かんで下せぇ。石鹸が目に入りますだ」

その通りになって、私は顔を拭《ぬぐ》った。お湯で目をすすぐ。その間にもアルティヤの告白は続く。

「だどもアライス様がお生まれになって、ハウファ様は変わられましただ。アルニールみてぇな悲劇を二度と引き起こさねぇようにするためにゃ、新しい王を育て、誰も怯《おび》えることなく安心して暮らせる国を作って貰うしかねぇって……それがハウファ様の生きる目的になっただよ」

だから――と言って、アルティヤは小さく息を吐く。

「ハウファ様がツェドカ王子を庇ったのは、彼にもそんな王を目指して欲しいと思ったからでごぜぇますだ。アライス様を愛していないとか、ツェドカ王子のことを愛しているからとか、そういうわけがあってのことじゃねぇんで――」

「どうしてアルニールは討伐《とうばつ》されたんだ？」

言葉を遮り、私は尋ねた。

「神聖騎士団は光神王の兵士だ。何の理由もなく、自国の民を襲うはずがないだろう？」

「それは……」

私の髪を洗う手が止まった。振り返りたいのを堪え、私は待った。ややあってから、アルティャの手が再び動き出す。

「アタシの口からは申し上げられねぇですだ」

「どうして？」

「それについては、いつかハウファ様がお話し下さるはずですだ。それまでは、どうか今の話は聞かなかったことにしておいてくだせぇまし」

そう言われても、納得は出来なかった。

胸中に蟠《わだかま》る不満と不安はますます濃くなっていった。いったい何を信じたらよいのか、わからなくなってしまった。当たり前のように受け止めてきた母さまの愛ですら、定かではなくなってしまった。

新しい王を育てることが母さまの目的になったのだと、アルティャは言った。女である私より、男であるツェドカの方が光神王に選ばれる可能性は高い。だから母さまはツェドカを庇った。私ではなくツェドカを、我が子として手元に置くことを望んだのだ。

「それはお前の思い違いだ」

歴史学者が遮った。

「ハウファ様はお前を愛していた。とても大切に思っていた。でなければ、お前を守るため、自ら死を選んだりはしない」

意外な言葉に、私は歴史学者を見上げた。

「光神王のため、嘘偽りの歴史を書き残す者の口から、母上を擁護《ようご》する言葉を聞くとは思わなかった」

「お前の言う通り、彼女の目的は復讐であったのかもしれない。そのために『神宿《かみやどり》』を必要としたのかもしれない」

怒るでもなく憤るでもなく、淡々とした口調で歴史学者は言う。

「人は多面性を持つ生き物だ。歴史書に書かれた歴史だけが真実ではないように、人が抱える真実もまた一つではない」

「確かにな……」

膝の上で両手を組む。両手首を縛《いまし》める錆《さ》びた鎖が、重く揺れる。

「だが、当時の私は、無知で短絡だった。剣を手に入れ、体を鍛え、男と同等――いや、それ以上の力を身につけなければ、母上の愛をつなぎ止めることは出来ない。そう思ったんだ」

女であることに負い目を感じていた私に、希望を与えてくれた人がいた。

彼女の名はイズガータ・ケナファ。王都ファウルカで開かれた馬上武術大会で、並み居る屈強な騎士達をなぎ倒し、見事に優勝を果たしてみせた女性だ。その褒美《ほうび》として、光神王はイズガータ様にケナファ侯の称号を授けた。『女は影に属する』とする光神王が、女であるイズガータ様を男と同等に扱ったのだ。

その夜は眠れなかった。寝台に横になり、目を閉じていても、イズガータ様の勇姿を思い出すだけで胸が高鳴った。

幾度目かの寝返りをうった時、廊下から話し声が聞こえてきた。アルティヤの声じゃない。女官達の声とも違う。

誰だろう——？

私は起き上がった。素足のまま足音を忍ばせ、そっと廊下に出た。

母さまの寝室から光木灯《こうぼくとう》の明かりが漏れている。その光に照らされて、一人の騎士が立っている。長衣の胸には翼の紋章、ケナファ騎士団の紋章が刺繍されている。

緊張と興奮に心臓が跳ね上がった。私は母さまの寝室に駆け寄ると、薄布の隙間から室内を覗き見た。

まず目に入ったのは背の高い女性の背中だった。肩で切りそろえられた黒髪。すっきりと伸びた背筋。腰にはケナファの紋章が刻まれた影断ちの剣を吊している。

ああ、やっぱりイズガータ様だ！

私は息を止め、瞬《まばた》きすることも忘れ、じっと彼女の背中を見つめた。

声をかけたい。イズガータ様と話がしたい。どうしたらあんなに強くなれるのか教えて欲しい。そう思えば思うほど喉は締めつけられ、舌が強《こわ》ばってしまう。

「ああ、好きにするとも！」

突然、イズガータ様が叫んだ。

「ハウファがどうしても光神王に復讐をするというのなら、私にも考えがある！」

その剣幕に私はすくみ上がった。一目散に自分の寝室へと逃げ帰る。言い争う声と荒々しい足音。やがてそれらは遠ざかり、後には静けさだけが残された。

私は扉を薄く開き、廊下の様子を窺った。

暗い廊下に母さまが立っていた。顔色を失い、今にも泣き出しそうに見えた。

高揚は吹き飛び、私は不安にかられた。イズガータ様は何をしに来たのだろう。母さまと何を話していたのだろう。母さまはどうしてあんなに悲しそうな顔をしているのだろう。イズガータ様に見惚《みと》れるばかりで、きちんと話を聞いていなかったことが悔やまれてならなかった。

アルティヤが戻ってきた。見つかったら叱られる。私は慌てて扉を閉めた。でも寝台に戻る気にはなれず、扉に耳を押し当てる。

「お嬢様。アライス様を連れて逃げるだよ」

アルティヤの声。今まで聞いたことのない怖い怖い声音。

「復讐は何にも生まねぇ。アルニールのことはもう忘れちまうだよ。怨《うら》みも辛《つら》みもみんな忘れて、ハウファ様は幸せになるだよ」

アルニール。神聖騎士団に滅ぼされたという母さまの故郷。アルティヤは母さまに復讐を忘れろと言っているのだ。私を王にするのは諦めて、ここから逃げろと言っているのだ。

私はようやく理解した。イズガータ様は母さまを迎えに来たのだ。母さまを逃がすために、彼女はここまで来たのだ。

「たとえすべてを忘れられたとしても、失われた時空は戻らない」

囁くような母さまの声。これ以上、聞いてはいけないと思った。聞いてしまったら、とても悲しい事実を知ることになる。

けれど私は、耳を塞《ふさ》ぐことが出来なかった。

「仇《かたき》を討つためにならば何を犠牲にしてもかまわない。心を失い、死んだように生き続けるくらいなら、復讐の炎に身を焦《こ》がしながら生きようと誓った」

知らぬ間に、私はしゃがみこんでいた。声が漏れないよう両手で口を覆う。堪えようとしたけれど、後から後から涙がこぼれ落ちてくる。

母さま、貴方は本当に復讐のためにここに来たのですね。そのために私を産んだのですね。母さまにとって私は復讐を果たすための道具。私に見せてくれる笑顔も、かけてくれる優しい言葉も、みんなみんな偽物だったのですね。

「どんなに後悔しても過去は取り戻せない。私が犯した罪を消し去ることは出来ない。ならば――最後までやり抜くしかない」

母さまの声に、私は目を開いた。

では、貴方は後悔しているのですか？　復讐を望んだことを、そのために私を産み、道具として育てたことを、後悔しているのですか？

ああ、もしそうであるのなら――どうか後悔などなさらないで下さい。

私は感謝しています。禁忌《きんき》の子である私を母さまは殺さなかった。出来損ないの私を母さまは見捨てなかった。たとえ道具として利用するためであっても、母さまは命がけで私を守ってくれた。私が生きているのは、母さまのおかげです。

ですから母さま、もう悲しまないで。もう自分を責めないで下さい。

「これからは私が母さまをお守りします。私が母さまを救ってみせます。新しい王になり、誰も怯えることなく安心して暮らせる国を作り、母さまを復讐の呪縛《じゅばく》から解き放ってご覧に入れます」

私は涙を拭い、立ちあがった。

「光神サマーアよ――私に力をお与え下さい。新たな光神王となって平和な世を築き、母さまを救う力を、強さを、どうか私にお与え下さい」

それからだ。

私が剣を手にし、力を欲するようになったのは。

やがて私は十歳となり、神宿の宮に移る日を迎えた。

アルティヤは侍女として私についてきてくれることになった。けれど母さまは後宮から出られない。母さまと別れるのは身を裂かれるほど辛かった。

でも、私は泣かなかった。笑顔で暇《いとま》を告げ、第二離宮を後にした。もう戻れないのだと思うと、身震いするほど怖かったが、これは必要なことなのだと、光神王になるには避けて通れない道なのだと自分自身に言いきかせた。

後宮を出た私は、後見人であるエトラヘブ卿とともに上郭大聖堂に向かった。

礼拝の際には大勢の人で埋め尽くされる大聖堂だが、今は六大主教と数人の近衛兵がいるだけだった。聖堂の一番奥には光神サマーアの印が刻まれた大扉がある。閉ざされた扉の向こう側には天上郭が……光神王の居城と大鐘楼《しょうろう》広間へと続く階段がある。

扉の前に据えられた豪奢《ごうしゃ》な玉座。そこから六段を隔てた階段下に跪《ひざまず》き、私は待った。

数分後《ダギカ》、鎖が巻き上げられる音が響いた。重々しく大扉が開く。老人のような足取りで、一人の男が階段を下りてくる。彼は金の玉座に腰掛けると、抑揚のない声で告げた。

「顔を上げよ」

勢いよく、私は顔を撥《は》ね上げた。

光神王は金糸の刺繍に覆われた上衣に毛皮の縁取りがついた黒天鵞絨《マフマル》のマントを羽織っていた。柔らかな絹《ハリール》で仕立てられた下衣は彩輝晶を塡《は》め込んだ金のベルトで留められている。汚れ一つない白い革靴にも、細かな金の飾りが施されている。

「アライスか」

無気力で無関心な声。親子の情も笑顔もない。光神王は両足を投げ出し、尊大な態度で私を見下ろした。

「私に似ておらんな」

父王の言う通りだった。父と私に共通しているのは白金の髪だけだった。

「まあいい」

光神王は右手を振った。六大主教の一人、シェリエ卿が進み出て、エトラヘブ卿に臙脂《えんじ》色の布包みを手渡した。エトラヘブ卿は私の前で恭《うやうや》しく一礼すると、それを私に差し出した。

精緻《せいち》な銀細工が施された美しい首飾り、光神サマーアの印が刻まれた護符、光神王直系の男子にのみ与えられる『神宿』の証《あかし》だ。それを私の首にかけると、エトラヘブ卿は後方へと退《しりぞ》いた。私は頭《こうべ》を垂れ、口上を述べた。

「私アライス・ラヘシュ・エトラヘブ・サマーアは次代の光神王を継ぐ『神宿』として、我らの主、我らの父、我らの守護者である光神サマーアの御為《おんため》、日々精進すると誓います」

「良く励め」

面倒くさそうに答えると、光神王は立ちあがった。護衛の兵を引き連れて、奥の階段を登っていく。その背を隠すかのように天上郭への扉が閉じられる。

父王のあまりに素っ気ない態度に、私は憤りを感じずにはいられなかった。それと同時に、ある懸念が頭をもたげた。

光神サマーアは全知全能の神、光神王は現人神《あらひとがみ》だ。もしかしたら父王はすべてお見通しなのではないだろうか？　私の正体を見抜いているからこそ、あのような冷たい態度を取られるのではないだろうか？

「アライス様、ご立派でございましたぞ」

私の胸中を知る由《よし》もないエトラヘブ卿は、上機嫌で私を神宿の宮へと案内した。

神宿の宮は王城の上郭、後宮とは正反対の南側に位置していた。中央に四角い中庭があり、その北側が門になる。残る西、南、東側の三方向には同じ形の建物が三棟建てられている。

私に与えられたのは西側の棟だった。エトラヘブ卿に促され、西館に足を踏み入れる。玄関から奥の階段まで、赤い絨毯《じゅうたん》が敷かれていた。その両脇には十数名の召使い達と、エトラヘブ神聖騎士団から選出された護衛兵がずらりと並んでいる。

「ようこそアライス様」

彼らはいっせいに頭を垂れた。

重苦しい雰囲気の中、私は階段に向かった。エトラヘブ卿と護衛兵が続く。アルティヤは私の荷物を抱え、最後尾についていた。

その時、背後から悪態をつく声が聞こえた。下品な音が聞こえる。唾を吐き捨てる音だ。

私は足を止めた。怒りを込めて振り返った。エトラヘブ卿が怪訝《けげん》そうに眉を顰《ひそ》める。彼を押しのけ、私はアルティヤに駆け寄った。

「大丈夫か？」

アルティヤはいつものようにニヤリと笑った。

「なに、心配いらねぇですだ。見てくれは醜い婆ぁだども、動きは意外と素早いですだよ？」

彼女は爪先で絨毯を叩いてみせた。

汚らしい染みが出来ている。誰かがアルティヤに唾を吐いたのだ。

「……誰だ？」

私は護衛兵達を見廻した。しかし、彼らは頭を下げたまま微動だにしない。名乗りを上げる者もいなければ、誰がやったのかを告発する者もいない。

こいつら、身分の低い女には何をしてもいいと思っているんだろう。

そう思うと、頭に血が上った。

「唾棄《だき》せし者は前に出ろ！」

私は腰帯に吊した宝剣の柄《つか》に手をかけた。

「このアルティヤは私の母にも等しい大切な人だ。彼女に唾を吐くことは私に向かって唾を吐くのと同じこと。これは私に対する侮辱《ぶじょく》でもある！」

剣を引き抜く。儀礼用の宝剣でも刃は本物だ。訓練用の剣とは違い、刀身は鋭く研ぎ澄まされている。

「無礼者よ、前に出ろ！　この場で斬り捨ててくれる！」

「申し訳ございません、アライス様」

血相を変えてエトラヘブ卿が駆け寄ってきた。

「直ちに犯人を捜し出し、暇を取らせます。ですからどうか剣をお収め下さい」

「そうですだよ、アライス様。こんなことぐれぇでいちいち腹ぁ立ててたらキリがねぇですだよ？」

アルティヤにそう言われては仕方がない。私は渋々宝剣を鞘《さや》に収めた。エトラヘブ卿を睨みつけ、低い声音で厳命する。

「必ず犯人を捜し出し、この館から追い出せ」

「承知しました」

エトラヘブ卿は深々と頭を下げる。それでも腹の虫が収まらない。私は周囲をぐるりと見渡し、精一杯の威厳を込めて宣言した。

「アルティヤに嫌がらせをするような者は、同じ目に遭うと思え！」

使用人と護衛兵はますます深く頭を垂れた。まるで精巧な操り人形だ。感情も温《ぬく》もりも感じられない。これから始まる『神宿』としての暮らしを思うと、怒りと不安が込み上げてくる。

私は身を翻し、再び階段へと向かった。

館は三階建てだった。一階には食堂と客間、この館で働く使用人達の部屋と護衛兵達の休憩所があった。二階は教室だった。歴史学、宗教学、政治学など、学問ごとに部屋が分かれている。壁に設《しつら》えられた書架には専門の書物がびっしりと並んでいる。

そして三階は私の居室になっていた。寝室、居間、書斎、侍女の控え室、私専用の湯殿と便所まである。

私はすべての部屋を廻り、窓から外を眺めた。けれど見えるのは中庭と冷たい石壁ばかり。神宿の宮からは緑の丘や森や地平を――私達が憧れた外の世界を、垣間見ることさえ出来なかった。


「私達――？」

歴史学者は訝《いぶか》しげに首を傾《かし》げた。

薄く笑って、私は答えた。

「私とツェドカのことだ」

目を細め、彼の姿を思い出す。

「ツェドカには悪いことをした。ひどい怪我をしていなければいいのだが」

「大事はなかった……と聞いている」

「そうか――よかった」

賢いツェドカ。子供とは思えないほど聡明だった我が兄。彼は光神王の操り人形と化してしまった。この暗い王城で、たった一人の『神宿』として、七年《サナ》もの時を過ごしてきたのだ。仕方がないこととはいえ――少し悲しい。

「意外だな」

独り言のように学者は呟いた。

「お前が彼の心配をするとは思わなかった」

「……なぜ？」

「彼を恨み、憎んだだろう？」

「――いや」

私がツェドカに抱き続けたもの。

それは今も昔も罪悪感だけだ。

「こうなる前に、もう一度ツェドカと話がしてみたかった」

あの時、どうして私を助けてくれたのか。

彼に尋ねてみたかった。


神宿の宮と呼ばれる三つの建物。それぞれは独立しており、共用しているのは中庭だけだった。食事も勉強会も各館で行われた。私は西館、ツェドカは東館。すぐ近くに暮らしていても、顔を合わせる機会はまったくなかった。

会おうと思えば手段はあった。しかし、会いに行こうとは思わなかった。一時のこととはいえ、私は彼の死を望んでしまった。それは決して忘れることの出来ない罪の意識となって、私の心を苛《さいな》み続けた。

六日《ヤウム》に一度、光神王は秘密の通路を通り、王城前広場に面したバルコニーに向かう。礼拝を行い、広場に集まった民達に光神サマーアの祝福を与えるために。『神宿』である私とツェドカは交替でそれに付き添うことになっていた。

礼拝に向かうツェドカの姿を、私は西館の窓からこっそり眺めた。

同い年とは思えないほど大人びた顔立ち。失明した右目と傷跡を隠す黒革の眼帯。そこに埋め込まれた精緻な銀細工。私が与えられた護符《ごふ》と同じだ。あの眼帯は彼の『神宿』の証なのだ。

彼の姿を盗み見るたび、私は思った。

ツェドカはもう三年《サナ》前のツェドカではない。私もあの頃の私ではない。昔のように木に登ったりキノコを取ったり、無邪気に遊ぶことは出来ない。私達はもはや友人ではなく、唯一つの王座を奪い合う敵同士なのだから。

神宿の宮の暮らしは息が詰まった。一度そう感じてしまうと、最初は広すぎると感じた館も、我慢ならないほど狭く思えた。私は毎日、暇を見つけては中庭に出て、剣の鍛錬に汗を流した。体を動かしていないと、頭がおかしくなってしまいそうだった。

初日に騒動こそあったものの、召使いや護衛兵達はおおむね私に好意的だった。とはいえ、私を好いてのことではない。彼らはエトラヘブ卿の命令に従っているにすぎない。

エトラヘブ卿は私に多大なる期待を寄せていた。聖教会の覇権を争う彼にとって、私は政敵シャマール卿を打ち負かすための大切な駒だ。傷がついたら価値が下がると思ったのだろう。鍛錬に打ち込む私を見て、エトラヘブ卿は渋い顔をした。

「アライス様はいずれは光神王となられるお方。剣の鍛錬など必要ないのではありませんか？」

「そうは思わない」と私は答えた。「王には国を守る義務がある。私は口下手で頭もよく回らない。民の信頼を勝ち取るためには、国を任せるに足りる強い人間だということを、行動で証明してみせるしかない」

　それを聞いて、エトラヘブ卿は相好《そうごう》を崩した。

「ならば騎士団長に相談し、我がエトラヘブ神聖騎士団の鍛錬に参加出来るよう取り計らいましょう」

「そうして貰えるとありがたい」

　後宮にいた頃は私の方がツェドカより大きく、背も高かった。けれどこの三年《サナ》で、それすらも逆転されてしまった。年を重ねるにつれ、性差による身体の相違は顕著になっていく。同じ年頃の子を持つ騎士の中には、私の本来の性別を見抜く者がいるかもしれない。無用な危険は冒すべきではない。それはわかっていた。でも私は神宿の宮から出たかった。ここにあるのは重苦しい沈黙だけ。城外も見えず、風も吹かない。澱んだ空気に身を沈めていると、身体の芯が腐ってしまいそうだった。

　十二日《ヤウム》に一度の礼拝を、私は心待ちにするようになった。大手を振って神宿の宮から出られることもさることながら、バルコニーに出れば、城の外を見ることが出来たから。

　バルコニーまでは例の秘密の通路を使った。エトラヘブ卿の先導で、光神王と私は城郭の大聖堂にある隠し扉から通路に入った。

　この通路は王城が増築されるにつれ、使われなくなっていった古い通路の名残だという。だからだろうか。非常に入り組んでいるうえに、崩れ落ちてしまった場所も多い。かつては通路の地図を作成する係の者もいたらしいが、ある男がその立場を悪用し、後宮から王妃を連れ出そうとして以来、ここには王族と六大主教以外、立ち入ることが許されなくなったという。

光木灯の明かりだけでは足下さえもおぼつかない秘密の通路を、光神王は迷うことなく下っていく。その後ろを歩きながら、私は父王に話しかけた。

「サマーア教典を十五章まで読みました。平和の祈りの項は特に感動的でした」

「初代アゴニスタ王の伝記には、心引かれるものがありました」

「先日、ザイトとの練習試合で初めて一勝することが出来ました」

良き王になるため熱心に勉強していること。強くなるための努力を惜しんでいないこと。それを父王に知って貰いたかった。

けれど父王はまるで関心を示さなかった。光神王としての心得を学びたいのに、父王は何一つ、私に声をかけて下さらなかった。

一方的な会話を半年《サナ》ほど続けた後、初めて父王が私にかけてくれた言葉。

それは「黙って歩け」だった。

私は父王との対話を諦めた。正体を見抜かれているのではないかという懸念をぬぐい去ることが出来なかったせいもある。だがそれ以上に、私は父に疎まれたくなかったのだ。

光神王《サーア》になりたい。父王に認められたい。その想いは日増しに強くなっていった。私は懸命に勉強した。何時間も続く座学も我慢した。歴史書は物語のようで面白かったが、哲学書や宗教書を読むのは苦痛でしかなかった。びっしりと書き込まれた文字を見ているだけで目眩《めまい》がした。特にエトラヘブ卿による説教は退屈きわまりなかった。

「光神サマーアは信徒達の平穏を守るため、我らが頭上におわします。もし信徒達が信仰を失えば光神サマーアは地に落ち、生きとし生けるもの、すべてを押し潰すことでしょう。ですから信徒達は信仰の証として喜捨《きしゃ》をするのです」

「聖教会は民から人頭税を受け取っているのだろう？」と私は問いかけた。「民よりも裕福な暮らしをしている聖職者達が、なぜ貧しい者達から、さらに時空晶を巻き上げる必要があるんだ？」

「何を仰います！」

エトラヘブ卿は声を荒らげて反論した。

「信徒達は自ら進んで時空晶を差し出し、それにより心の平穏を得ているのです。どんなに貧しい生活をしようとも、正しい信仰さえあれば彼らは幸福なのです」

そういうものなのだろうか。信仰さえあれば、お腹が減っても平気なのだろうか。お腹一杯食べられた方が幸せだと思う私は、信仰心が足りないのだろうか。

そこで私は政治学を教えてくれるアーリムにも同様の質問をしてみた。

「国というものは国民がいて初めて成り立つものだと言ったな？」

「いかにも、その通りでございます」

「しかし近年は税を払うことが出来ず、土地から逃げ出す者も多いと聞いている」

「その通りでございます」アーリムはしたり顔で立派な口髭を撫でつけた。「国民としての義務を果たさぬ不心得者は年々多くなるばかりです。早急に対策を立てる必要がありましょう」

「対策とは？　具体的にはどのようなものだ？」

彼は答えず、逆に私に問いかける。

「アライス様が光神王になられたあかつきには、どのような策をお取りになりますかな？」

「国民には国を支えて貰わねばならない。しかし一律の重税は民を苦しめる。ならば不作の年には税を軽減、もしくは免除してみたらどうだろうか？」

「おやおや、そんなことをしては国庫が空になってしまいますぞ？」

「では蠟燭《ろうそく》を使わずに光木灯を使うとか、おかずを一品我慢するとか、みんなで少しずつ節約すればいい」

「国庫が痩せ細れば国は弱くなります。民を正しい信仰へと導く聖職者達を守ることも、国を守る神聖騎士団を養うことも出来なくなります。そうなったら誰が国を守るのです？」

「それは——」

「無知で愚鈍《ぐどん》な民達を甘やかせば、彼らはすぐに勤勉を忘れて怠惰《たいだ》に走り、税を納めようとしなくなるでしょう。民から税を徴収することは、民のためでもあるのです」

わかりましたね？　と問うアーリムに、私には言い返すことが出来なかった。納得したわけではない。が、胸中に湧き上がるもやもやとした違和感を言い表す語彙《ごい》や知識を、当時の私は持ち合わせていなかった。

母さまは私に言った。

「良き王になりなさい。国の第一の下僕となり、国の幸せのために尽くしなさい。民のことを第一に考え、民の幸福と平和を守るためにその身を捧げなさい」と。

一方で、こうも言った。

「これから貴方は、今までに私が教えてきたこととはまったく逆のことを教えられることになるでしょう。私の教えをすべて信じろとは言いません。まずは自分の頭で考えること。何が正しくて何が間違っているのか、自分で見極めるのです」

母さまと教師達。どちらが正しいのか見極めるためには、直接、民達と話す必要がある。だが私は『神宿』だ。城の外に出ることはもちろんのこと、エトラヘブ卿の許可を得なければ神宿の宮を出ることさえ出来ない。

行き詰まった私は、たった一人の味方であるアルティャヤに心情を吐露《とろ》した。

「ここで本を読んでいるだけでは、民が何を望んでいるかわからない。私はもっといろんな場所に行って、いろんな人と話がしてみたいんだ」

アルティャヤは少し考える様子を見せてから、ドンと胸を叩いた。

「でしたら、このアルティャヤにお任せ下せぇ」

数日後、彼女は私に一本の鍵をくれた。鉄製ではない。堅い木で出来た鍵だった。

「これは何の鍵だ？」

私が尋ねると、アルティャヤはにやりと笑って答えた。

「隠し扉の合鍵でごぜぇますだ」

「な……なんだって⁉」

私は度肝を抜かれた。秘密の通路を開く鍵は、光神王と六大主教だけが所持することを許された至宝だ。合鍵を作るなんて、許されるわけがない。

「こんなもの、どうやって作ったんだ？」

「そんたらこと、秘密に決まっとりますだよ」

「私にも言えないのか？」

「もちろんですだ」アルティヤは腕を組み、うむうむと頷く。「いい女にゃ秘密がつきものですだよ」

笑っている場合ではないのに、私はつい吹き出してしまった。

「それは私にも言えることだな？」

「いんや、まだまだ。アライス様といえど、秘密の数じゃアタシの足下にもおよばねぇですだ」

そう言いながら、アルティヤはもう一本、鍵を取り出した。やはり木製の合鍵だ。

私はそれを受け取った。表面がすべすべしている。先程受け取った鍵よりも古そうだ。

「これはどこの鍵だ？」

「後宮の入口にある鉄格子門の鍵ですだ」

悪びれもせず、アルティヤは答えた。

「いざという時のために作っておきましただ。それを使えば、いつでも好きな時にハウファ様に会いに行くことが出来ますだよ」

悪戯《いたずら》っぽく片目を閉じ、囁くように続ける。

「言うまでもねぇことですだが、女官達には見つからねぇようにな？」

その夜、私はこっそりと館を抜け出し、大聖堂へと向かった。

合鍵を使って隠し扉を開く。真っ暗な通路に一人で足を踏み入れるには、かなりの度胸が必要だった。不用意に知らない道に踏み入れれば、まず間違いなく迷子になる。下手をしたら、永遠に抜け出せなくなるかもしれない。そこで私は通い慣れたバルコニーへと抜ける道に沿って、少しずつ行動範囲を広げていくことにした。

誰かに見咎《みとが》められる恐れがあるので、光木灯は使えない。漆黒の闇は息苦しくなるほど恐ろしく、最初はほんの数十歩進んだだけで、すぐに逃げ帰って来てしまった。

「臆病者め、恥を知れ」

私は自分を叱咤した。覚悟を決め、再び迷宮に挑んだ。そろりそろりと歩を進め、最初の分かれ道を右に曲がった。暗闇の中、壁に手を置き、少しずつ先へと進んでいく。数十歩先で通路は再び分岐していた。また右に行こうとして、私は気づいた。

壁に印が刻んである。指でなぞってみると『Y』という形をしていた。私は最初の分かれ道まで戻った。そこの壁をなで回すと、やはり印が見つかった。先程とは異なる『ト』という形だ。

これは道標《みちしるべ》だ。暗闇でも道に迷うことのないよう、誰かが壁に印を刻んだのだ。

この発見に力づけられた私は、通路をさらに奥へと進んだ。分かれ道にさしかかるたび、壁面に印を探した。この道標さえ覚えておけば、帰り道を見失う心配はない。そう自分に言い聞かせながら、私は探索を続けた。

通路は蜘蛛《アンカプート》の巣《ヤウム》のように複雑で、縺《もつ》れた糸玉のように絡み合っていた。

探索を始めて十日目。私は大聖堂にあるものとは別の隠し扉を開いた。それは調理場の納戸に通じていた。同じ上郭とはいえ調理場と大聖堂は正反対の方向にある。秘密の通路は、私が考えていた以上に広範囲にわたっているようだった。

探索も二十回を超えると、気持ちに少し余裕が出てきた。私は地理学で使う方位磁針を持ち出し、その針に触れながら南へと進んだ。通る者もいなくなって久しいのだろう。触れる壁は埃っぽく、床板はギシギシと軋《きし》む。背中を擦《こす》りながら狭い通路を通り抜けると、隠し扉に突き当たった。私は音を立てないように用心しながら、そっと扉を開いた。

扉は垂れ幕で覆い隠されていた。重く分厚い幕を横にずらし、外の様子を窺う。部屋はシンと静まりかえっている。人の気配は感じられない。家具には白い布がかけられている。

初めて来た場所なのに、なぜか見覚えがあった。私は窓に忍び寄り、閉じられたカーテンの隙間から外を見た。

「――!」

あやうく声を上げそうになった。

窓の外には見慣れた中庭があった。正面には大きな石門。左右には同じ形をした建物が建っている。ここは神宿の宮だ。使われていない南館の食堂だ。先程押しのけた垂れ幕は、食堂の壁を飾るタペストリーだったのだ。

私は躍り上がって喜んだ。

それからというもの、私は暇を見つけては館を抜け出し、南館の隠し扉から秘密の通路に出入りするようになった。未知なる世界の探索に夢中になりすぎて、夜更かしをする日々が続いた。寝不足のため講義中にうっかり居眠りをし、教師に怒られたこともあった。

やがて私は外城壁の中腹に通じる道を発見した。三年前、馬上武術大会を観覧するために通った、あの出入口だった。とはいえ、子供一人の力では滑車を動かすことが出来ず、濠《ほり》に橋を架けて城外に出ることは叶わなかった。

その後、私は中郭の食堂に通じる道を見つけた。下郭の倉庫に抜ける道も発見した。通路は下にいくほど古くなり、板が腐って床が抜けていたり、壁が崩れて埋もれてしまっている場所も多くなった。

私はそれ以上の探索を諦めた。そのかわり発見した隠し扉を使って、王城内を見て廻ることにした。

中郭にある台所で、隠し扉の裏側に身を隠したまま、使用人達の会話を聞くのは楽しかった。近衛兵達の休憩所では、床下に身を潜ませたまま、彼らの本音に耳を傾《かたむ》けた。

しばらくすると、それだけでは物足りなくなってきた。

私は正体を隠し、下郭にある作業場に出入りするようになった。刀鍛冶《かじ》の仕事を見学したり、馬丁の少年と仲良くなって馬の扱いを教えて貰ったりした。食事係の小母《おば》さん達と一緒にまかないの食卓につき、バカラ牛の発酵乳《ズィプタ》がたっぷりと入ったふわふわの卵焼《アッジャ》きをご馳走になったこともあった。シャマール神聖騎士団の訓練場に行き、剣の扱い方を習った。その後、何食わぬ顔でエトラヘブ神聖騎士団の詰め所に顔を出し、彼らの鍛錬に参加したりもした。

その甲斐あって、私の剣の腕前は以前に較べ、はるかに向上した。後宮を出てから一年《サナ》あまり。ほぼ毎日鍛錬を続けた私に「ご褒美だ」と言って、エトラヘブ神聖騎士団の団長は古い影断ちの剣を譲ってくれた。

本来、影断ちの剣は一人前の騎士にのみ与えられる騎士の証だ。それを貰えたからといって、自分に騎士と同等の腕前があると思うほど自惚《うぬぼ》れてはいない。が、夢にまで見た影断ちの剣を得たことは、正直とても嬉しかった。

これさえあれば死影と戦うことが出来る。死影から母さまを守ることが出来る。今度こそ戦える。私はもう影に怯え、何も出来ずに震えているだけの子供じゃない。

私は喜び勇んで、母さまに報告しに行った。

喜んで貰えると思った。よくやったと誉めて貰えると思った。なのに母さまは私に言った。

「命の危険を冒してまで、私のことを守ろうとしてはいけません。一番大切なのはアライス、貴方が生き存《なが》らえることです。自分自身の安全をまず第一に考えるのです」

私は憤った。強くなるために剣を欲し、今まで努力してきたのは、保身のためじゃない。母さまを守るためだ。母さまを復讐の呪縛から解き放ち、自由にして差し上げるためだ。

「そんなの納得出来ません。私にとって母上は誰よりも大切な人です。母上はいつだって私を守って下さいました。なのにどうして私が母上をお守りしてはいけないのですか？」

母さまは優しく静かに微笑んだ。

「子供の命を危険にさらしてまで生きたいと願う母親がどこにいます？」

その表情は穏やかで、紫紺色の瞳は澄みきっていた。なんだか母さまの姿が薄くなって、空気に溶けていってしまいそうな気がした。

母さまは自分の人生を諦めてしまっているのではないか。いつ死んでもいいと思っているのではないか。そんな私の不安を裏づけるように、母さまは穏やかに続けた。

「貴方の秘密が公になるようなことがあったら、貴方は一人で逃げなさい。私を助けようとか、一緒に逃げようとか思ってはいけません」

「けれど私が逃げたら、母上は殺されてしまいます」

「殺されはしません。貴方が逃げ延びれば、奴らは私を人質に貴方を呼び戻そうとするでしょう」

では必ずお迎えに参ります。母上を救い出しに戻って参ります。そう言いかけた私に、きっぱりとした口調で母さまは告げた。

「戻ってきても無駄です。私は人質になるつもりはありません」

目眩がした。

ああ、やはりそうなのだ。彼女は死ぬつもりなのだ。後のことはすべて私に託して、自らの人生に幕を引くつもりなのだ。

「そんなの嫌です――嫌です、母上！」

「もちろん、いざという時の話です」

母さまは私の髪を撫でながら、優しく諭《さと》すように言う。

「アライス。どんな絶望的な場面でも決して諦めないで。貴方には多くの時空が残されている。貴方がそうありたいと望めば貴方は何にでもなれる。どこにでも行ける。どうか、それを忘れないで」

そう言われても、納得など出来るはずがなかった。

私は光神王になる。王になって母さまを救ってみせる。跡継ぎの決定が下される日まで、あと一年。私は寝る間も惜しんでサマーア教典《サナ》を読み漁《あさ》った。毎日欠かさず剣術の訓練に励んだ。

「あまり根《こん》を詰めると体を壊しますだよ？」

心配するアルティヤに、私は言った。

「もし私が城から追われるようなことになったら——アルティヤ。私が戻るまで、私に代わって母上を守って差し上げてくれ」

「おやまあ、何を仰いますだか」

アルティヤは太い腹を揺すって笑った。

「そんなこと心配せんでもええですだ。アライス様は必ず光神王に選ばれますだよ」

「でもツェドカは第一王子だし、私よりもずっと賢い。教師達だって、いつも彼のことを誉めている」

それに彼は男だ。本物の王子だ。

けれど私は女だ。偽物の王子なのだ。

「光神王に選ばれるのはアライス様ですだ」

アルティヤは自信たっぷりに断言した。

「そりゃツェドカ様はびっくりするほど賢いかもしれねぇ。だども彼は光神王にゃなれねぇ」

「なぜそう言い切れる？」

アルティヤは答えず、謎めいた微笑みを浮かべた。

「このアルティヤにはね、わかるんですだよ」

「あのアルティヤという侍女——」

歴史学者は静かに口を開いた。

「彼女は影使いだった。影使いでありながらハウファ様を守るために王城に上がり、ハウファ様のために時空を使い果たし、結晶化して散った……と聞いている」

「――そうか」

「驚いていないようだが、気づいていたのか？」

「ああ、当時は考えもしなかったけれど」

アルティヤはいつも私の傍にいた。毎日顔を合わせていたからこそ気づかなかった。彼女が周囲の人間よりも、ずっと早く歳を取っていたことに。

「城を出た後、私は多くの影使い達と知り合った。彼らの話を聞き、彼らの様子を見ているうちに、思うようになった。もしかしたらアルティヤも影を使役していたのではないかと」

王城はサマーア聖教会の総本山だ。影使いであることが発覚したら命はない。彼女は命懸けで母さまを守った。母さまだけではない。アルティヤもまた復讐の呪縛に人生を奪われたのだ。

「神宿の宮に勤める使用人や護衛兵は、アルティヤを奴隷女と蔑《さげす》んでいた。私の目が届かない場所で彼女はずいぶんと嫌な目に遭っていたはずだ。なのにアルティヤは笑顔を忘れなかった。アルティヤは強く逞《たくま》しく、いつだって正しかった」

私は息をついた。あの時のことを思い出すと、今でも息が出来なくなる。

「けれど、あの時だけは彼女も間違えた」

忘れもしない。あれは十二歳の誕生日を一カ月後に控えた五月《イヤル》六日のことだった。その日は六日《ヤウム》に一度の礼拝日で、私はアルティヤの手を借りて礼拝用の衣装に着替えていた。

誰かが扉をノックした。私は急いでシャツを羽織り、上着の前釦《まえぼたん》を留めた。それを確かめてから、アルティヤが扉を開く。

入ってきたのは護衛兵のハルフだった。丁寧に一礼してから、彼は言った。

「エトラヘブ卿からの伝言です。成人の儀の予行演習をするので、至急大聖堂にお越し願いたいとのことです」

「いきなりだな」

私は暖炉の上の水時計に目をやった。礼拝まで、まだ一時間《サーア》ほどある。

「わかった」と答え、私は剣帯を腰に巻いた。影断ちの剣を佩《は》くと、ハルフ、アルティヤとともに大聖堂に向かった。

その入口でアルティヤは足を止めた。一歩下がって頭を垂れる。

「じゃ、アタシはここで」

大聖堂は天上郭に通じる。光神王がお出ましになる神聖な場所だ。奴隷出身のアルティヤは大聖堂に入れない。まったく理不尽な話だが、聖教会の掟には抗《あらが》えない。

「お一人で大丈夫ですだか？」

心配そうな顔でアルティヤは私を見つめる。彼女にとって私は、いまだ小さな子供であるらしい。

「私はもうすぐ十二だぞ？　いい加減、子供扱いはやめてくれ」

私は苦笑した。

それでもアルティヤの表情は晴れない。

「どうかお気をつけ下せぇまし」

「アルティアは心配性だな！」

軽く笑いとばし、私はハルフとともに大聖堂に入った。

広い堂内、人の姿は見当たらない。

「エトラヘブ卿は？」

「じきいらっしゃると思います」緊張した面持ちでハルフが答えた。「どうかこのまま、ここでお待ち下さい」

私は頷き、柱の一つに背を預けた。

なかなかエトラヘブ卿は姿を見せなかった。焦《じ》れったくなって、私は柱の間を歩き廻った。至急と人を急《せ》かしておいて、自分は遅れるなんて失礼にもほどがある。

扉が開かれる音がした。

私は足を止め、勢いよく振り返った。

遅い！　という言葉が、喉の奥で凍りつく。

入ってきたのは見慣れぬ男達だった。全部で五人。見窄《みすぼ》らしい服を纏《まと》い、庶民のふりをしているが、中身はおそらく別物だ。そもそも庶民が上郭に入ることは許されていない。

「アライス様！」

ハルフが私に駆け寄ってくる。

「案ずるな」と彼に言い、私は男達と相対した。剣の柄に手をかけて問う。

「お前達、何者だ？」

ハルフが私の手首を摑んだ。かと思うと、私の影断ちの剣を鞘から抜き取る。

私は目を剝いて、彼を見上げた。

「何をする！　剣を返せ！」

「黙れ！」ハルフが怒鳴り返した。「何が『神宿』だ！　お前が王になるなんて、考えただけで反吐《へど》が出る！」

彼の怒りの理由がわからず、私は戸惑い狼狽《うろた》えた。

「何のことだ……？」

「お前のせいで兄は神聖騎士団の称号を剝奪《はくだつ》された！　奴隷女に唾を吐いたぐらいで、なぜ我が兄があんな目に遭わねばならないんだ！」

ああ、あの時アルティヤに唾を吐いたのは、ハルフの兄だったのか！

「アルティアは奴隷ではない！　彼女は私の——」

それ以上、続けられなかった。侵入者達が私に襲いかかってきたのだ。二人の男が私の左右の腕を摑み、両肩を押さえつける。別の男が私の口に布を押し込み、猿轡《さるぐつわ》を嚙ませる。上着の釦を引き千切《ちぎ》り、脱がした上着で私の両手首を縛り上げる。その間に残る二人は聖堂の扉を閉じ、閂《かんぬき》を下ろした。

統率された無駄のない動き。間違いない。彼らは神聖騎士だ。だがいかに神聖騎士といえど、こんなことをして許されるはずがない。『神宿』を襲ったことが発覚すれば彼らの命はない。

「私をアライス・ラヘシュ・エトラヘブ・サマーアと知ってのことか！」

私は叫んだが、猿轡のせいで声にならない。これでは助けを呼ぶことも出来ない。

一人の男が目の前に立った。黒い髪、なめし革のような肌色。どこかで見たことがあるような気がするが、どこで見たのかは思い出せない。

「どうかお静かに」

彼は腰のベルトから短剣を抜いた。冷静を装ってはいるが、額には玉のような汗が浮いている。

それを見て、背筋が凍った。

この男は自分が何をしているか理解している。命を捨てる覚悟で、この蛮行《ばんこう》に及んでいる。思いつめた彼の目が恐ろしかった。ここで死ぬのだと思うと、情けないことに体が震えた。

「失礼します」

男は短剣を逆手に持つと、私の襟元に刃を差し込んだ。ぶつりと音を立て、シャツの襟飾りが断たれる。

その瞬間、私は悟った。

彼らの目的は私を殺すことじゃない。私の性別を確かめることだ。

冗談じゃない。それを知られるくらいなら、殺された方がまだましだ！

私は身を捩《よじ》り、拘束を振りほどこうとした。床に俯《うつぶ》せ、足をばたつかせ、芋虫《いもむし》のように床を這って逃げようとした。

男が二人がかりで私の体をひっくり返す。両肩と両足を押さえつけられ、私は身動きすることも出来なくなった。

短剣を持った男が近づいてくる。

「どうかお動きになりませんよう」

男は私のシャツを摑み、襟の内側に短剣の先を差し込んだ。肌を傷つけないよう細心の注意を払いながら、白い絹《ハリール》を切り裂いていく。

押さえつけられたまま、私は大聖堂の天井を見上げた。

ああ、光神サマーア。私のすべてを捧げます。どうかお慈悲を！　奇跡を起こし、母さまとアルティヤをお救い下さい――！

男は短剣を鞘に収めると、切り裂いたシャツを左右に開いた。女のものとしては貧弱な……それでも男のものとは明らかに違う、裸の胸が露《あらわ》になる。

奇跡は起きなかった。

光神サマーアは私を助けて下さらない。

光神サマーアは私の祈りを聞いて下さらない。

見知らぬ男達に裸を晒《さら》した羞恥《しゅうち》よりも、真実を知られてしまったという恐怖よりも、神に見放されたという絶望が私を打ちのめした。体から力が抜けていく。拘束の手が緩んでも、私は床に横たわったまま、呆然と天井を見上げていた。

「シャマール卿に連絡を」

そんな声が聞こえた。この男達はシャマールの神聖騎士だったのだ。一番知られてはいけない相手に真相を知られてしまった。誤魔化《ごまか》すことは出来ない。もうおしまいだ。母さまの犠牲も、アルティヤの献身も、私の夢もすべて水泡に帰してしまった。

閂が外される音がする。それと同時に、若い男の声が耳に飛びこんでくる。

「アライス、無事か⁉」

私はのろのろと首を傾け、声の主に目を向けた。

銀に近い白金の髪。透き通るように白い顔。右目と周囲を覆う眼帯。ツェドカは床に横たわる私を見て、ぎくりとしたように足を止めた。

「殿下……」

険しい表情で男の一人が彼に詰め寄る。

「何故《なにゆえ》、ここに？」

男を押しのけ、ツェドカは私に駆け寄った。私を助け起こし、猿轡を外し、手首の縛めを解く。上着を脱ぎ、それを私に押しつける。

その時になってようやく、私は自分が裸でいることを思い出した。麻痺《まひ》していた羞恥心が蘇ってくる。私は急いで上着の袖に手を通した。手がぶるぶると震え、釦が留められない。

見かねたのか、ツェドカが手を貸してくれた。上着の釦をすべてはめ終えると、彼はゆっくりと立ちあがった。

「お前達、シャマール騎士団の者だな」

男達を見廻し、ツェドカは言った。

「これは光神王に対する反逆だ。その命、ないものと思え」

「ですが殿下もご覧になられたはず」

私のシャツを切り裂いた男が、私を見て、再びツェドカに目を戻す。

「アライス殿下は女です。恐れ多くも光神王を欺いていたのです。反逆罪に問われるのは私達ではなく、アライス殿下の方です」

「それを決めるのは光神王であって、お前ではない」居丈高《いたけだか》にツェドカは言い放った。「父王には私が話す。お前達はここで見聞きしたこと、その一切を胸の内だけに留めよ」

男は驚愕《きょうがく》に目を見開き、私のことを指差した。

「このような者を、なぜ庇われるのです！」

「お前が知る必要はない」

「ですが――」

「黙れ！」厳しい声でツェドカが遮る。「意見など求めてはいない。お前達は黙って私の命《めい》に従えばよいのだ」

男は顎を引いた。上目遣いにツェドカを睨み、押し殺した声で言う。

「失礼ながら、承伏いたしかねます」

「私の命令が聞けないというのか？」

「申し訳ございません」男は慇懃《いんぎん》に頭を下げた。「我らはシャマール卿に忠誠を誓った神聖騎士。我が忠誠はシャマール卿にあります。いくら殿下のお言葉であっても、シャマール卿の利を損ねるようなご命令に従うことは出来ません」

「そうか」とツェドカは呟いた。「ならば仕方がない」

彼は素早く手を伸ばし、男の腰帯から短剣を引き抜く。

男は慌てなかった。かすかに眉を寄せ、首を傾げる。

「殿下、そのような短剣一つで、我らを倒せるとでもお思いですか?」

「いいや」

ツェドカは短剣の刃を自分の喉に押し当てた。

「だがお前の剣で私が傷つけられたとなれば、シャマール卿とて黙ってはいないだろう」

男の顔から余裕が消えた。

「殿下!」低い声で恫喝《どうかつ》する。「馬鹿な真似はお止め下さい」

「動くな」

男達を牽制《けんせい》しながら、ツェドカは私に呼びかける。

「アライス、立つんだ」

私は彼を見上げた。

立って、どうしろと?

もうすべては終わってしまったというのに?

「しっかりしろ、アライス! 逃げるんだ。抜け道を使え。鍵を持っているだろう?」

「逃げてどうしろというんだ」

掠れた声で私は呟いた。

「私は王にはなれない。国を変えることも、母を救うことも出来ない。逃げて、生き延びて、この先どうしろというのだ?」

「諦めるな!」

ツェドカの声が天井に響く。

「お前が心から願えば叶わないことなんて何もない。お前はどんな道でも選べる。どんな場所にも行ける。どんな人間にだってなれる。なのにお前は、これしきのことで自分の時空を投げ出してしまうのか！」

雷に打たれたような衝撃を受けた。こんな時、こんな場所で、母さまと同じ台詞《せりふ》を、彼の口から聞かされるとは思ってもみなかった。

私は影断ちの剣を拾い、よろよろと立ちあがった。

「母さまを迎えに行かなきゃ――」

置いていったら母さまは死んでしまう。私の枷《かせ》となることを嫌い、自ら死を選んでしまう。

「ハウファのことは私が守る」

男達を睨みつけたまま、ツェドカは凛《りん》と宣言する。

「必ず守る。約束する」

「しかし――」

信じていいのか？

ツェドカを――私の宿敵を？

私が迷っている間にも、男達はじわじわと間を詰めてくる。ツェドカが剣の扱い方を知っているとは思えない。短剣を取り上げられるのも時間の問題だ。

「行ってくれ、アライス！」

懇願するようにツェドカは叫んだ。

「早く――早く行けッ！」

その声に弾かれるように、私は隠し扉へと走った。帯に隠した木の鍵を取り出す。震える手で隠し扉を開き、暗い通路へと飛び込んだ。王城の外に出るには城壁の横腹に開いた出口に向かうしかない。けれど私一人では橋を架けることが出来ない。

ならば、どこに向かえばいい？

そうだ、下郭の厩舎《きゅうしゃ》だ。あそこには馬がいる。馬を駆り、正面門楼を突破するのだ。

遠くから足音と怒声が響いてくる。追っ手だ。私は壁に手を置いたまま走った。指先が擦れて痛む。それでも手を離すわけにはいかない。厩舎までの道は『ＹトＬィＴ』。道を間違えれば、それでおしまいだ。

「捜せ！」

「まだ遠くには行っていない！」

通路に声がこだまする。恐怖と焦燥に喘《あえ》ぎながら、私は通路を駆け抜けた。行く手に細い光の筋が見える。出口だ。

私は扉を開き、厩舎に出た。足下の藁《わら》に足を取られ、つんのめって転ぶ。馬糞の匂いが鼻をつく。突然現れた私に、馬達が驚いて嘶《いなな》く。

萎《な》えそうになる膝に手を置いて、私は立ちあがった。厩舎内を見渡し、前に一度、乗せて貰ったことがある馬を見つけ出す。壁にかけられていた鞍を下ろすと、それを馬の背に乗せた。鐙《あぶみ》に足をかけ、馬にまたがる。震える手で手綱を握り、馬の腹を蹴る。しかし、怯えた馬はブルブルと首を振るばかりで走ってくれない。

「頼む。走ってくれ。頼む！」

私の叫びは、劈《つんざ》くような爆音にかき消された。隠し扉が弾け飛び、土煙が噴き出す。驚いた馬は解き放たれた矢のように厩舎を飛び出した。振り落とされないよう馬の首にしがみつきながら、私は見た。中郭を支える城壁が崩れ、そこから黒煙が上がっている。誰の仕業か。何があったのか。わからない。考えている余裕もない。音を聞きつけた人々が、何事かと下郭の通路に飛び出してくる。

「どいてくれ！」

私は必死になって叫んだ。

「道を開けてくれ！」

暴走馬に驚いて飛び退《の》く人々。私は叫びながら、怪我人が出ないことを祈った。

中郭の城壁の上に緑の茂みと見慣れた白い丸屋根が見えてきた。テラスに二人の女性が立っている。遠くて顔は見えないが、私にはわかった。

「母さま！　アルティヤ！」

私は力一杯手綱を引いた。馬は不満げに嘶きながらも、どうにか脚を止めてくれた。

「逃げて、母さま！」

テラスを見上げ、声の限りに叫んだ。

「逃げて下さい！」

応えるように母さまが叫んだ。その声は人々の悲鳴にかき消され、私の元には届かない。

母さまが手を振る。行きなさいと言うように。

それでも私は躊躇《ちゅうちょ》した。ここで別れたら二度と会えない。母さまにもアルティヤにも、もう二度と会えない。

「いたぞ！　あそこだ！」

屋根の上に弓を持った近衛兵が現れる。飛矢が私の頬をかすめる。近くにいた男が流れ矢を受けて倒れる。人々が悲鳴を上げて逃げまどう。

それを見て、私は決意した。

「必ず戻ります！」

宣言し、馬の腹を蹴った。風のように馬が走り出す。私は身を伏せ、瞬きもせず、前だけを見つめていた。振り返ってしまったら、私は立ち止まってしまう。母さまはそれを望まない。私は母さまを失望させたくない。

角を曲がると正面門楼が見えた。ガラガラと鎖が巻き取られていく。跳ね橋が引き上げられていく。

駄目だ、間に合わない！

そう思った瞬間——がくん、と橋が止まった。滑車が異物を巻き込んだようだ。

馬は楼門に向かって突進した。半ばまで下りた落とし格子をくぐり抜け、角度のついた跳ね橋を駆けあがり、天に向かって飛び出した。

ふわりと体が浮きあがった、次の瞬間。重い衝撃が左肩を打った。痛みが駆け抜け、ふっと意識が遠のく。

(目を覚ませ！)

私は、はっと目を開いた。

馬が着地する。激痛に、手綱を手放しそうになる。私は頭を振った。手綱を握り直し、鞍の上に座り直した。

馬は大通りを駆け抜けた。蹄鉄《ていてつ》が石畳を蹴り上げるたびに、抉《えぐ》られるような痛みが肩に走る。冷たい汗が吹き出し、吐き気がこみ上げてくる。

王都ファウルカを出て、草原を南へと走り続けた。もはや私には馬の手綱を引く力も残っていなかった。出血と痛みに意識が朦朧《もうろう》とし、目を開けるのも億劫《おっくう》だった。

おそらく、気を失っていたのだと思う。

突然馬が嘶き、私を振り落とした。大地に叩きつけられる寸前、咄嗟《とっさ》に左肩を庇った。したたかに腰を打つ。私は身を捩って痛みを堪えた。

湿った土の匂いがする。青臭い草の匂いがする。浅く息を吐き、上体を起こした。

天空を覆う時空晶はすでに暗く、私の目の前には、鬱蒼《うっそう》とした黒い森が広がっていた。

「それが『悪霊《シャダイ》の森』？」

「そうだ」

頷いて、私は目を閉じる。

「死影が潜むという黒い森。一度踏み込んだら最後、二度と出ることはかなわない死影の森。それでも私に選択肢はなかった。追っ手から逃れるには悪霊《シャダイ》の森に入るしかなかった」

傷を負い、血を流しながら悪霊《シャダイ》の森に入ればどうなるか、充分に承知していた。生きては出られないだろうと覚悟もしていた。

けれど、私は出会った。

「死影と戦い、力尽きて倒れた私を助けてくれたのは、影使いの老夫婦だった」

彼らとの出会いが、私の人生を変えた。

「影使い達はいろいろなことを教えてくれた。籠の編み方。薬草の見分け方。罠の仕掛け方。お前達や聖教会がぐるになって吹聴する、嘘偽りのこともな」


私を助けてくれた老夫婦――老人らしからぬ立派な体躯《たいく》をした夫はオープと名乗った。妻のアイナは背筋のしゃんとした上品な老婦人だった。彼らの服は擦り切れ、ひどくくたびれていたけれど、彼らの所作は美しく、気品のようなものが漂っていた。

二人は私が第二王子であることを知り、女であることを知っても、少しも臆することがなかった。私を聖教会に突き出すことを拒否し、私の身を預かるとまで言ってくれた。

信じられなかった。サマーア聖教会の信徒にとって聖教会は絶対であり、光神王は畏怖すべき絶対神だ。その命《めい》に背《そむ》き、罪人を庇うなど、正気の沙汰《さた》ではないと思った。

「お前達はいったい何者なんだ？」

私の問いに、オープは正直に答えてくれた。

「私達は影使いです」

影使いは闇王ズィールの僕《しもべ》、光神サマーアに抗う邪教徒、死して死影となる忌《い》むべき存在だと教えられてきた。私は彼らを口汚く罵《ののし》った。しかし、オープは怒らなかった。

「影使いは邪教徒ではありません。死影に傷を負わされ、影と共生することを余儀なくされた者が、生きていくために技を売る。それが影使いなのです」

愕然とした。足下が崩れ、地の国《トゥホーマ》に転がり落ちてしまいそうな気がした。私はこの国のため、民のため、光神王になろうと懸命に努力をしてきた。だが私が学んできたものは、すべて聖教会が作りあげた嘘だった。私の努力は的外れな自己満足にすぎなかったのだ。

寄る辺を失い、守るべき者も目標も失った私を、老夫婦は励ましてくれた。聖教会がしてきたことを思えば、この場で叩き殺されても文句は言えないのに、彼らは私を助け、傷の手当てまでしてくれた。聖教会は女だというだけで私を反逆者だと言い、女を産んだというだけで母を死に追いやった。なのに影使いの夫婦は、仇である光神王の娘にさえ、救いの手を差し伸べてくれた。

どちらが正しいのか。

どちらが本当のことを言っているのか。

もはや疑いようはなかった。彼らは不幸な事故に遭い、影に取り憑かれただけだ。何の罪も犯していないのに邪教徒と罵られ、愛する家族から引き離され、流浪の生活を余儀なくされてきたのだ。

何が民のため、何が国のためだ。私は何も知らなかった。何も知らずに己の不幸を嘆いてばかりいた。恥ずかしかった。無知な自分がたまらなく恥ずかしかった。彼らに申し訳なくて、このままこの世から消えてしまいたいと思った。

そんな私に影使い達は言った。

「自分に何が出来るのか。何がしたいのか。アライス様には、それを考える時空がまだ残されております。それとも貴方は戦う前から、すべてを諦めておしまいになるのですか？」

「然《しか》り。殿下はお若い。まだまだたっぷりと時空は残されておりますぞ？」

私は城を追われた咎人だ。財力も権力もなく、我が身を保護してくれる者さえいない。もはや光神王になることも、この国を変えることも叶わない。

それでも――

「こんな私に、まだ出来ることがあるというのか」

アイナはにっこりと笑った。

「それはアライス様がお決めになることですわ」

「まず傷を治すことです。体力が戻るまでは、ゆっくりとここに滞在なさるがよろしい」

私は目を瞬《しばたた》いた。

「なぜだ？　なぜ私のような忌み子をそこまで気にかけてくれる？　私を助けたことが知れたら殺されるかもしれないのに。私を助けても、お前達にとって何の得もないというのに？」

その問いに答えるかわりに、アイナは私に言った。

「では、私達の子供になって下さいませんか？」

まるで予期せぬ申し出だった。

「つまり私に、養子になれということか？」

「いいえ、そこまで恐れ多いことは申しません。この村にいらっしゃる間だけでよいのです。私達を父母だと思い、親子のふりをしていただきたいのです」

「しかし私は忌み子だ。私が父母と呼べば、お前達まで呪われる」

「それはアライス様が光神王の子であった場合でしょう？　私達の間に女の子が生まれたとしても、何ら不思議はありません」

そう言って、アイナは優しく微笑んだ。慈愛に満ちた微笑みだった。一瞬、母のことを思い出し、私は言葉に詰まった。

これまで私は男として生きることを求められてきた。母やアルティヤでさえ、私を娘として扱ったことは一度もなかった。だが、ここでなら己の性を偽らなくてすむ。『神宿』の第二王子アライスではなく、一人の娘として生きることが出来る。これはきっと光神サマーアの慈悲だ。神は私を見捨ててはいなかったのだ。

私は彼らの厚意に甘えることにした。

悪霊《シャダイ》の森の隠里《かくれざと》にはオープとアイナの他にも、十数人の影使い達が生活していた。彼らは私を毛嫌いした。打ち解けようと努力はしたが、影使い達の老人は私を避け、口も利いてくれなかった。

当然といえば当然だった。私が第二王子アライスであることは、隠里中に知れ渡っている。彼らをこんな境遇に追いやったのは聖教会だ。その頂点に立ちながら、何の対策も講じてこなかった光神王を——その血を受け継ぐ私を、彼らが嫌うのは当たり前のことだった。

彼らの信頼を得るには、行動で示すしかない。

私は身を粉《こ》にして働いた。

その甲斐あってか、一カ月《シャハル》もすると私に話しかけてくれる者が現れた。マナールは文句を言いながらも私に籠編みのコツを教えてくれた。セルマは薬草の扱い方を、レグタは食べられるキノコや野草の見分け方を教えてくれた。ラクラクとともに森に仕掛けた罠を見廻り、そこで捕れた兎《アルナブ》や野鼠《ファアル》を持っていけば、ハヌートが毛皮の剝《は》ぎ方や肉の取り方を教えてくれた。アーシアは里に一機しかない織り機の使い方を教えてくれたし、ジュルフは服の仕立て方を教えてくれた。

オープは私に剣と弓の使い方を教え、練習相手も務めてくれた。かつてはツァピール騎士団にいたというだけあって、老いてもオープの剣筋は鋭かった。

「大振りしては駄目だ」

彼はいつも私に言った。

「その剣はおぬしには大きすぎる。力任せに振り回しては軸がぶれてしまうぞ」

アイナは今まで彼女が旅してきた外つ国《とくに》の話をしてくれた。彼女の話を聞くたびに、いつか私もそこに行ってみたいと思った。外つ国に行けば、私を縛るものはもう何もない。私はどこにでも行ける。どんな人間にもなれるのだ。

アイナは私に、女として生きていく上で必要不可欠な、とても大切なことを教えてくれた。女が子を産む体になったことを知らせる月のもの。それについての知識は私にもあった。けれど、それが自分の身にも起こるとは思っていなかった。自分が女であるという証左を突きつけられた時、私は狼狽え、恐慌に陥った。

「こんなものいらない」

アイナに縋《すが》りつき、私は叫んだ。

「私は女になんかなりたくない！」

「アライス……もういいのよ」

私の背を撫でながら、諭すようにアイナは言った。

「もう女であることを隠さなくてもいいの。女であることを嘆かなくてもいいの。貴方は私達の娘、愛《いと》しい愛しい愛娘《まなむすめ》なんだもの。だからアライス、自分自身を否定しないで」

オープは不器用だけれど頼もしく、アイナは厳しいながらも優しかった。私は二人を父母と慕った。隠里での生活は穏やかで、いつも笑顔が絶えなかった。ここでは嘘をつく必要もなく、誰かと張り合う必要もない。幸せだった。いつまでもこの幸せに浸っていたかった。優しい両親の庇護のもと、心地よい温もりの中に微睡《まどろ》んでいたかった。

けれど私の中に流れる光神王の血が、神宿としての矜持《きょうじ》が、それを許さなかった。

私が隠里に来てから一年《サナ》が過ぎた六月《ハジーラン》。その日は朝から冷たい雨が降っていた。

最初に異変に気づいたのは私だった。

「なんかコゲ臭くないか？」

雨の匂いに混じって、いがらっぽい臭いが漂ってくる。それを辿《たど》り、私は外に出た。途端、異様な臭いが鼻をつく。何かが焦げたような、毛皮が燃えているような臭いだ。

私は周囲を見廻した。生い茂った木々の葉。村を取り囲む深い森。灰色の時空晶を背景に黒い煙が立ち上っている。

「あれは何だ？」

悪霊《シャダイ》の森には死影が潜む。足を踏み入れる者は滅多にいない。けれど、それを知らない旅人が、過って迷い込んでしまったのかもしれない。

「ちょっと様子を見に行って——」

「なりませぬ！」

オープが遮った。太い眉を吊り上げ、恐ろしげな形相で黒煙を睨んでいる。

「なにを怒っているんだ？」

彼の怒りが理解出来ず、なぜ止められるのかもわからず、私は言い返した。

「どうして火が出たのか、見てくるだけだ」

「見に行くまでもござらぬ。あれは村が燃えておるのです」

「村が燃えている？」

悪霊《シャダイ》の森にはここの他にも隠里があると聞いたことがある。もしどこかの村が火を出してしまったのだとしたら、そこで暮らす人々はきっと困っているに違いない。だとしたらすぐにでも助けに行くべきではないのか。そう思ったのだが——オープの顔を見る限り、そう単純なことではないらしい。

「それはどういう意味だ？」と私は問いかけた。オープは答えなかった。彼は眉間《みけん》に深い皺《しわ》を刻んだまま、岩のように黙り込む。

助けを求め、私はアイナに目を向けた。だがアイナは蒼白な顔でオープの背を見つめるばかりで、私と目を合わせようとしない。

こんなことは今までなかった。答えにくい質問にも、顔をしかめるような問いかけにも、二人はきちんと答えてくれた。その彼らが揃って口を閉ざす。何か恐ろしいことが起きているに違いなかった。

「もういい」

私は身を翻した。小屋に戻り、影断ちの剣を摑むと、再び外へと走り出す。

異臭を嗅ぎつけた影使い達が家の外へと出てきていた。彼らは一様に青ざめ、恐怖に顔を歪めていた。私が黒煙の方角へ歩き出そうとすると、彼らは私を取り囲み、口々に「行くな」と叫んだ。彼らの必死な顔を見て、私はなおさら思いを強くした。あそこで何が行われているのか。どうしても知る必要がある。

「悪霊《シャダイ》の森には、この村の他にも影使い達が暮らす隠里が存在する」

私の前に立ち塞がり、押し殺した声でオープは言う。

「サマーア聖教会はその存在を黙認しているが、時折神聖騎士団が派遣され、粛清《しゅくせい》と称して隠里の焼き討ちを行う。相手は神聖騎士団だ。おぬし一人が助けに向かったところで無駄死にするだけだ」

私はオープを見上げた。

嘘を言っているようには見えない。でも神聖騎士団は光神王の兵隊だ。鼻持ちならない者もいなくはなかったが、いたずらに村を焼くような無法者の集まりではなかった。

どちらが正しいのか。

判断するには、自分の目で確かめるしかない。

私はオープの横をすり抜けた。そのまま森へと駆け込む。下草を踏み分けながら、木々の間を走り抜ける。

足音が追いかけてくる。肩越しに振り返ると、アイナとオープの姿が見えた。彼らの後ろには影使い達もいる。

私を連れ戻す気だと思った。

が、そうではなかった。

「止めたって無駄よね」とアイナが言い、「おぬし一人では相手にならん」とオープは言い、「一緒に行くよ」とレグタは苦笑した。彼らは私の身を案じ、私を援護しようとついてきてくれたのだ。

ありがたいと思った。同時に申し訳なくなった。皆の時空は残り少ない。影の技を使えば彼らの体は結晶化し、死に至る可能性もある。

私の我《わ》が儘《まま》のせいで彼らを傷つけたくはない。

そう思いながらも、私は足を止めなかった。

降り続く雨の中、勢いに任せて進んだ。疲れの見える老人達を労《いたわ》ることも忘れ、無言で歩き続けた。次第に臭いが強くなる。パチパチと薪がはぜるような音が聞こえてくる。生い茂った藪の先に何か黒いものが見えた。

それは真っ黒に焼け焦げた木の柱だった。まだ黒煙を上げ続けている屋根だった。

私は走った。走りながら影断ちの剣を抜く。

森が切れ、視界が開けた。

焦げついた柱。燃え続ける家々。降り続く雨。血と泥と大地を埋め尽くす人また人。折り重なるように倒れた人々の顔は恐怖に引き攣《つ》り、耐え難い苦痛に歪んでいる。

確かめるまでもなかった。

彼らは死んでいた。喉を裂かれ、頭骨を砕かれ、胸を抉られて死んでいた。全身の血が凍る。思考が停止し、何も考えられない。心が麻痺し、怒りも悲しみも感じられない。雨が降る。雨が血を洗い流す。白々とした肌、ぱっくりと開いた刀傷、凄惨な遺骸の上に、静かに雨が降り続く。

彼らは殺された。影使いであるというだけで、神聖騎士団に殺されたのだ。

こんなことがあっていいのか。

こんなことが許されていいのか。

「光神サマーアよ……なぜこんな非道をお許しになられるのですか」

貴方は貴方を信じる者しか守らないのですか。

貴方を愛する者しか救わないのですか。

「これが神の有り様なのか！」

怒りにまかせ、地面に剣を突き立てる。

数歩先にまだ幼い少年が倒れている。粗末な服は血に染まっている。見開かれた目には、死に至る痛みと恐怖が刻まれている。私は少年を抱き上げた。体中の血が流れ出てしまったのだろう。その体は悲しくなるほど軽かった。

じわりと、腹の底が熱くなった。心臓が軋みを上げる。喉の奥から悲鳴がこみ上げてくる。死せる少年を抱きしめて、私は慟哭《どうこく》した。

隠里での安穏とした生活。優しい村人達に囲まれた幸福な日々。それに私が浸っている間にも、この世界には虐《しいた》げられている者達がいる。罪もなく殺されていく者達がいる。わかっていたはずだ。わかっていたはずなのに、私は見て見ぬふりをしてしまった。

許してくれと、私は叫んだ。

もう忘れないから。

もう決して目を逸《そ》らしたりしないから。

どうか、私を許してくれ。


歴史学者は喉の奥で呻いた。

「そんなことが行われていたとは――」

「知らなかったとは言わせない」

私はぐっと拳を握りしめた。

「私が女であったがゆえに、母とアルティヤは死んだ。隠里の影使い達もアルニールの住人達も、みんなお前達に殺された。お前達が吐き続けてきた嘘に殺されたのだ！」

憤怒《ふんぬ》に満ちた目で私は歴史学者を睨んだ。

彼は何も言わない。それが余計に私の怒りをかき立てる。

「女であることは死に値する罪か？　影使いであることは死に値する罪か？　私も彼らも望んでそうなったわけではないのに！」

彼に詰め寄ろうとして、両足首を拘束する鎖に引き戻される。

「彼らを救いたかった」

その気持ちに偽りはない。今でも願望はこの胸を焦がし、慚愧《ざんき》の念が臓腑《ぞうふ》を抉る。

「この理不尽な世界を変えたかった！」

神聖騎士団によって滅ぼされた影使いの村。それを目の当《ま》たりにして、ようやく目が覚めた。たとえ王城を追われても、光神王となることが叶わなくても、私は光神王の子だ。貧困に喘ぐ民を救い、理由もなく殺されていく人々を守る義務がある。それから目を逸らし、安穏な暮らしに逃げ込むことは、母やアルティヤの時空だけでなく、自分自身の時空をも否定することになる。

今の私は王城に戻ることも、父王に会うことも許されない。残された道はただ一つ。騎士になるのだ。立派な騎士となって光神王に会いに行くのだ。あのイズガータ・ケナファがそうしたように。

イズガータ様は女の身でありながら、ケナファ侯の称号を勝ち取った。彼女のように強くなることが出来たなら、父王は私を認めてくれる。私の言葉に耳を傾けて下さるはずだ。

「私はケナファ騎士団に入る。剣の腕を磨いて、イズガータ様のような立派な騎士になる」

私がそう言うと、オープやアイナはもちろんのこと、村のみんなはこぞって反対した。けれど私は譲らなかった。頑なな私の態度を見て、ついに彼らも諦めた。ジュルフは私のために、聖教会の輔祭《ほさい》の長衣にそっくりな服を仕立ててくれた。影使い達はなけなしの時空晶をかき集め、私に持たせてくれた。

彼らの時空は残り少ない。たとえ影を使役することがなくても、彼らの体は徐々に結晶化していく。ここで別れたら、もう二度と会えないかもしれない。そう思うと辛かった。特にオープとアイナに別れを告げることは、身を切られるほど辛かった。

「父上、今までありがとうございました」

私が右手を差し出すと、オープは両手で私の手を包み、力強く握り返してくれた。大きな硬い手。力強い抱擁《ほうよう》。この一年《サナ》、彼が本物の父だったらどんなにいいだろうと何度思ったかしれない。

「母上、どうかお体を大切に」

私はアイナを抱きしめた。彼女は私を娘と呼んでくれた。そのままの貴方でいていいと言ってくれた。彼女の言葉に、私は幾度となく救われてきた。

「私はここに戻ってきます。この国を救い、影使い達が平和に暮らせる場所を見つけて戻ってきます。すぐには無理だと思いますが、それでも遠くない未来、必ずお迎えに上がるとお約束します」

抱擁を解き、私はアイナを見つめた。

「ですから母上。それまでご健勝でいらっしゃると、お約束下さい」

アイナは私の腕を撫で、涙ながらに微笑んだ。

「安心して行ってらっしゃい。母はここで貴方の帰りをいつまでも待っております」

私は今一度、アイナをぎゅっと抱きしめた。

「行って参ります！」

そして一人悪霊《シャダイ》の森を出て、街道を南に向かって歩き出した。

聖教会直轄領であるシャマール領を抜け、エトラヘブ領を横切る。世間知らずの一人旅にもかかわらず、危険な目に逢わずにすんだのは、私が輔祭の恰好をしていたからだろう。

およそ一カ月後《シャハル》、私はケナファ領の交易地サウガに到着した。

石造りの建物。石畳が敷かれた大通り。その両側には所狭しと屋台が並んでいる。生活道具や新鮮な野菜や川魚などを売る店、異国の装飾品や珍しい食べ物などを扱う店もある。

賑やかな町を抜けると、そこには丘陵地帯が広がっていた。淡い緑に覆われた大地がはるか地平まで続いている。

すぐ近くの丘に古城が建っている。

サウガ城。ケナファ騎士団の居城だ。

城の正面、跳ね橋の前に二人の騎士が立っていた。長衣の胸には翼の縫い取りがある。純白の二対の翼。ケナファ騎士団の紋章だ。彼らに気軽に挨拶をして、使用人らしき集団が跳ね橋を渡っていく。それに私が続こうとした時——

「そこの輔祭!」若い騎士が呼び止めた。

「見かけない顔だな？　サウガ城に何の用だ？」

私は右膝を折って、礼儀正しく挨拶した。

「イズガータ様にお目にかかりたく罷《まか》り越しました。どうかお取り次ぎをお願いします」

「帰れ」

若い騎士は槍を振りあげた。

「ここは輔祭の来るところじゃない」

「こらこら、子供を怖がらせてどうするんだ」

もう一方の年輩の騎士が制止する。彼は身をかがめ、私の顔を覗き込む。

「お嬢ちゃん、どこから来た？　一人かい？」

「ファウルカから来ました。私一人です」

「おやおや、そりゃ困ったな」

壮年の騎士は頭を掻いた。

「サウガ城に聖堂はないんだよ。聖堂はサウガの町ん中にある。小さな塔のある建物だから、すぐにわかるはずだよ」

「間違えたわけではありません」

内心苛々《いらいら》しながらも、私は出来るだけ丁寧に申し出た。

「私はイズガータ様に会いに来たのです。お取り次ぎをお願いします」

「何の遊びだか知らないけど――」壮年の騎士は怖い顔をしてみせた。「怒られたくなかったら早く帰りなさい」

なるほど彼らは門楼番だ。見ず知らずの者を通すわけにはいかないのだろう。とはいえ、私の身分を証明してくれるのは『神宿』の証である光神サマーアの護符だけだ。ここでそれを出すわけにはいかない。私は罪人だ。アライスの名を出せば、イズガータ様にも迷惑をかける。けれど、大人しく引き下がるわけにもいかない。私は逡巡《しゅんじゅん》したあげく、思い切って、こう言ってみることにした。

「ハウファの娘が訪ねてきたとお伝え下さい。イズガータ様になら、それでお解りいただけると思います」

ハウファはありふれた名だ。口に出したところで疑われることはないだろう。そう思っていたのだが――

「この餓鬼、何様のつもりだ！」

頬を紅潮させ、若い方の騎士が槍を構えた。今度は脅しじゃない。真剣に怒っている。思わず私はたじろいだ。どうしよう。こんな反応、予想していなかった。

「大きな声を出さないで下さいよ。頭に響くじゃないですか」

寝ぼけているような、からかっているような、およそ緊張感のない声が聞こえた。槍を構えた騎士の後ろに、いつの間にか、一人の男が立っている。

「ア、アーディン副団長！」

若い騎士が槍を引く。踵《かかと》を合わせ、拳を左胸に当てる。

「おはようございます！」

「はいはい、おはようさん」

アーディンと呼ばれた男は、この国ではあまり見ることのない色の薄い金髪と、灰色がかった青い瞳を持っていた。騎士と呼ばれる者達が全員屈強な大男だとは思ってはいない。けれど、目尻の下がった優しい顔立ちは、勇猛で知られるケナファ騎士団の副団長としてはあまりに優男すぎる気がした。

「で、レフタ。朝っぱらから何の騒ぎですか？」

壮年の騎士に向かい、副団長が呼びかけた。

それに対し、レフタと呼ばれた騎士は苦笑混じりに言い返す。

「お言葉ですがもう昼前です。朝っぱらという時刻ではありませんぞ？」

「わかってます。いやぁ、昨夜は飲み過ぎちゃいましてね。今、起きてきたとこなんですよ」

「たいがいにしませんと、また団長のお叱りを受けますぞ？」

「その団長が原因なんだから仕方ないでしょう？」

「まあ、気苦労はお察しいたしますが――」

　壮年の騎士は空咳をした。私の肩に手を置くと、副団長の前へ押し出した。

「実はこの娘が、イズガータ様にお目通り願いたいと申しまして」

「このお嬢さんが？」

　副団長が私を見た。私は瞬きもせず、彼の青灰色の瞳を見返した。

　その目に剣呑《けんのん》な光が宿った……ような気がした。が、私がそれを確かめる前に副団長は目を逸らしてしまった。わざとらしく眉を顰めると、若い騎士を振り返る。

「タクシス、君はこんな可愛いお嬢さん相手に、あんな大声出してたんですか？」

「す、すみません」

「俺でなく、お嬢さんに謝んなさい」

　副団長は私に向き直った。胸に手を当て、礼儀正しく一礼する。

「俺はアーディン。ケナファ騎士団の副団長です」

　顔を上げ、にこりと笑う。甘く優しげな顔立ち、丁寧な物言い、貴族のように洗練された所作、どれを取ってもまったく騎士らしくない。

「お嬢さん、イズガータを訪ねてきたそうですね？」

「はい、実は——」

「やめて下さいよ、副団長」タクシスと呼ばれた若い騎士が私の言葉を遮る。「こんな子供、イズガータ様の知り合いであるはずがないでしょう？」

「でもこの歳の娘としては、ずいぶんしっかりしているじゃないですか」

副団長は私を見て、それからタクシスに目を戻す。

「それにちょっと薄汚れているけど、こう品格のようなものを感じませんか？」

「感じませんよ。副団長みたいに路傍《ろぼう》の花にさえ品格を感じていたら仕事になりません」

「芸術を解さないヤツですねぇ。そんなこと言ってるからモルダに振られるんですよ？」

「そ、それとコレとは関係ないでしょう！」

頬を赤く染めてタクシスは憤慨する。

副団長は肩をすくめ、再び私に目を向けた。

「じゃ、俺がイズガータの所まで案内しましょう」

「本気ですか？」タクシスが目を剝いた。「余計な手間を取らせるなって、怒鳴られますよ？」

「どうせ遅参《ちさん》の詫びを入れにいかなきゃならないんだし、ついでに怒られてきますよ。大丈夫、何かあっても責任は俺が取ります」

副団長はおおらかに笑って、タクシスとレフタの肩をぽんぽんと叩いた。

「君達もこの子については他言無用に願いますよ」

「わかりました」

「じゃ、そういうことで」副団長はにこりと笑って、私を手招いた。「ついてきて下さい、お嬢さん」

アーディン副団長に導かれ、私はサウガ城に入った。しっかりとした造りの跳ね橋。堅牢な落とし格子。前庭を横切り、大塔へと足を踏み入れる。石造りの廊下。岩を積みあげただけの無骨な柱。彫刻や装飾の類は一切見られない。まさに質実剛健。さすがケナファ騎士団の居城だ。

副団長の後について広間を抜け、階段を登った。大塔の二階も階下同様、まったく飾り気がない。擦り切れた石床を光木灯の青白い光が照らしている。

副団長は一枚の扉の前で立ち止まった。覚悟を問うように私を見てから、扉を叩く。

「誰だ?」

聞き覚えのある声が誰何《すいか》する。

「アーディンです」副団長が答えると、すぐに返事が聞こえた。「ようやく来たか。さっさと入れ」

副団長が扉を開く。彼に続き、私も部屋に入った。

まず目についたのは使い込まれた机と椅子だった。剝き出しの床、灰色の石壁、暖炉の上には古めかしい二本の剣が無造作に飾られている。

「遅い」

イズガータ様は黒髪を首の後ろで束ねていた。浅黒い肌。蒼輝晶《そうきしょう》のように輝く眼。すらりとした長身に、男物の長衣がよく似合う。彼女は眉を吊り上げ副団長を睨んだ。

「第一士隊はお前を置いて巡回に出かけたぞ?」

「さすがでしょう？　士隊長が不在でも動けるよう、日頃からきっちりと訓練してますからねぇ」

「偉そうに言えたことか」

その時、イズガータ様が私に気づいた。

副団長はすかさず私を前へと押し出す。

「先程この城に着いたばかりです。門楼番のレフタとタクシスには口止めをしておきました。他には誰にも見られてません」

「よくやった」と言ってから、イズガータ様は小声でつけ足した。「遅参の罰は帳消しにしてやる。任務に戻れ」

「了解」

副団長は優雅に一礼し、部屋を出て行きかけた。が、何を思ったのか、戸口で足を止め、イズガータ様を振り返る。

「余計なお世話かもしれませんが、言わせて下さい。ケナファ侯としての貴方の立場は理解しているつもりです。けど、ここでは貴方が団長だ。俺も含めケナファ騎士団は全員、貴方の決定に従います」

「何が言いたい？」

「貴方のしたいようにしろってことです。たとえ天に弓引くことになっても、俺達は貴方についていきます」

「馬鹿を言うな。私にはお前達を守る義務がある。軽々しい真似など出来ん」

「それは違いますね。俺達は騎士です。戦うことで飯を喰わせて貰ってる。貴方が守るべきは民草であって、そのために戦うのが俺達の仕事ですよ」

「わかっている」

「いい加減、そろそろ誰かが重い腰を上げてもいい時期だと思うんですけどね」

「わかっていると言っているだろう！」

「じゃ、最後に一言だけ。ケナファ騎士団の副団長としてではなく、貴方の友人として言わせて貰います」

飄々《ひょうひょう》とした声。口調も声音も変わっていない。なのに背筋がぞくりとした。私はおそるおそる副団長を振り返った。

彼は目を眇《すが》めていた。先程までの軟派な気配など微塵《みじん》も感じさせない険しい表情をしていた。

「イズガータ、俺を失望させるなよ？」

眼差しとは裏腹に、その声音は懇願に似ていた。

彼は返事も待たず、そのまま部屋を出て行った。

イズガータ様は下唇を噛み、扉を睨みつけていた。扉の向こうに消えた副団長の背中を、眼差しで射貫《いぬ》こうとしているようだった。

重い重い沈黙。

耐えかねて、私は呼びかけた。

「お久しぶりです、イズガータ様」

イズガータ様は黙したまま、目だけを動かして私を見た。彫りの深い顔立ちは無表情で、親愛の欠片も感じられない。

会うのは五年《サナ》ぶりだった。いや、五年《サナ》前とて正式に対面したわけではない。そもそも私が女であることをイズガータ様はご存じないのだ。不審に思われるのも当然だ。

不安を押し隠し、私は膝を折って頭を下げた。

「ハウファの娘、アライスです」

「アライス殿下は処刑されたと聞いております」

淡々とした声でイズガータ様は言った。

「聖教会からの正式な通達です。疑いようはありませんな」

その言葉に、私は息を飲んだ。

一年《サナ》前、私は傷を負い、悪霊《シャダイ》の森へと逃げ込んだ。血に染まった上着を川に流し、死んだように見せかけもした。だが、まさか処刑されたことになっているとは思わなかった。こうなってはたとえ『神宿』の護符を見せても信じては貰えないだろう。どこかで拾ったか盗んだのだと思われるだけだろう。

目の前が暗くなった。自分の甘さを痛感した。イズガータ様に拒絶されたら、他に私の行き場はない。騎士になることも、この国の役に立つことも、影使い達を守ることも出来ない。

失望のあまり目眩がした。よろめく私をイズガータ様が支えてくれた。青い双眸《そうぼう》に浮かぶ困惑と苦悩。ややあってから、彼女は諦めにも似た息を吐いた。

「口元が……母君に似ておられますな」

「——え?」

彼女は私の前に膝をつき、深く頭を垂れた。

「ご無礼申し上げたこと、どうかお許し下さい」

「私を、信じてくれるのですか？」

尋ねる声が震えた。私を信じるということは聖教会を疑うということだ。それはサマーア教徒にとって大罪にあたる。

「もちろんですとも」

なのにイズガータ様は晴れ晴れと笑った。

「こうしてご無事な姿を拝見することが出来て、これに勝る喜びはございません」

私は言葉を失った。緊張が緩み、立っていられなくなる。その場に座り込んでしまった私に、イズガータ様は冷たい水を運んできてくれた。私が水を飲み、落ち着きを取り戻すのを待ってから、彼女は静かに口を開いた。

「何があったのか、今までどうしておいでてしたのか、お話し願えますか？」

私は頷き、彼女にすべてを話した。

母とアルティヤが私を男として育ててくれたこと。シャマール卿の奸計《かんけい》にかかり、女であることを知られてしまったこと。ツェドカの助けを借りて、その場から逃げ出したこと。逃げ込んだ悪霊《シャダイ》の森で影使い達と出会ったこと。隠里で知った真実。目の当たりにした惨劇。考えに考えた末、思い至った決意——

「この国には理由もなく虐げられている者達が数多く存在します。私は彼らを守る盾になりたい、彼らのために戦う剣になりたいのです」

惨劇の記憶が蘇る。血と泥に塗《まみ》れて死んでいた子供。もうこれ以上、聖教会の横暴を許すわけにはいかない。私は立ちあがり、イズガータ様に頭を下げた。

「お願いです。私をケナファ騎士団に加えて下さい」

「お顔を上げて下さい、アライス姫」

「いいえ、私のことはどうか一介の騎士見習いとして扱って下さい。騎士になるためになら、名前も過去も捨てる覚悟は出来ています」

「貴女はわかっていらっしゃらない」

吐息とともに、イズガータ様は言う。

「騎士になるためには数々の厳しい訓練をこなさなければなりません。王城育ちの姫には、とても耐えられるものではありません」

「そんなこと——」

「私が女だから受け入れて貰えると思ったのですか？　だとしたらあまりに軽率だと言わざるを得ませんな」

イズガータ様は腕を組んだ。彫りの深い顔立ちに苛立ちが滲む。

「とはいえ、姫の身上にはご同情申し上げます。ここは一つ仮の名と身分をご用意しましょう。私の遠縁の子ということにすれば、ある程度の地位の者に輿入《こしい》れすることも可能です。それで納得してはいただけませんか？」

私はイズガータ様を睨んだ。

「嫌です」

「アライス姫――」

「私はこの国を守りたい。地方小領主の妻では何の発言権もない。それでは駄目なのです」

「貴女の幸せのためです」

「誰かの命を踏みつけなければ手に入らない幸せなんて、欲しいとは思いません！」

私は暖炉に駆け寄った。背伸びをし、壁に飾られている二本の剣を手に取ると、その一方をイズガータ様に突き出す。

「私に騎士を目指す資格があるかどうか、試して下さい！」

「無駄なことはおよしなさい」

「無駄かどうか、やってみなければわかりません」

私はイズガータ様に剣を放った。それを片手で受け止め、イズガータ様は眉を顰める。かまわずに、私は剣を抜いた。

「貴方から一本取ることが出来たら、私を騎士見習いとして扱っていただきます！」

イズガータ様は最強の騎士だ。勝てるとは思っていない。それでもやるしかない。言葉よりも行動で示す。それが私のやり方だ。

「行きます！」

鞘を投げ捨て、イズガータ様に向かって走った。彼女の胸元に向け、剣を突き出す！

彼女は剣を鞘に収めたまま、その攻撃を払いのけた。

「剣を収めなさい。怪我をしますよ」

落ち着いたイズガータ様の声。焦《あせ》りも憤りも感じられない。私は身を翻し、彼女の胴を横薙《よこな》ぎにしようとした。イズガータ様はそれも易々《やすやす》と受け止める。

私は幾度となくイズガータ様に斬りかかった。彼女はほとんど移動することなく、剣を抜くことさえせず、私の攻撃をいなし続けた。格の違いを痛感した。とてもかなわないと思った。だが、諦めるわけにはいかない。私は一瞬の奇跡に懸け、剣を振るい続けた。

「まったく、頑固なお姫様だ」

イズガータ様は鞘の先で私の手をしたたかに打った。衝撃で手が痺れ、思わず剣を取り落とす。その剣の刃を踏みつけて、イズガータ様は宣言した。

「勝負ありましたね？」

私はがっくりと床に座り込んだ。目の前に剣の柄がある。けれど拾いあげるにはイズガータ様の足が邪魔だった。

「さあ、お立ち下さい」

剣を踏んだまま、イズガータ様が右手を差し出した。

「湯浴みの用意をさせます。服を着替えたら、食事でもしながら今後の相談をいたしましょう。ご心配は無用です。ケナファ侯の名にかけて、貴女を聖教会に引き渡したりはいたしません」

私はのろのろと手を伸ばした。イズガータ様の手を握る——と見せかけて、鞘に収めたままの彼女の剣を引き抜く。

その不意打ちも不発に終わった。

イズガータ様は私の手首を摑んで捻り上げ、いとも簡単に剣を奪い取った。

「手荒なことをさせないでいただきたい」

彼女は二本の剣をそれぞれの鞘に収めた。それでも諦めきれず、私はイズガータ様の隙を窺い続けた。だが彼女はケナファ騎士団の団長を務める人物だ。私のような素人《しろうと》につけ入られる隙を見せるはずがなかった。

二本の剣を元の場所に戻してから、彼女は私を振り返った。わずかに首を傾げ、片方の眉を吊り上げる。

「まだ諦めてないという顔ですね？」

「……」

「この程度の腕前で騎士になるおつもりだったのですか？」

「女である私がもう一度父に会うためには、立派な騎士になるしかないんだ」

「女は騎士にはなれません」

「それを貴方が言うのか！」

堪えきれず、私は叫んだ。

「貴方にだって出来たのだ。私に出来ないという道理はない！」

一瞬、イズガータ様は何か苦い物でも飲み込んだような顔をした。

「そこまで仰るなら、お尋ねしたい」

彼女の青い眼がつと細くなる。厳しい表情。冷淡な声。子供相手の余裕も、知人の娘に対する恩情も消えている。

「貴女を匿っていることが聖教会に露見したら、私の首ひとつではすまされない。父やケナファの領民達にも厳しい罰が下りましょう。我が領民を危険にさらす。その見返りに貴女は何を下さいますか？」

私は返答に詰まった。

私には何もない。権力も財力も持っていない。見返りに渡せるものなど何もない。私は死に損ないの忌み子だ。多くの犠牲を強《し》いてまで助ける価値などどこにもない。

そう思いかけ……私は頭を振った。

騎士になれるかどうかなんて、私にはわからない。努力しても無駄かもしれない。何も変えられないかもしれない。だからといってここで諦めてしまったら、聖教会は偽りを説き続け、影使い達は殺され続ける。何も変わらない。何も解決しない。母の願いを叶えることも、影使い達との約束を果たすことも出来ない。そんな人生に、いったい何の意味がある？

私は顔を上げた。背筋を伸ばし、イズガータ様の目を正面から見返した。

「私は騎士になりたい。もう一度父に会って聖教会の偽りを暴き、恐怖による圧政を終わらせるよう進言したい。私はこの国を変えたい。誰も差別されることなく、殺される心配もない。そんな平和な国を作りたい」

私は右手を差し出す。空っぽの右手に、私の命と魂と夢を乗せて差し出す。

「それが私の夢です。私が差し上げられるのは夢だけです。この夢を叶えるためになら、私はどんな努力も惜しみません。もし私にその力がないとイズガータ様が判断されたなら、その時には私を斬り捨て、どこぞの谷にでも投げ捨てて下さい」

イズガータ様は目を細めた。空気が凍り、殺気が張り詰める。動いただけで肌が切れてしまいそうだ。

「その覚悟、見せていただきましょう」

唇の端を吊り上げ、イズガータ様は嗤《わら》った。腰帯から短剣を抜き、その柄を私に向ける。

「髪を切りなさい」

「……え？」

「出来ませんか？」

揶揄《やゆ》するように、イズガータ様は言った。

「髪よりも軽いとは、ずいぶんと易い覚悟ですな」

私は父王に似ていない。唯一受け継いだのがこの白金の髪だった。とはいえ、たかが髪だ。大願を成就《じょうじゅ》させるためなら名も過去も捨てると誓った。何を迷うことがある。

私は短剣を受け取った。それを口に咥《くわ》え、両手を使って髪を束ねる。まとめた髪を左手で握り、もう一方の手で剣を逆手に構える。

ざくりという手応え。

切り落とした髪の束を、私はイズガータ様に突き出した。

「これでよろしいですか？」

イズガータ様は満足そうに頷いた。

「貴女の覚悟、確かに見届けました」

髪の束と短剣を受け取り、彼女は続ける。

「貴女は親を亡くし、私を頼ってきた知人の子ということにします。たっての願いで騎士見習いとして預かることにしましたが、だからといって容赦はしない。贔屓《ひいき》もしない」

「貴女は自分で荊《いばら》の道を選んだのです。泣き言を言ったらすぐに放り出しますぞ?」

「望むところです」

「では、新しい呼び名が必要ですな」

「はい」

そう言って、イズガータ様は黙り込んだ。腕を組んで、考え込む。しばらくして、いい案が浮かんだらしい。ぽんと手を打ち、彼女は視線を私に戻した。

「当分の間、貴女のことはシアラと呼びましょう」

彼女は私に歩み寄ると、私の髪をくしゃくしゃと掻き回した。

「力を欲するなら人一倍の努力をなさい。誰も無視出来ない、誰もが認めざるを得ない場所まで、自らの力で這い上がってきなさい」

イズガータ様は私の顔を覗き込んだ。真剣な青い双眸が私の目を射貫く。

「それが達成されるまでは、影使い達のことも聖教会への批判も決して口にしてはなりません。もちろん貴女の正体に関することもです。もしそれが聖教会に知れたら、貴女の命だけではすまされない。私にとってもケナファにとっても命取りになります」

「肝に銘じておきます」

「よろしい」

イズガータ様は身を起こした。表情から厳しさが消え、柔和な雰囲気が戻ってくる。

「湯浴みと食事の準備をさせます。今夜は客として館に逗留《とうりゅう》し、ゆっくりと体を休めて下さい」

「ありがとうございます」

私は深々と頭を下げた。

「このご恩は生涯忘れません」

「さて、どうですかな？」イズガータ様は皮肉っぽく笑った。「明日からは容赦しません。礼の言葉など、すぐに撤回したくなりますよ？」


翌日から、『シアラ』としての生活が始まった。

朝早くに目を覚まし、騎士見習いの制服に着替える。木綿《クトン》のシャツに羊毛《ミーラー》織りのズボン。裾の長い女物の服よりも、こっちの方がしっくりくる。

身支度を整え、大塔三階にあるイズガータ様の居室へと向かった。木戸をノックすると、「入れ」という声が返る。

カーテンが閉められた薄暗い部屋、寝台の傍には夜衣《よぎ》のままのイズガータ様が立っている。

「おはようございます、イズガータ様」

「おはよう。よく眠れましたかな？」

「はい！」

元気よく答えると、彼女はニヤリと笑った。

「では初仕事だ。着替えを手伝ってくれ」

「承知しました！」

私は彼女の服を用意した。その間にイズガータ様は夜衣を脱ぎ捨てる。しなやかな筋肉に覆われた腕。柔らかな曲線を描く乳房。引き締まった腰と足首。鍛え上げられた彼女の裸体は彫像のように美しかった。

「何をぼうっとしている？」

からかうようにイズガータ様が問う。

見とれていましたなんて言えるわけがない。私は慌てて首を横に振った。

「な、なんでもありません」

私は彼女に肌着を着せ、背中の紐《ひも》を結んでいった。

「ずいぶんと手慣れているな」イズガータ様は意外そうな顔をする。「誰かの着替えを手伝う機会などなかっただろうに」

「いえ、時々、母の着替えを手伝っておりましたので……」

好奇心旺盛な私に様々なことを教えてくれたアルティヤ。それをいつも温かい目で見守ってくれた母。温かい懐かしさと、凍てつくような悲しみが蘇り、私は言葉を詰まらせる。

「そうだったか」

答えるイズガータ様の声も、悲しみに沈んでいるようだった。

「もしよろしければお伺いしたいのですが——」

前置きして、私は尋ねた。

「イズガータ様は母とどこでお知り合いになったのですか？」

「おや？　聞いていないのか？」

「はい」

「それは困った」イズガータ様は下着姿のまま腕を組んだ。「聞いていたからこそ、私を訪ねて来たのだと思っていたんだが――」

そこで言葉を切り、彼女はしばらく考え込んだ。

ややあってから、再び口を開く。

「ハウファと私の間に何があったのか、いずれ話す日がくるだろう。しかし、今はまだその時ではない」

彼女は私の肩に手を置いた。

「だがこれだけは疑わないで欲しい。私にとってハウファは誰よりも大切な人だった」

そう言うと、イズガータ様は背を向けてしまった。私は黙って彼女に長衣を着せつけ、幅広の帯を巻いた。

「御髪《おぐし》はいかがいたしますか？」

「適当に束ねるだけでいい」

イズガータ様は鏡台前の椅子に腰掛ける。私はブラシを手に取り、彼女の髪を梳《す》いた。艶《つや》やかな黒髪だ。束ねるだけでは勿体《もったい》ない。母がそうしていたように細かに編み込み、耳元で結い上げたら、さぞかし絵になるだろう。

「お前は母想いの娘だったのだな」

私に髪を預けたまま、イズガータ様が言った。

「髪の梳き方でわかる。他の者ではこうはいかない」

「他の者？」

「いつもは別の従者に任せている」

彼らの話は昨夜のうちに聞いていた。イズガータ様には二人の従者がいる。どちらも騎士見習いの少年で、歳は十五歳と十四歳だという。

私は彼女の髪を編み込み、飾り紐を使って束ねた。手鏡を渡し、仕上がりを見て貰う。

「いかがですか？」

イズガータ様は答えず、手鏡を傾けて自分の髪型を眺めている。少しやりすぎただろうかと不安になる。が、イズガータ様は上機嫌で頷いた。

「気に入った。これから髪結いはお前に一任することにする」

手鏡を私に返し、にこりと笑う。

「力任せに髪を梳かれるのには正直辟易《へきえき》していたんだ。まあ、女の髪になど触れたこともない小童《こわっぱ》だからな。仕方がないといえば仕方がないんだが——」

誰かが木戸をノックした。

「噂をすれば……来たようだ」

イズガータ様は片目をつぶった。やおら立ちあがり、扉の外に向かって応える。

「入れ」

「失礼します！」

威勢のいい声とともに二人の少年とアーディン副団長が入ってくる。少年達は手慣れた様子で部屋のカーテンを開くと、イズガータ様の前に並んだ。

「おはよう」

イズガータ様は二人の従者に呼びかけた。

「話はアーディンから聞いているな？」と言い、背後に控える私に目を向ける。「紹介しよう。私の知人の娘シアラだ。今日から私の従者となる」

二人の少年が私を見た。その一方、体の大きな黒髪の少年が驚いたように尋ねる。

「娘って、もしかして女の子？」

「そうだ」とイズガータ様は答えた。「このケナファ騎士団では力がすべて。騎士を目指す以上、女だからといって贔屓はしない。お前達もそのつもりで面倒を見てやってくれ」

彼らが「はい」と答えるのを待って、イズガータ様は再び私を振り返った。

「この大きい方がデアバ。赤い髪の方がダカールだ。何かわからないことがあったら彼らに訊くといい」

「はい！」

二人の先輩に向かい、私はぺこりと頭を下げた。

「ご指導のほど、よろしくお願いします」

「こちらこそ！」

満面の笑みを浮かべ、デアバが答えた。それだけで私は感動してしまった。てっきり「女のくせに生意気だ」と言われるものと思っていたから。

「今日は外廻りの日だったな」と言い、イズガータ様は窓の外に目を向けた。「デアバは私と来い。ダカールはシアラに城の中の案内をしてやれ」

「ええっ？」

デアバが声を上げる。

それを横目で睨み、イズガータ様は問いかける。

「不服か？」

「……いいえ」

当然だというように頷いて、イズガータ様はもう一方の少年に言う。

「ダカールも、それでいいな？」

「はい」

赤い髪の少年、ダカールは無表情に答えた。

琥珀《こはく》色の瞳に朝の光が差し込み、金色に透けて見えた。

懐かしさと切なさがこみ上げてくる。

悲しげな瞳。差し出された右手。どうしてあの手を放してしまったのだろう。悔やんでも、悔やんでも、失った時空は取り戻せない。

「もういいだろう」

私は両手で顔を覆った。

思い出したくない。もう何も考えたくない。

「眠らせてくれ」

「眠る前に教えてくれ。お前が守りたいと思った者達のことを、お前が後悔している理由を、そう思うに至った経緯を話してくれ」

「それを知ってどうする？　書き残すことさえ許されない咎人の独白を聞いてどうする？」

「私は何も知らずに死んでいく」

歴史学者は言う。暗く重く沈んだ声で。

「恐るべき逆境に生まれつきながら、お前はどうして輝いていられたのか。どうやって民衆の支持を集め、名だたる騎士達に王の資格を認められたのか。私はそれが知りたいのだ」

私はのろのろと顔を上げた。

歴史学者は牢の中央に立っている。わずかに輪郭と口元が見えるだけで、その顔は影に閉ざされている。王城の闇に囚われし者は生きて城を出ることが出来ない。後宮に入った母も、そこで生まれた『神宿』も、秘められた歴史を知る歴史学者も同じだ。

「デアバは私を騎士見習いとして見ていなかった。彼にとって私は『女の子』でしかなかった」

私は寝台に座り直し、岩天井を見上げた。

「でもダカールは違った」

彼の眼差しを思い出す。「行ってこい」と私の背を押した、彼の声が蘇る。

息が詰まり、目頭が熱くなる。

「彼は私を『蹴落とすべき競争相手』と言ってくれたんだ」

「僕は君が嫌いだ」

出会ったその日に、ダカールは言った。

「騎士になりたいという君の決意が、甘ったれた現実逃避でないことを祈るよ」

正直、腹が立った。お前に何がわかる！　と言い返したかった。私には人生を選ぶ余裕なんてなかった。サウガ城に来たのは他に道がなかったからだ。甘ったれているわけでも現実から逃避するためでもない。

だが、それは口で言うことではない。すべては行動で示す。そうでなければ意味がない。

「私は本気だ。でも今はそれを証明する術《すべ》がない。だから見ていてくれ。お前のその目で確かめてくれ」

彼は無表情に私を見つめただけで、何も言い返さなかった。

ダカールは無口なだけでなく、感情を表に出さなかった。辛辣《しんらつ》な言葉を投げかける一方で忠告もしてくれる。親切な一面を見せたかと思えば、冷たく突き放す。摑みどころのないヤツだと思った。どう接したらいいのかわからずに戸惑うことも多かった。

少しわかりにくいけれど、もしかしたらいいヤツなのかもしれない。そう思ったのは、変人で知られるトバイット士隊長の元から、命からがら逃げ出してきた時のことだ。

「つまり名医だけれど変人ということだな？」

トバイット士隊長に対し、私が素直な感想を述べると、ダカールは咎めるように眉根を寄せた。

「第六士隊の隊長に対して失礼だぞ」と言った後、口に拳を当て、呟き込むようにして笑った。笑うと眉尻が下がって、困っているような顔になる。それを見た時、なぜか胸の中がじんわりと温かくなったのを覚えている。

ダカールは私のことを競争相手と認めてくれた。一人の騎士見習いとして扱ってくれた。デアバのように手加減することもなかった。彼と手合わせするようになってから、私は毎日どこかしらに新たな傷を作り、治療院に通う羽目になった。

なのに私の剣の腕前はまったく向上しなかった。ほんの少しでも強さを実感出来たなら、まだ耐えられたと思う。だがわずかな成長の兆《きざ》しすら、当時の私には感じられなかった。このままではイズガータ様に見捨てられてしまう。そう思うと、焦りと不安で眠れなくなった。眠らなければと思うほど、眠れなかった。

自覚していた以上に疲れが溜まっていたらしい。ある日、私は鍛錬の最中だというのに、気を失って倒れてしまった。ふわふわと空を漂っている夢から目覚めると、私は本当に空を飛んでいた。

おかしい、と思った。

人は飛ぶように出来ていないはずだ。

しかもすぐ近くにダカールの顔が見える。

「ダカール……？」

次の瞬間、気づいた。

私はダカールに抱き上げられ、運ばれているのだ。

口から心臓が飛び出しそうになった。

いったい何が起きた？

どうしてこんなことになった？

「す、すまない。もう大丈夫だ。下ろしてくれ」

　そう言うと、ダカールは黙って私を下ろしてくれた。立とうとしたが、膝に力が入らない。私はへなへなと地面に座り込んでしまった。

「無理をするな」とダカールが言う。

　恥ずかしさと悔しさがないまぜになり、私は乱暴に言い返した。

「いや、本当に大丈夫だから」

「そうは見えない」

「ちょっと目眩がしただけだ」

　すると彼は何を思ったのか、傍の石垣に腰掛けた。

「君はどうしてそんなに騎士になりたいんだ？」

　そんなこと訊いてどうする？

　そう言いたいのを堪え、私は尋ね返した。

「お前こそ、どうして騎士になりたくないんだ？」

「僕は争いごとが嫌いだ。出来ることなら誰とも争わず、心穏やかに生きていきたい」

「勝手な言《い》い種《ぐさ》だな。自分さえよければそれでいいのか？　この国には、何の罪もないのに虐げられている者達がたくさんいるんだぞ。その人達を救いたいとは思わないのか？」

　私が声を荒らげても、ダカールの表情は変わらない。

「崇高な考えだと思うけれど、所詮は夢物語だよ。たとえ君が騎士になっても彼らを救えるわけじゃない。君が騎士になっても世界は何も変わらない」

夢物語じゃない。私が立派な騎士になれば、きっと父は私の言葉に耳を傾けてくれる。

「君はいい目を持っている。自分が騎士に向いていないことぐらい、すでに気づいているはずだ」

たとえそうだとしても、認めるわけにはいかない。父王の信頼を勝ち取るためには、誰よりも強くならねばならない。私はイズガータ様のような立派な騎士にならなければいけないんだ。

「君は貴族の娘だ。自分から苦労を背負い込まなくても生きていく方法はいくらでもあるだろう」

なのに誰もがお前は騎士に向いてないと言う。

諦めて地方領主の嫁に行けと言う。

それが私の幸せだと言う。

「お前もか……」

お前もそうなのか、ダカール。

「女は冷静な判断力を持たず、感情に流され、すぐに己を見失う。だから女は男につき従い、夫の命じるまま館に囲われて暮らすのが幸せなのだと、お前もそう言うんだな？」

「その方が楽だろうと言っているだけだ」

「楽じゃなくたっていい！」

堪えきれず、私は叫んだ。

「私の時空は私のものだ。私は私の生きたいように生きる。今、何をしたいのか。何をするべきなのか。決めるのは私だ。誰の指図も受けない！」

たとえ痛みにのたうち廻ることになっても、たとえうち捨てられて野に果てようとも――

「私の幸せは私自身が決める！　私は物や道具じゃない。人間なんだ！」

怒りにまかせて私は立ちあがった。足がふらつく。ダカールが私を支えようと手を伸ばす。それを払いのけ、私は彼に背を向けた。

治療院に向かって歩き出す。

ダカールは追ってこなかった。

「今なら思える。八つ当たりも甚《はなは》だしいと。私はダカールに嫉妬していたんだ。あれほどの才能を持ちながら『騎士になんてなりたくない』という彼に、苛立ちをぶつけてしまったんだ」

「――それだけか？」

私は横目で歴史学者を睨んだ。

「何が言いたい？」

彼は両手を広げてみせた。枯れ果てた小枝のような指を見て、自嘲の笑みを浮かべる。

「このような老いぼれでも、恋をしたことはある」

意外な言葉に、私はつい笑ってしまった。「恋か」と呟き、自分の両手を見つめる。

あの頃にはもう、私にとってダカールは他の者達とは違う存在になりつつあった。

気づけばいつも彼の姿を捜していた。たとえ集団に紛れていても、私は瞬時に彼を捜し出すことが出来た。それはイズガータ様やアーディン副団長に対する憧憬《しょうけい》とは異なる特別な何かだった。けれどそれが何なのか、私にはわからなかった。

「あの頃が一番辛かった。朝は早いし、仕事は山積み。しかも鍛錬は厳しくて、毎日傷だらけになった。なのにどんなに頑張っても騎士見習いにさえ勝てなかった。騎士になって民を守り、国を変えると意気込んではみたものの、デアバには『騎士にならなくたっていいじゃないか』と言われ、さらには『オレがお前を守ってやる』と言われる始末。悔しくて情けなくて、毛布をかぶって泣いたよ」

懐かしさと愛しさと、後悔の念が胸を締めつける。

私は目を閉じ、湿った壁に背中を預けた。

「あれを乗り越えられたのは、ダカールがいたから。私を支え、励ましてくれる仲間がいてくれたからだ」


サウガ城に来てから一年《サナ》と半年《サナ》が過ぎると、騎士見習い達は次第に私を倦厭《けんえん》するようになった。私が弱すぎて、相手にならないからだ。

例外はデアバとダカールだけだった。

あの口論の後も、ダカールは私の鍛錬につき合ってくれた。決して手を抜かず、毎回こてんぱんに私を叩きのめした。そうやって彼は、私が騎士に向いていないということを、私にわからせようとしていたのだろう。

一方デアバは私を壊れ物のように扱い、手合わせの時にも上手に力を加減した。護衛兵のようにいつも私の傍にいて、目を光らせていてくれた。おかげで私は他の騎士見習い達から嫌がらせを受けることもなく、手荒な目に遭わされることもなかった。そのことには感謝している。

ありがたいとも思っている。けれど正直に言えば、悔しかった。騎士を目指す仲間として見て貰えないことが、悔しくて仕方がなかった。でもケナファ騎士団では力がすべて。実力のない者には文句を言う資格もない。

その苛立ちを私は鍛錬にぶつけた。木製の回転人形に剣を打ち込み、重い砂袋と格闘した。十五歳を超えると男子は食べた分だけ身長が伸びる。体もぐんと大きくなる。私も負けじと大飯を喰らったが、ほんの少し背が伸びただけで、彼らとの差は広がるばかりだった。

私は途方に暮れた。どうしたらいいのかわからなくなってしまった。デアバに相談するのは論外だし、ダカールには「騎士に向いていない」と言われたばかりだ。特別扱いはしないと言われた以上、イズガータ様に助言を請うことも出来ない。

あと思いつく相手といったら、変人で知られるトバイット士隊長だけだった。鍛錬の後、湿布を貰いに行くついでに、私は彼に相談を持ちかけた。

すると彼は実にきわどい男女の睦言《むつごと》を一くさり話した後、にこやかにこう締めくくった。

「——ということで、女の体の方が柔らかく、しなやかに出来ているのだ。なのに君は力で張り合おうとする。それがいけないのだよ」

「し、失礼を承知で申し上げますが、トバイット士隊長のお話を拝聴しても耳年増になるばかりで、実戦の役には立ちません」

「そうか、実践したいか！」

トバイット士隊長はムフフと笑った。

「私が教えてやってもいいのだが、私は初物が苦手でね」

話がズレていると思ったが、もはや言い返す気力もない。私が黙っていると、トバイット士隊長はますます調子に乗って、つらつらと勝手に話し続ける。

「そういうことならアーディンに頼みたまえ。なにしろ騎士団一の色男だからな。彼なら手取り足取り詳しく教えてくれるだろう。ああ、直接は言いにくいだろうから、私から伝えておいてやろう。いやなに、礼には及ばんよ」

「お気遣いはありがたいですが、結構です」

相手が誰であれ、閨房《けいぼう》での蘊蓄《うんちく》を聞かされるのはもうごめんだ。私は礼を言って治療院を出た。もちろんトバイット士隊長の戯言など、まるで本気にしていなかった。

その数日後《ヤウム》、私は汗を洗い流すため、城壁の裏手にある洗濯場に向かった。昼間は賑わうこの場所も、夜には誰も寄りつかない。

暗闇の中で服を脱ぎ、頭から水をかぶった。冷たい水が傷に滲《し》みる。両膝は擦り剝け、左の上腕には大きな痣《あざ》が出来ている。

今日も散々だった。誰からも一本も取れなかった。先月入団したばかりの新人にも、まだ十三歳のカレスにも負けた。

「私が弱すぎるのだ」

騎士になるという夢。それははるか遠く、燦然《さんぜん》と輝いている。けれどそこに至る道は辛く険しく、眼前には厳しい現実が横たわっている。このままでは騎士になるどころか、イズガータ様に見切りをつけられ、捨てられる日もそう遠くない。

胸元に揺れる『神宿』の証。それを握りしめ、私は自分に問いかける。

「こんな私が騎士になるなど、所詮は叶わぬ夢なんだろうか？」

「そんなこと言っちゃ可哀相ですよ？」

階段の上段から声が降ってきた。

私は慌てて服を拾い、それで体を隠しながら声の方へと目を向ける。

「アーディン副団長？」

「しまった」ぴしゃりという音。「黙ってるつもりだったんですけどねぇ」

アーディン副団長が神出鬼没であることは、私も充分に承知している。が、この不意打ちには驚いた。まさかとは思うが、トバイット士隊長の頼みを真に受けて、二人きりになる機会を狙っていたのだろうか。しかし浮き名を流しまくっている副団長が、私のような小娘を相手になどするはずがない。

そうは思っても心臓は早鐘を打つ。もしかして私は見切られようとしているのだろうか。女であることを思い知らされようとしているのだろうか。私は訓練用の剣を引き寄せた。騎士見習いにすら勝てない私が剣を抜いたところで、騎士団最強の腕を誇るアーディン副団長にかなうわけがない。

そんなことはわかっている。

でも——でも、こんなのは嫌だ。

「早く服を着て下さい」

階段の端で白い手がひらひらと揺れる。

「誰かに見られたら俺が脱がしたと思われてしまう」

「——え？」

「やだなぁ。いくら君が可愛くても、イズガータの秘蔵っ子に手を出すほど、俺は命知らずじゃありませんよ？」

「そうなのですか？」

「ということは、本当に疑ってたんですね。うわぁ、ショックだ」

羞恥に顔が熱くなる。ああもう、こんなヘンなことを考えてしまうのも、みんなみんなトバイット士隊長のせいだ！

私は手早く服を着た。訓練用の剣を持ち、階段を駆け上る。二回ほど折り返したその先に、アーディン副団長が座っていた。叱られた子供のように両手で膝を抱えている。

「何をしてるんですか？」

「イジけてるんです」

「は——？」

「ひどいなぁ。シアラは俺のこと、そんな風に見てたんですね」

真面目なのかふざけているのか、まったくわからない。この人の本性は、永遠にわからないに違いない。

「すみません」私は頭を下げた。「先日、トバイット士隊長に変なことを言われましたので、それで妙に意識してしまって——」

「トバイットが？」アーディン副団長は眉間に皺を寄せた。「さてはまたあることないこと、俺の悪口言いくさりやがったんですね？」

「そうではなくて、私が勝手に誤解をして――」

「おや、ずいぶんと変態医師の肩を持つじゃないですか？」

「トバイット士隊長は良い方です。いつも私の相談に乗って下さいますし――」

「相談に乗る？　変態話につき合わされてるだけでしょう？」

「それはそうですが――」

「ほら、やっぱり」

したり顔で副団長は頷く。それがなんだか悔しくて、私は意固地になって言い返した。

「いいえ、トバイット士隊長は良い方です。少々理解しにくいですが、独特な魅力をお持ちです」

「独特な魅力ね」アーディン副団長はフフンと鼻で笑った。「アレはただの変態ですよ。君の体をきっちり目測して、『頃合いだ』とか言うんだから」

彼は立ちあがり、持っていた剣を差し出した。弧を描く刀身。幅広の刃。同じものを見たことがある。あれは忘れもしない馬上武術大会の決勝戦。直剣を投げ捨てた後にイズガータ様が手にした武器――

「これはデュシスの兵隊が使う刀で、曲刀といいます。明日からこれを使ってみて下さい」

私は副団長を見上げた。これは彼の配慮なのか。それともトバイット士隊長の厚意なのか。いずれにしても、私だけが特別な扱いを受けるわけにはいかない。

「受け取れません」と私は答えた。「私は一介の騎士見習いです。特別な剣を用意していただくわけには参りません」

「やっぱりそうきましたか」

副団長はくしゃくしゃと髪を引っかき回した。

「君って、名乗りを上げている間にバッサリ斬られて、真っ先に死ぬタイプですよね？」

さすがにそこまで馬鹿じゃありませんと言う前に、彼は続ける。

「前にも言いましたよね？　ケナファ騎士団では力がすべてだと。戦いは勝たなきゃ意味がない。正攻法で攻めたからって、勝たなきゃ誰も誉めちゃくれませんよ？」

私は反論を飲み込んだ。彼の言う通りだった。騎士を志す限り、勝たなければ何の意味もない。

「とはいえ、君のそのまっすぐさ、俺は嫌いじゃありません。出来ればこのまま大事に見守っていたいくらいです。けど、こちらにもいろいろと都合があってね。君の成長を悠長に待ってる時間はないんです」

だから、あえて言わせて貰います――と言って、彼は私の眼前に曲刀を突きつけた。青灰色の瞳が抜き身の刃のように光る。

「勝つためだ。手段を選ぶんじゃない」

私はぐっと奥歯を噛みしめた。

彼の申し出は受け入れ難いものだった。これを受け取ってしまったら、今までの努力が無駄になるような気がした。ましてやこれは敵国デュシスの武器。イズガータ様は別格としても、私がこんなものを下げていたら、間違いなく他の騎士見習い達から嘲笑を浴びる。

でも、もう綺麗事を言っている場合じゃない。それは私自身が一番よくわかっている。

「お借りします」

そう言って、私は曲刀を受け取った。

思ったよりもずっと軽い。鞘から抜いてみて、その理由がわかった。刃がとても薄いのだ。これでは甲冑《かっちゅう》を突き通すことなどとても出来そうにない。

「これでどうやって戦うのですか？」

「見ての通り、曲刀は刃が弧を描いているんで、直剣のように突いたり殴ったりするのには向きません。けど――」彼は私の手から曲刀を取ると、それを左右に振り回し、鞭のようにしならせて見せた。「こうやって敵を斬り払うには最適な形をしています。振り回すのにそんなに力はいらないし、上手く使えば刃が相手の体に食い込んで外れなくなることもない」

私の手に曲刀を戻し、副団長は悪戯っぽく笑った。

「実はこれ、イズガータが自分の訓練用に作らせたモノなんです。今は平時だからイズガータも紋入りの直剣なんか吊してますけど、彼女が最も得意とする得物《えもの》はこの曲刀なんですよ」

「はい、覚えています」と言ってしまってから、私は慌てて口を押さえた。

しまった。今のは失言だった。私が何者なのか、悟られるようなことは言ってはいけないと、イズガータ様に堅く口止めされていたのに！

「隠さなくてもいいですよ」アーディン副団長は苦笑する。「君の正体はわかってるし……って、ほら、あの後、後宮で一度会ってるでしょう？」

「えっ――そうでしたか？」

「覚えてないんですか？　俺の背中に隠れて、イズガータを見つめていたじゃないですか？」

彼の言葉に、あの夜の記憶が蘇る。母の寝室の前に立っていた背の高い騎士。ケナファの紋章が入った長衣、腰に吊した影断ちの剣――

「ああ、あの時の！」

あの青年騎士は副団長だったのだ！

「イズガータしか見てなかったってことですね？」

副団長は恨めしげな目で私を見る。

「す、すみません！」

図星だった。弁解の余地もない。私の目にはイズガータ様しか映っていなかった。あの場に他の騎士がいたことなど、すっかり失念してしまっていた。

副団長はため息をつき、肩をすくめた。

「ま、わかりますよ。あの時のイズガータはとても格好良かったですからね」

片目を閉じ、私が手に持つ曲刀を指さす。

「イズガータだって、最初から強かったわけじゃない。だから君も、もうちょっとだけ頑張ってみて下さい」

その翌日から、私は直剣や弓の鍛錬と並行し、曲刀の訓練を開始した。

まずは副団長に言われた通り、体作りから始めた。必要なのは瞬発力と持久力。私は城壁の上を走り込み、見張り塔の階段を上り下りして足腰を鍛えた。

アーディン副団長は暇を見つけては、秘密の鍛錬につき合ってくれた。当たり前のことだが、一切手加減しなかった。彼が使うのは訓練用の剣だったが、それでも生傷が絶えることはなかった。もし副団長が真剣を使っていたら、私の命は百あっても足りなかっただろう。

私が疲れ果てて動けなくなると、アーディン副団長は私の横で葉煙草《スイガーラ》を吸った。「体は動かなくても頭は働くでしょう」と言って、私にいろいろな質問をした。

「熊《ドウップ》と狼《デアバ》。どちらが強敵だと思います？」

「そんなの……熊《ドウップ》に決まってます」

「ハズレ。熊《ドウップ》は反撃にさえ気をつければ倒せない相手じゃない。けれど狼《デアバ》は立ち位置が低い。俊敏に動かれたら攻撃を当てるのは難しい」

「よく、わかりません」

「たとえ話は苦手でしたか。じゃ、もっと具体的に言いましょう。第二士隊隊長のラファスのことは知ってますよね？」

ラファス士隊長はケナファ騎士団の中でも一、二を争う大男だ。熊《ドウップ》のように大きな体に傷だらけの顔。新入りの子供達は彼を見ただけで震え上がる。

でもラファス士隊長は子供好きで、甘いものが大好きなのだ。私も何度か可愛い花の形をした砂糖菓子を貰ったことがある。菓子は甘く、とても美味しかった。だから文句を言えた義理ではないのだが、皆の前で子供扱いするのはやめてくれと思った。

「ラファスと俺、どっちが強いと思います？」

ラファス士隊長は怪力だ。重い戦斧《せんぷ》も片手で易々と振り回す。一方アーディン副団長は色白の優男だ。細身だし、背も飛び抜けて高いというわけではない。

「悩むことないでしょう。俺の方が強いに決まってるんだから」

「そうなのですか？」

「ラファスは俺には勝てません。なぜだと思います？」

「――体が大きいから？」

「俺の方が速いからですよ」

ああ……そうか。

「どんなに重い攻撃も当たらなければ意味がない。君に必要なのは腕力じゃありません。相手の攻撃をかいくぐって懐に入り込む速さです」

力任せに打ち合うのではない。相手の力を利用し、攻撃を受け流す。素早い動きで懐に飛び込み、急所を突く。力ではなく速さで相手を圧倒するのだ。

もちろん危険は大きい。

だが私が生き残るにはこれしかなかった。

副団長はダカール以上に容赦なかった。私は連日、立てなくなるほど叩きのめされた。

石床に倒れ、身動きも出来ずにいる私に、

「それじゃ、お先に」

副団長はひらひらと手を振った。私をその場に残したまま、城壁通路へと姿を消す。

私はなんとか曲刀を鞘に収めると、再び仰向けに倒れた。体の節々が痛む。打たれた手足が熱い。それでもアーディン副団長を恨む気持ちは生まれなかった。彼のような実力者が私のような未熟者の相手をしてくれるなんて、僥倖《ぎょうこう》としか言いようがない。なのに私の剣の腕は遅々として上達しない。自分が情けなかった。副団長に申し訳なかった。

天を見上げた目にじわりと涙が滲む。

「シアラ、生きてるか」

声がした。ダカールの声だ。

驚いて身を起こした途端、腹筋に激痛が走る。それを誤魔化すため、私は険しい顔で彼を見上げた。

「何をしに来た？」

「謝りに」

ダカールは無表情に答えた。その言葉通り、片膝をつき、私に向かって頭を下げた。

「先日僕が言ったことを撤回したい。すべてを水に流して、どうか僕を許して欲しい」

謝ることはない。彼は正しい。私は騎士に向いていない。そんなこと私自身が一番よくわかっている。

「お前、わざわざ厭味《いやみ》を言いに来たのか？」

ダカールは眉根を寄せた。

それを見て、私は後悔した。彼は厭味を言うような男じゃない。謝るべきだと思ったが、ごめんの一言が出てこない。私が黙っていると、ダカールは私の横に腰を下ろした。

「僕はいつだって逃げてきた。心が揺らぐのが怖くて、感情を殺し、息を潜めて生きてきた。道端に転がる石のように、何も言わず、何も感じない。それが僕に許された唯一の生き方だと思っていた」

いつもと同じ淡々とした口調、仮面のような無表情。なのに今夜の彼は何かが違った。

「でも君は言ったね。自分の幸せは自分で決めると。それを聞いて思ったんだ。怒ることも笑うこともなく石のように生きて、はたして僕は幸せなんだろうか。それでも僕は生きていると言えるんだろうか」

　私は返答に詰まってしまった。

　本来の性を偽らなければ私が生き残れなかったように、感情を殺さなければダカールも生きられなかったのだ。本当は騎士になどなりたくないのに、心穏やかに生きたいだけなのに、ダカールは騎士を目指さねばならなかったのだ。

　だとしたら私は彼にひどいことを言ってしまった。彼の気持ちも考えず、彼を傷つけてしまった。今度こそ謝ろうと私が口を開いた時、彼は独り言のように呟いた。

「君は虐げられている人達を救いたいと言った。その君が、どんな風にしてこの世界を変えていくのか、僕は見てみたい。そのためには、君が世界を相手に戦いを始める時、君の近くにいる必要がある」

　ダカールは私に目を向けた。

「だから僕も、騎士を目指すことにする」

「でも……争いごとは嫌いなんだろう？」

「君だって好きじゃないはずだ」

「それはそうだが、私はまだ騎士見習いにすら勝ったことがない。世界を変えるどころか、騎士になれるかどうかもわからないんだ」

「でも僕は信じる。アーディンはいい加減な人に見えるけれど、まったく見込みのない奴を特訓したりしないよ」

そう言って、彼は困ったように眉尻を下げた。

いや、困っているんじゃない。笑ったんだ。

「本当にそう思うか？」

「ああ、もちろん」

彼は微笑む。それだけでくさくさしていた気分が吹き飛んだ。詫びなければと思いながらも、ついつい顔がにやけてしまう。

「ありがとうダカール。なんだか元気が出てきた」

それはよかったと頷いてから、彼は真顔で申し出た。

「じゃ、ひとつ頼みたいことがある」

「何だ？」

「髪の編み方を教えて欲しい」

私は戸惑った。冗談のつもりだろうか？　でもダカールの顔は真剣そのものだ。

「君が大将軍になった時、誰に髪を編ませるつもりなんだ？　イズガータ様も言ってたぞ。男の従者はまともに髪も梳けないって」

ああ、その愚痴《ぐち》なら私も聞いた。

「お前に髪を編んで貰う日が来るとは思わないけど、髪結いぐらい喜んで教えるよ」

「ありがとう」

ダカールは笑った。勢いよく立ちあがると、私に向かって右手を差し出す。

「でも今は、君を治療院に連れて行くのが先だ」

手を差し伸べてくれたことが嬉しかった。素直に彼の手を借りられたことが嬉しかった。肩を借りて治療院に向かう最中も、私の胸は得体の知れない幸福感で満たされていた。

トバイット士隊長はいつも通り、喜んで私を迎えてくれた。嬉々として私の怪我の手当てをしながら、満足そうに彼は言った。

「ほぅら見ろ。私の見立てに間違いはなかった。君は体が柔らかい。君の筋肉は剣よりも曲刀に向いている」

「そういうことは、もっと早く教えて下さい」

「いやいや、曲刀の扱いにはコツがいるのだ。キチンと筋肉がついてからでないと関節を痛めてしまうからね」

それを聞いて、私はアーディン副団長の言葉を思い出した。

「その頃合いを見極めるために、私を目測していたんですか？」

「目測は趣味だ」

トバイット士隊長は大真面目に答えた。

「それにしても君、乳はちっとも育たんな」

私の隣でダカールが顔をしかめた。いや、違う。笑いを堪えているんだ。

彼を横目で睨み、私は言った。

「笑うな」

トバイット士隊長がぶふっと吹き出した。

つられてダカールも笑い出す。何も考えず、何も感じない石になりたい。そう言っていた彼が声を上げて笑っている。

「笑うなと言っている!」

私は怒ろうとした。

そして、失敗して笑った。


「ダカールはいつも私を支えてくれた。彼が励ましてくれたから、どんなに負けを繰り返しても、疲れ切ってボロボロになっても、明日も頑張ろうと思うことが出来たんだ」

辛かったはずなのに、こうして思い出すと、あの頃に戻りたいという思いで胸がいっぱいになる。

「アーディン副団長の特訓、トバイット士隊長の協力、それにダカールの助言もあって、私は曲刀をそれなりに扱えるようになった。見習い騎士同士の練習試合で、初めてデアバに勝つことも出来た」

あの時の気持ちは今でも鮮明に覚えている。

初めて一勝をあげた達成感。目標に一歩近づいたという安堵感。これでもう女の子扱いされることはない。そう思うと胸のすく思いがした。

「そう……私はあまりにも子供だった。自分のことしか考えていなかった。なぜデアバは執拗なまでに私のことを守ろうとしたのか。なぜダカールは騎士になどなりたくないと言ったのか。私はその理由を考えようともしなかった」

あれはアルニールに出立《しゅったつ》する数日前《ヤウム》のことだ。

従者の部屋に、ふらりとデアバが戻ってきた。

私との試合に負けてから、彼は様子が変だった。部屋を空けることが多くなり、ついには外泊までするようになった。これは重大な規律違反だ。イズガータ様に見つかったら、厳しい懲罰を受ける。下手をしたら騎士になることさえ難しくなる。騎士見習いの一人として、デアバの態度には釈然としない。だが彼は仲間だ。放っておくことは出来ない。

「待て、デアバ」

着替えを持って出て行こうとするデアバを、私は呼び止めた。

「言いたいことがあるなら言え。もう外歩きは止めろ。この部屋に戻って来い」

彼は黙ったまま、私に背を向けていた。こんなデアバは今までに見たことがない。私は困惑し、思いつくままに説得を続ける。

「私がお前に一勝したことでお前を傷つけてしまったのなら、それは謝る。だが、わかって欲しい。私が騎士になるためには、この一勝がどうしても必要だったんだ」

デアバが振り返った。何か言おうと口を開きかけ、何も言わずに顔を背ける。

「お前は私を見捨てず、練習につき合ってくれた。その恩を返したい。私に出来ることがあるなら何でも言ってくれ」

「言ったらシアラは俺を嫌いになる」

「そんなことはない」私達は仲間じゃないか——と言おうとした時、突然デアバが摑みかかってきた。ただならぬ気配を感じ、私は咄嗟に身を引いた。が、間に合わない。デアバの手が私の襟元を摑む。体勢を崩し、私達はもつれ合うようにして寝台の上に倒れた。

「お前が好きだ」

呻くように、デアバが言った。

「ずっとずっと好きだったんだ！」

彼は私にのしかかり、私の唇に唇を重ねた。

その瞬間、脳裏に王城での記憶が蘇った。大聖堂の床に押さえつけられ、胸を露にされた屈辱の記憶——

「……ッ！」

私は力一杯、彼の腹を蹴り上げた。デアバは背中から衝立《ついたて》にぶつかり、もろともに床に倒れた。

「——なんでだよ！」

掠れた声でデアバは叫ぶ。

「お前を守りたかったのに、安全な場所にいて欲しかったのに、なんでお前、曲刀の使い方なんて覚えたんだよ！」

「私は騎士になるためにここに来たんだ。剣の扱いを覚えて何が悪い！」

「でもお前は女じゃないか。なんで男の真似なんかしなきゃいけないんだ。女なら女らしく綺麗な恰好をして、美味しい飯を作って、主人の帰りを待っていればいいじゃないか！」

私の人生は私のものだ。なぜ人に委《ゆだ》ねなければならないんだ。弱いからか。女だからか。女なら自分の勝手に出来るとでも思ったか！

「ふざけるなッ！」

私は曲刀を抜いた。頭上に振りかぶり、デアバに向かって振り下ろす。

「よせ！」

私達の間に人影が割って入った。ダカールが剣の柄で曲刀の刃を受け止めている。

「落ち着けシアラ。剣を引け。今までの努力を無駄にするつもりか」

その言葉に、私は我に返った。

剣を抜いての私闘はどんな理由があっても許されない。それが掟《おきて》だ。怒りを収めるために大きく息を吐き、私は曲刀を鞘へと戻した。

それを見届けてから、ダカールはデアバに目を向けた。いつも冷静な彼のこと、何があったのか、私とデアバを詰問《きつもん》するだろうと思った。

けれどダカールは剣の柄を握ったまま、それを放そうとしなかった。触れたら切れそうな殺気。凍りつくような眼差し。それはデアバに向けられていた。

止めなければと思った。なのに私は動けなかった。初めて死影を目の当たりにした時のようだった。ダカールの手が、まさに剣を引き抜こうとした、その時――

リリン……と呼び鈴《りん》が鳴った。

一度、二度、三度。

イズガータ様が私達を呼んでいる。

ダカールはデアバから目を逸らし、剣の柄から手を離した。

「急いで顔を洗ってこい」

デアバは逃げるように部屋を出て行った。

ダカールは深呼吸し、何かを振り払うように頭を振った。おもむろに倒れた衝立を起こそうとする。私はそれに手を貸した。衝立を元の位置に立て直すと、部屋には気まずい沈黙が訪れた。私は彼の顔を見つめ、きっかけの言葉を探していた。

「ここ、破れてる」

先に口を開いたのはダカールだった。人差し指で自分の襟元を指さす。

「着替えた方がいい」

私はシャツを引っ張った。襟元の布が裂けている。私は寝台の下から着替えのシャツを取り出した。破れたシャツを脱ぎ、新しいシャツの袖に腕を通す。指先が震え、上手く釦がはめられない。

デアバのせいだと思った。

王城での屈辱を思い出したせいだと思った。

違うことはわかっていた。

私はダカールの殺気が恐ろしかったのだ。

騎士になどなりたくないと彼は言った。争いごとが嫌いだと言った。それには何か深いわけがあるのだろうと思っていた。

その理由が、ようやくわかった。

彼は恐れているのだ。自分の中に眠る凶暴な衝動を。刃物のようなあの殺気を。

自分の中の怪物を彼は必死に眠らせようとしていた。なのに私はそれを目覚めさせてしまった。私が彼の闇を揺り起こしてしまったんだ。

「大丈夫か？」

衝立の向こう側からダカールの声がした。

「大丈夫だ」と私は答えた。「何もされなかった」と続けてから、しまったと思った。これでは言い訳していると丸わかりだ。なにげない風を装って、私は小声でつけ足した。

「キスされただけだ」

「だからといって許されることじゃない」

厳しい口調でダカールは言う。

「イズガータ様には僕が話す」

「いや、言わないでおいてくれ」

私は急いで釦を留めると、衝立から顔を出した。

「隙を見せた私が悪いんだ」

「たとえそうだとしても君は悪くない。悪いのは、その隙につけ込もうとする奴らだ」

同意を求めるように、彼は微笑んだ。困ったような、今にも泣き出しそうな微笑みだった。

「力を持たない弱き者、虐げられた者を救うために、君はここまで強くなった。君はそれを証明してみせた。そうだろう？」

「やめてくれ」

違うんだ、ダカール。力を持たない弱き者、虐げられし者を救いたい。そう思ったことは嘘じゃない。光神サマーアに誓って嘘じゃない。

けれど——それだけじゃないんだ。

女であること。それは私の原罪だった。目を逸らしていたかったし、誰にも触れられたくなかった。私が力を求めたのは、女だからと軽んじられたくなかったからだ。

「そんなこと言われたら、泣いてしまいそうだ」

ダカール、私はお前が思っているような人間じゃない。お前が恐れ、眠らせようとしていたものを目覚めさせてまで、傍にいる価値なんて私にはないんだ。


「あの時、彼にすべてを打ち明けていたら、何かが変わっていたのかもしれない」

けれど、言えなかった。言えばダカールは失望し、私の元から去っていってしまう。

それが怖かった。

彼に傍にいて欲しかった。彼の声を聞き、彼の笑顔を見ていたかった。それが後に彼を苦しめることになるとわかっていたはずなのに、私は卑怯にも口を閉ざしてしまった。

「あんなにも騎士に憧れていたデアバはアルニールで死影に襲われ、騎士になる道を断たれた。その一方で、騎士になりたくないと言っていたダカールは正式な騎士に叙任されることになった」

ダカールの叙任式が翌日に迫ったその日。

イズガータ様に「ちょっと付き合ってくれ」と言われた。私達はサウガ城を出て近くの丘に登った。実戦に近い真剣での鍛錬を終えた後、私達は丘の上に立ち、暗くなっていく光神サマーアを眺めた。

夕暮れ近くなると、灰色の光神サマーアは朱に染まる。ナハージャ山脈の稜線は黒く焦げ、緑の丘は真っ赤に燃える。

「騎士になりたいという思いに、いまだお変わりはございませんか？」

突然、イズガータ様が問いかけた。

「変わりません」と答え、私は笑ってみせた。「でなければイズガータ様の相手など務まりません」

「それは言えますな」

高く響く声で、彼女は笑った。

「いやはや、姫がここまで強くなろうとは思いもしませんでしたよ」

「イズガータ様――」

低い声で私は彼女を叱責した。

「姫はやめて下さいと、再三申し上げたでしょう？」

私の正体はイズガータ様とアーディン副団長しか知らない。城の使用人達にもケナファ騎士団の騎士達にも明かしていない。彼らを疑ってのことではない。騎士団には気の荒い者もいるし、最初は馬鹿にされもしたが、今ではみんな私を仲間と認めてくれている。だからこそ、打ち明けられなかった。大切な仲間達に迷惑はかけたくない。

「相変わらず姫は心配性ですなぁ」

私の懸念をイズガータ様は一笑にふした。

「みんな薄々感づいておりますよ。ラファスなど妙に畏《かしこ》まっていて、見ていてヒヤヒヤする」

「でも――」

「我らは家族。家族を裏切るような者は、我が騎士団には一人たりともおりませぬ」

イズガータ様はきっぱりと私の反論を断ち切った。

「聖教会が我らを反逆罪に問うというのなら、一戦交えるまでのこと。恐るるに足りませんな」

「そんな無茶な」

「無茶はもとより承知の上」形のいい唇に余裕の笑みを浮かべ、彼女は私に向き直る。「姫にはそう思わせるだけの覚悟を見せていただきましたから」

私はイズガータ様を見つめた。長らく疑問に思っていたことがある。今なら答えて貰える。そんな予感があった。

「私が初めてこの城を訪ねてきた時、イズガータ様は急に態度を改めて、騎士団への入団を了承して下さいましたね。あれはどういう心境の変化だったのですか?」

「ああ、あれですか」イズガータ様はくすくすと悪戯っ子のように笑った。「私もかつて同じことを言ったのです。それを思い出したのですよ」

「同じこと?」

「かつて姫の母君ハウファは我が父の養女として、このサウガ城で暮らしていました。ですがある日、エトラヘブ卿の使者が現れ、光神王への忠義の証として娘を差し出せと父に迫ったのです」

　イズガータ様は遠くの地平に目を向けた。

「その場に居合わせたハウファは『では私が参ります』と答えた。ハウファは私の身代わりになってくれたのですよ」

「そう、だったのですか」

　だからイズガータ様は、危険を冒してまで母に会いに来たのだ。後宮から母を救い出すために、彼女は騎士になったのだ。

「イズガータ様の人生を歪めてしまったことを、母は後悔していました。あの時、イズガータ様とともに逃げなかったのは、自分が犯した罪の重さを承知していたからです。取り戻せない過去を悔やむよりも、自分がなすべきことを最後までやり抜こうと思っていたからです。イズガータ様が気に病むことなど何もないのです」

　イズガータ様は私に目を向け、ふと微笑んだ。

　わかっているというように。

　それでも忘れられないのだというように。

「当時の私は小さくて、ハウファを止めることが出来なかった。それが悔しくて、私は父に言ったのです。『私は騎士になる。騎士になってハウファを取り戻す』とね。父は言いましたよ。『女が騎士になるなど無理な話だ』と。無論、私は憤然と言い返した」

　彼女は硬革の甲冑の上から胸を叩いた。

「父上にも出来たこと。私に出来ないはずがない！」

ああ、私も言った覚えがある。「貴方にだって出来たのだ。私に出来ないという道理はない」と。なんて罰当たりな。思い出すだけで顔から火を噴きそうだ。

「あれはつい勢いで言ってしまったのです」

いたたまれなくなって、私は両手で顔を覆った。

「イズガータ様と自分を同様に見なすなんて、恥知らずにも程があります。イズガータ様は特別です。戦女神の化身です。強く凜々《りり》しい女騎士なる運命《さだめ》を背負って、この世に生まれ落ちたに相違ありません」

「なに、私とて身一つで生まれてきましたよ。母の腹から剣を持って生まれてくるような、剣呑な稚児《ちご》ではありません」

「では、もしかして、髪を切れと言ったのも？」

イズガータ様は頷いた。

「騎士になるには女を捨てる覚悟が必要だ。それを見せてみろと、父に言われましたのでね」

そう言って、長い髪をさらりとかき上げる。

「晴れて騎士となってからは、こうしてまた伸ばしておりますよ。でないと女であることを忘れられてしまいますからな」

イズガータ様が眩しくて、私は目を細めた。彼女は生きて歩く私の憧れ。かくありたいと願う理想そのものだった。

「姫もまた髪を伸ばすとよろしい」

「でも——」

「もう誰も何も言いますまい」

　イズガータ様は微笑んで、私の髪をくしゃくしゃと掻き回した。

「明日、父がサウガ城にやってきます。叙任式の後、貴女のことを士隊長達に打ち明けると言っています」

　エズラ・ケナファ大将軍には領主院議会で何度かお目にかかったことがある。彼は武勲《ぶくん》の誉《ほま》れ高いだけでなく、領民のことを第一に考える立派な領主だった。

「将軍はご健勝でいらっしゃいますか？」

「まだボケてはいないようですがね。そろそろ将軍職を返上し、後進に道を譲ったらどうだと再三申しておるのですが、これがなかなか頑固でして」

　毒づいて、彼女は肩をすくめる。だが私は知っている。イズガータ様が父を愛し、尊敬していることを。お互いに実力を認めあった父娘《おやこ》。二人の関係が羨ましかった。

　翌日、そのケナファ侯がサウガ城にやってきた。

　彼はすでに五十歳を超えていたが、現役の騎士にも見劣りしない立派な体軀を保っていた。さすがに髪は白くなっていたが、目は青く炯々《けいけい》として大将軍の威厳を湛えている。

「お久しぶりです、アライス殿下……いや、今はアライス姫とお呼びするべきですかな」

「その名は人前で口にしてはなりません」

「おやおや、姫は心配性ですな」

　ケナファ侯は豪快に笑った。さすがはイズガータ様の父上だ。同じことを言う。

　その日の午後、サウガ城の謁見室《えっけんしつ》で叙任式が執り行われた。私はその末席に並び、ダカールが影断ちの剣を受け取るのを見守った。

儀式が終わると、ケナファ侯は式に参列した六人の士隊長に向かって話し始めた。

「私は常々考えてきた。我らがサマーア神聖教国は、何故こんなに重い空気に包まれているのか」

彼は声を張ることなく、訥々《とつとつ》と語った。抑圧の原因は天空に在りし光神サマーアであると。現況を打破するには聖教会を廃し、光神王を倒さなければならないのだと。光神サマーアが落ちてくるかもしれないという恐怖を払拭するには、現光神王アゴニスタ十三世に代わる新たな光神王を擁立《ようりつ》し、その者に我らを率いて貰うしかないのだと。

聞いているうちに、背中が薄ら寒くなってきた。

それは私に反乱の先頭に立てという意味か？　民を率いて父王を討てということか？

「シアラ」

ケナファ侯に呼ばれ、私はびっくり人形のように立ちあがった。

「諸君、改めて紹介しよう。シアラとは仮の名前。彼女の本名はアライス・ラヘシュ・エトラヘブ・サマーア。アゴニスタ十三世とハウファ第二王妃の子であり、聖教会が死んだと公表した第二王子であり、存在するはずのない光神王の血を引く王女だ」

言わなければ。早く言わなければ。

私は父を諫《いさ》めたいだけなのだと。話を聞いて貰いたいだけなのだと。父を殺して私が王になるだなんて、考えたことさえないのだと。

ケナファ侯が私の前に跪く。

「我らが王よ、我が剣を受け取っていただけますかな？」

受け取れるわけがない。この数年間《サナ》で思い知らされた。私は無知で無力な愚か者だ。こんな大馬鹿者に一国の王が務まるわけがない。

「申し訳ありません。やはり私は、貴方の剣を受けるわけには参りません」

「何故に？　理由をお聞かせ願えますかな？」

私は馬鹿だからとは言えない。

父王を殺したくないからだとも言えない。

「私はどんな者も虐げられることなく、平和に暮らすことが出来る国を作りたいと思っています。でも……私はまだ何もしていません。貧困に喘ぐ民も救っていないし、迫害されている影使い達に安住の地を与えてやることも出来ていません。今の私には、王と呼ばれる資格はありません」

「おやおや、アライス姫は誤解なさっておられる」

ケナファ侯はにっこりと微笑んだ。

「王の資格があるかどうか。それを決めるのは貴女ではなく、国民である我らです。我らは今まで貴方を見てきて、その上で我が王と呼ぶに相応《ふさわ》しいと判断したのです」

「でも今の私には夢しかない。報酬として、時空晶や土地を用意して差し上げることも出来ません」

「ではお約束下さい。その夢を必ず叶えてみせると」

「我らにとってはそれだけで充分なのですよ」と続け、イズガータ様は私の肩に手を置いた。

「そもそも騎士の誇りは、時空晶や土地で買えるものではございません」

縋るような思いで、私は部屋の中を見廻した。

アルニールから帰還した私に、「子供扱いして悪かったな」と詫びてくれたラファス士隊長。親身になって相談に乗ってくれたトバイット士隊長。いつもキィキィ声を張り上げているハーシン士隊長も、そんな彼をからかう陽気なシャローム士隊長も、今は真顔で私を見つめている。弓の引き方を教えてくれたイヴェト士隊長が無言で頷く。アーディン副団長は憐《あわ》れむような目で私を見ている。その隣ではダカールが、塑像《そぞう》のように立ちつくしている。

愕然とした。私の夢は、すでに私だけのものではなくなっていたのだ。命を懸け、血を流さなければ、この国は変えられない。騎士達はそれを知っている。そのために戦う覚悟を決めている。なのに私が、私だけが、父を殺したくないなどと言えるわけがない。

私はケナファ侯に目を戻した。

「この身に流れる光神王の血に懸けて、私は誓います。この命が続く限り、私は決して——決してこの夢を諦めないと」

「その言葉、確かに受け取りました」

ケナファ侯は立ちあがると、剣を抜き、天井に向かって突き上げた。

「我らの王に！」

イズガータ様が、士隊長達が、それぞれの剣を頭上に掲げる。

「我らの夢に！」

私は応えられなかった。

最初は母のためだった。母の願いを叶え、母を復讐の呪いから解き放つために、光神王になりたいと思った。

王城を追われ、影使い達と出会い、自分の無知を思い知らされた。罪もないのに殺された人々を見て、この国を変えたいと思った。誰も虐げられることなく、安心して暮らせる国を作ること。それが私の目標になった。けれど——

いつからだろう。それに違和感を覚えるようになったのは。私の心の奥底に眠る、浅ましい欲望に気づいたのは。私を駆り立てているのは、この国を変えるという崇高な目標ではない。私を一顧だにしなかった父王への怒りだ。

私は認めさせたかったのだ。「お前こそ王に相応しい」と、「お前を軽んじて悪かった」と、父王に認めさせたかったのだ。

「そんなことは露とも知らず、大勢が夢と理想のために戦い、命を落とした」

私は目を閉じた。瞼《まぶた》の裏に、失ってきた者達の顔が一人また一人、浮かんでは消えていく。

「人の真実は一つではない」

歴史学者は呟いた。

「前にも言ったように人間は多面性を持つ。お前もまた人間である限り、お前が抱える真実も一つではない」

「それでも私の身は一つしかない。一つの道しか選べない」

私は両拳で膝を叩いた。じゃらじゃらと鎖を鳴らし、自らを嘲笑する。

「その結果がこれだ」

私は嗤った。嗤い続けた。でないと狂ってしまいそうだった。悩んで、悩んで、血を吐くほどに悩み抜いた末、選んだこの道。どんな結果に終わろうと責任は自分が取る。決して後悔はしない。そう誓ったはずなのに――

「私はここにいる。大罪人として、ここに繋がれている」


同盟を結ぶため、イズガータ様がツァピール侯に嫁いで一年《サナ》が過ぎた。彼女がいない生活にも慣れ始めていたけれど、それでもイズガータ様がサウガ城に戻ってきてくれるのは嬉しい。

イズガータ様が執務室で仕事をしている時を狙って、私は剣の手入れをしに行った。私が初めてここを訪れた時、イズガータ様との対決に用いた二本の剣。それはケナファ家に代々伝わる双剣だった。

「もう振り廻さんでいただきたいものですな」

イズガータ様がからかうように声をかけてくる。

「その剣は我がケナファ家の家宝なのですから」

「わ、わかっています！」

私は急いで双剣を鞘に収め、壁に戻した。

「ところで、アライス姫」

声を改め、イズガータ様が呼びかける。

「ツェドカ殿下とは、どのような御仁《ごじん》ですかな？」

「ツェドカ――ですか？」

いきなりの質問に、私は目を瞬いた。

「そうです」と頷き、彼女は続けた。

「我が夫が何かにつけてツェドカ殿下を庇うのです。どうやら訳ありの様子なのですが、エシトーファ殿はああ見えて少々頑固なところがありましてな。あの手この手で問い詰めてみたものの、いまだ口を割りませぬ」

イズガータ様は背もたれに寄りかかり、口の端を歪める。

「夫婦だというのに、困ったものです」

私はツァピール侯に心から同情した。イズガータ様にあの手この手で迫られては、生きた心地もしなかっただろう。

「ツェドカは賢い子供でした。頭ではとてもかなわないと、いつも思っていました。でも彼は実母のパラフ様に嫌われていて――その点では、とても可哀相な子でした」

私にとって、ツェドカは心に刺さった棘《とげ》だ。どんなに時が経とうとも、抜けることも消えることもない。普段は忘れていても、少し触れただけでちくちく痛む。

「子供の頃は私も彼も、互いを友達だと思っていました。でも後宮を出てからは、会うことも話すこともなくなってしまいました」

それは嘘だ。彼との友情を裏切ったのは私だ。私は彼の死を望んでしまった。とても合わせる顔がなくて、ずっと彼を避け続けてきた。

「彼が何を考えていたのか、私にはわかりません。でも私を逃がしてくれたのはツェドカなのです。彼の助けがなければ、私は捕らえられ、処刑されていたでしょう」

「ふむ……」イズガータ様は腕組みをした。「我が夫の言う通り、敵ではないのかもしれませんな」

だが——と言って、顔をしかめる。

「光神王の後継者である以上、味方だとも言い切れない」

それはツェドカも生かしてはおけないということだろうか。父王だけでなく彼までも殺さなければならないのかと思うと、私の心は重く沈んだ。

「それと、これは姫のお心だけに留めておいていただきたいのですが——」

珍しく慎重な前置きをして、イズガータ様は続けた。

「エシトーファ殿は『光神王は影使いかもしれない』と言うのです」

「は——？」

私は口をぽかんと開け、間抜け顔を晒した。

「ど——どういう意味です？」

「光神王は後継者と影を『共有』し、それを継承する。それにより代々光神王は現人神になるのだと言うのです」

「まさか！」私は笑い出しそうになった。「もしそうだとしたら、光神サマーアは光神王の影ということになります。影はそれを使役する影使いにしか見えないものです。誰の目から見ても明らかである光神サマーアが影であるはずがありません」

「その通り」

腕組みをしたまま、イズガータ様は頷く。

「エシトーファ殿は言うのですよ。天に浮かぶ光神サマーアは人々の恐怖が具現化した姿だと。それを光神王の影が支えているのだと。継承が行われる前に光神王が死んだら、あれは落ちてきて、あれを神と信じる者達を打ち殺すのだと——そう主張なさるのです」

ああ、覚えている。初めてお話しした時にも、彼は同じようなことを言っていた。「そんなものは迷信だ」とイズガータ様は笑い飛ばしたけれど、ツァピール侯は真剣にそれを信じている様子だった。

「姫はどう思われます？」

イズガータ様は腕を解き、机に身を乗り出した。

「光神サマーアは神の御業《みわざ》で天に浮かんでいる時空晶なのか。それとも神を信じる者達が生み出した、ただの幻なのか」

「私は『神宿』として育てられましたから」

苦笑いで誤魔化しながら、私は答えた。

「光神サマーアは絶対神だと信じていましたし、いつかは自分が神の名を継ぎ、光神王になるのだと信じていました」

「そうでしたか……」

イズガータ様は難しい顔をして、再び腕を組んだ。

「アライスが新しい王になれば、この国は変わる。それこそが自分の復讐なのだと、ハウファは言っておりました」

私は力一杯、頷いた。

「母はいつも言っていました。良き王になりなさい。国の第一の下僕となり、国の幸せのために尽くしなさい。民のことを第一に考え、民の幸福と平和を守るためにその身を捧げなさい——と」

光神サマーアが今のような灰色のお姿で天に浮いているのは、傍若無人な政《まつりごと》を行う聖教会を戒《いまし》めるためだ。父王に心を改めさせ、聖教会を解体し、圧政から民達を解放することが出来たなら、光神サマーアは晴れやかな青空に姿を変え、私達を祝福して下さるはずだ。

そう言おうとした時——

ノックの音が響いた。

「入れ」とイズガータ様が応じる。

入ってきたのはアーディン副団長だった。いつも飄々として、つかみ所のない笑みを浮かべている彼が、緊張に顔を強ばらせている。白い顔はさらに白く、薄い唇にも血の気がない。

「イズガータ、招かれざる客が来た」

ただごとではないと悟ったのだろう。影断ちの剣を手にイズガータ様は立ちあがる。

「招かれざる客とは?」

「今、地下にいる」

地下? サウガ城の地下にあるのは貯蔵庫と武器庫と地下牢だけだ。そんなところに通される客とは、いったい何者なのだろう。

「本物かどうかはわからないが、アルギュロス・デウテロン・デュシスと名乗った」

私は悲鳴を上げそうになった。アルギュロスは敵国デュシスの第二王子の名だ。それだけでも充分驚愕に値する。なのに副団長はさらにとんでもないことを言う。

「手引きしたのは俺の親父だ」

今度こそ、私は悲鳴を上げてしまった。

アーディン副団長の父親トラグディは、全国各地を廻り、筋の良い子馬を買いつけ、ケナファ騎士団のために優秀な軍馬を育成してきた名調教師だ。

そのトラグディが敵国の王子を連れてきた？

「直接、話を聞く必要がありそうだな」

イズガータ様は厳しい表情で私を振り返った。

「一緒に来て下さい」

私は頷くと、イズガータ様とアーディン副団長に続いて部屋を出た。


地下牢の前には第一士隊の騎士がいた。彼らは槍を交差させ、二人の男を床に跪かせている。

一人は灰色の髪と灰色の眼をした年輩の男、ケナファ馬の調教師トラグディだ。

もう一人は知らない男だった。

美しい銀の髪、抜けるように白い肌、女のようにほっそりとした手と体つき。彼は灰色がかった青い眼で私を見た。頽廃《たいはい》と倦怠《けんたい》が漂う憂いの瞳。どこか光神王に似ていると思った。

「貴様か、デュシスの王子の名を騙るのは？」

イズガータ様の言葉に、男はうっすらと笑った。

「騙ってなどいない。アルギュロス・デウテロン・デュシス。それが私の真の名だ」

「敵国の王子を招いた覚えはないぞ?」

イズガータ様は嘲笑した。男に顔を近づけ、鋭い眼光で彼を射る。

「何が目的だ? 何故そのような嘘をつく?」

「嘘ではございません」答えたのはトラグディだった。「この御方は正真正銘、本物のアルギュロス・デウテロン・デュシス殿下でいらっしゃいます」

「お前には訊いていない」

「いいえ、聞いていただきます」

槍の柄で床に押さえつけられながらも、トラグディは口弁する。

「私はデュシスの間者として働いてきました。最初はデュシス国王マルマロス様の御為、アルギュロス殿下がお生まれになってからはアルギュロス殿下の御為、サマーア神聖教国の情報を流して参りました。二十四年前、影使《サナ》いの軍隊が形成されることを危惧《きぐ》したマルマロス王の命《めい》を受け、アルニール伯が影使いを囲っていることを、エトラヘブ卿に密告したのも私です」

イズガータ様の顔から血の気が引いた。彼女は腰の剣に手をかけ、唸《うな》るように吐き捨てた。

「それが真《まこと》ならお前の命はないものと思え!」

「覚悟の上だ!」

圧力に逆らって上体を起こし、トラグディは叫んだ。

「アルギュロス殿下は大恩あるエスクエラ様のご子息。殿下のためとあらば命など惜しくはない。さあ、殺せ!」

私はぞっとした。トラグディは私が生まれる前からサウガ城で働いていた。ケナファ侯からもイズガータ様からも信頼されていた。自分の命を差し出してまで、嘘の告白をする理由がない。

ということは、この男は本物のアルギュロスなのか？

「トラグディ、正直に言え」

イズガータ様は剣の柄を握ったまま、押し殺した声で問う。

「聖教会に時空晶を積まれたか？　それとも奴らに弱みを握られているのか？」

「笑止なことよ」

くつくつと銀髪の男が笑い出した。澱んだ青灰の眼がイズガータ様を見上げる。

「私が本物であれ偽物であれ、何も聞かずに殺すわけにはいくまい？　ならば真偽を問う前に、来訪の目的を尋ねるべきではないかな？」

「なるほど、一理ある」

イズガータ様は剣を抜き、その切っ先を男に向けた。

「ここに何をしに来た？　わざわざ人質になりに来たのか？」

「残念ながら、私に人質としての価値はない」

男はニヤリと嗤った。

「私は同盟を結びに来たのだ」

「同盟……だと？」

「そうだ」男は頷く。「詳しい話をする前に、貴公の部下を下がらせてくれまいか。私は跪くことに慣れていない」

わざとらしく肩をすくめる。絹《ハリール》のような髪がさらさらと揺れる。

イズガータ様は目で合図を送った。二人を組み伏せていた騎士達が槍を引く。男はゆっくりと立ちあがった。服についた埃を払い、ぐるりと首を廻してから、イズガータ様に目を戻す。

「長旅で疲れている。椅子を用意して貰えないか？」

イズガータ様は剣先を男の眼前に突きつけた。

「話す気がないのなら、即刻貴様を斬り捨てる」

仕方がないというように、男はため息をついた。

「我が父、デュシス王国の現王マルマロス・クラトル・デュシスは長いこと病に伏せっている。医者達の手当ての甲斐もなく病状は悪くなる一方、頑固な父もさすがに気弱になったようだ。先日、私と第一王子クリューソスを呼び出し、『長年の怨敵《おんてき》サマーア神聖教国を手に入れた方を次の国王にする』と告げた」

デュシスの国王が重い病を患っていることは、私も聞いたことがある。近年デュシスとの小《こ》競《ぜ》り合いが減ったのも、そのためだと聞いている。

「だが私は第二王子。第一王子である兄に較べ、後ろ盾となってくれる貴族も少ない。武力でも財力でも兄に遅れをとっている。ゆえに私は――」

微笑みながら、自分のこめかみを指さす。

「ここを使うことにした」

冗談めいた仕草。しかし誰も笑わなかった。誰も何も言わなかった。

彼は顔をしかめ、咳払いをひとつして、今度は私に目を向ける。

「光神王に反旗を翻さんと準備を進めていることは、トラグディから聞き及んでいます。私達の利害は一致している。もし貴女が同盟を承知してくれるのであれば、デュシスが誇る最新鋭の武器を提供しましょう。共闘して光神王を倒し、貴女がサマーアの――」

「どこを見ている！」

イズガータ様が遮った。素早く剣を一閃させる。男の前髪が、ぱらぱらと床に散る。

「目を逸らすな。貴様と話しているのは私だ」

「地方領主の娘に用はない」

不遜な態度で言い放ち、彼は私を指差した。

「私は今、サマーア神聖教国の王女と――やがてはこの国の女王となられるアライス姫と話しているのだ。邪魔をしないで貰いたい」

地下室の空気が凍りついた。

騎士達の顔に動揺が走る。アーディン副団長が剣を抜く。イズガータ様が制止しなければ、彼は父親トラグディを斬り殺していただろう。

「貴女に会うために私は危険を冒し、単身この国に渡ってきました」

アルギュロスは胸に手を当て、優雅に一礼してみせた。

「アライス姫、サマーア神聖教国の女王よ。貴女を私の后《きさき》としてデュシス王家に迎えたい」

「な……」

私は絶句した。彼の申し出は理解の範疇《はんちゅう》を超えていた。アルギュロスは私の前に跪くと、私の手の甲に口づけした。彼の所作は流れる水のように洗練されていた。状況も立場も忘れ、私はつい彼の姿に見入ってしまった。

「貴女を尊敬しています。己の境遇を憐れむことなく、自らの運命を切り開こうとする貴女を敬愛しています。貴女と私が結ばれたなら両国の繁栄は盤石《ばんじゃく》なものとなるでしょう。アライス姫——私のため、両国の平和のため、どうかこのアルギュロスと結婚して下さい」

「ま……待ってくれ」

喘ぐように私は言った。

「これは私だけの問題じゃない。私の一存では決められない」

「答える必要はない」イズガータ様が言った。「この者が本物だという証拠はない。我らの弱味を握らんとする聖教会の手先かもしれない」

「では好きなだけ調べるといい」

彼は立ちあがり、イズガータ様に向き直る。

「疑り深い貴公のこと。デュシスにも間者を潜ませているのだろう？　その者達に尋ねるがいい。彼らの口から事実を確認するがいい」

「——いいだろう」

イズガータ様は彼から目を逸らさず、剣を鞘に収めた。

「その間、貴様の身柄は拘束する」

「かまわないが、もう少しましな部屋を用意して貰いたい」

でなければ——と言い、彼は私に目を向ける。

「貴女が心血そそいで作りあげた影使いの軍隊を、私に披露して下さいませんか？」

「――何のことだ？」

「おや？」アルギュロスは疑わしげに目を細めた。「もしかして、ご存じない？」

私は困惑し、イズガータ様を見た。

ケナファ侯はアルニールに影使いを集めている。影使いによる『第七士隊』を作っている。極秘中の極秘であるこの計画を、なぜ彼は知っているのだろう。

イズガータ様は冷たい目で彼を睥睨《へいげい》した。

「貴様には関係のないことだ」

「いいや、大いに関係している。影使いが戦力となり得るのかどうか。同盟を結ぶ者としては大いに気になる」

「どこの馬の骨とも知れない男が、たわけたことをほざくな」

イズガータ様は酷薄な笑みを浮かべた。「二人とも牢に叩きこんでおけ」と命じ、足早に階段へと向かう。

私は彼女の後を追おうとした。

それを待っていたかのようにアルギュロスが動いた。気配を感じ、振り返ろうとしたが、ほんの一瞬遅かった。上腕を掴まれ、引き寄せられる。しまったと思った時にはもう、私は彼の腕の中にいた。

「その子を放せ」

アーディン副団長が銀の刃をアルギュロスの首に押し当てる。

「放せ。でないと殺す」「やめろ、アーディン」

副団長の声にトラグディの声が重なった。

「殿下はエスクエラ様のご子息、お前の母親の命を救って下さった御方のご子息なんだぞ！」

「関係ない」

冷徹な副団長の声。父親が告げた衝撃の事実にも、彼の剣は微動だにしない。

凍るような殺気を浴びてもアルギュロスは怯まなかった。私を抱き寄せ、私の目を見つめ、甘やかな声で囁いた。

「美しい人、貴女のために絹《ハリール》のドレスを用意しよう。胸元に金糸銀糸で刺繍をさせよう。純白の花嫁衣装を纏った貴女は花のように——いや、太陽のように輝いて見えるだろう」

彼の唇から美辞麗句がこぼれるたび、体の芯が冷えていく。ぞわぞわと肌が粟立つ。知らず知らずのうちに鼓動が速くなる。

「信じて下さい、アライス姫。私には貴女が必要なのです」

私は彼の腕を振り解いた。逃げるように階段を駆けあがる。怖かった。気持ちが悪かった。吐き気がした。泣きそうだった。光神王と同じ気配を纏う美しい男。彼の抱擁に、その甘言に、一瞬心を奪われた。私の中には女がいる。浅ましく愛を乞う、弱く醜い女がいる。それが恐ろしくて、穢らわしくて、身体の震えが止まらなかった。

イズガータ様は私室に戻っていた。私が部屋を訪れると、彼女は渋い顔で切り出した。

「認めたくはありませんが、おそらく彼は本物です。本音を言えば、今すぐにでも闇に葬ってしまいたいところですが……そうもいきません」

　彼を殺せばデュシスに宣戦布告の口実を与えることになる。しかし、隠しておくにも限界がある。

「サウガ城には多くの人間が出入りする。人の口に戸は立てられない。それにこの国に潜むデュシスの間者はトラグディだけとは限らない。アルギュロスのことを聖教会に密告されたらケナファは反逆罪に問われる。ケナファと同盟を結んだツァピールも関与を疑われることになる。それを承知しているからこそ、奴はこのような策に出たのでしょう」

　選択肢は二つしかない。

　アルギュロスを殺して光神王に突き出すか、彼と同盟を結んで光神王を倒すか。

　前者を選べばデュシスとの交戦は避けられない。なぜアルギュロスはケナファを交渉相手に選んだのか、聖教会は疑問に思うだろう。下手をすれば私の存在が発覚する。アルニールやナダルで暮らす影使い達の安寧が脅《おびや》かされる恐れもある。

　後者を選ぶには、共闘を約束してくれた諸侯の理解と同意が必要となる。上手く話がまとまれば、私達は強力な武器を得ることが出来る。アルギュロスがデュシスの国王となれば、長年続いた二国の戦を終わらせることが出来る。

　どちらを選ぶべきか、考えるまでもなかった。

「五、六日《ヤウム》もすれば報告が届きます。彼が本物のアルギュロスであるという確証を得たら、諸侯達に状況を説明し、デュシスとの共闘を持ちかけます。ケナファの名に懸けて必ず説得してみせます。ですから――」

イズガータ様の声が途切れた。その目に浮かぶ苦渋と葛藤。それを見て、私は言った。

「では私は、アルギュロスの求婚を受け入れましょう」

「――よろしいのですか？」イズガータ様は眉根を寄せた。「のらりくらりと返答を先延ばしにして、時間を稼ぐことだって出来なくはないのですよ？」

「覚悟は出来ています」

嘘だ。先ほどの抱擁を思い出すだけで嫌悪感が込み上げてくる。でもイズガータ様はツァピールと同盟を結ぶため、ツァピール侯に輿入れした。イズガータ様は私の憧れ、彼女のようになりたいとずっと思ってきた。

「貴方に出来たのです。私に出来ないという道理はない」

そう言って、私は笑ってみせた。けれどイズガータ様は笑わなかった。

「貴女を一人では行かせない。ハウファの轍は踏ませない。決して貴女を一人にはしない」

イズガータ様は私を引き寄せ、抱きしめてくれた。彼女の胸は温かくて、母と同じ匂いがした。

一度《ひとたび》方針を定めたら、イズガータ様はもう迷わなかった。彼女はお針子達を召集した。同時になぜかダカールが部屋に呼ばれた。

「騎士にやらせる仕事ではないのだが、他に適役がいなくてな」

イズガータ様は彼に紙包みを渡した。包まれていたのは、私がこの城に来た時に切った私の髪だった。

「これを使って彼女の髪を編んでやって欲しい」

「わかりました」

私は鏡台の前の椅子に座った。ダカールの手が髪に触れる。節の目立つ指が器用に髪を結っていく。こそばゆいような、くすぐったいような、身を捩って逃げ出したくなるような奇妙な感覚。息を止めても動悸が治まらない。胸の中で小鳥達が囀《さえず》り、騒がしく羽ばたいているようだ。鼓動が彼に伝わるんじゃないかと思うと、緊張で顔が赤くなる。

「ダカール」

イズガータ様の声に、私は飛び上がった。

「今一度、お前に訊きたい。お前はアライス姫への忠誠を誓うか？」

早馬のように駆け足で心臓が鼓動を刻む。

「はい」

鏡の中、ダカールが頷いた。

頷き返し、イズガータ様は続けた。

「ではお前をアライス姫付きの騎士に任命する。常に彼女の傍に身を置き、命がけで彼女を守れ」

「わかりました」

イズガータ様は私に目を向けた。鏡の中の彼女と目が合う。

「話してやれ」

そう言い残し、彼女は部屋を出て行った。

どこから話せばいいのだろう。私は深呼吸をしてから、ダカールと向かい合った。

「今日、来客があったのは知っているな?」

「ああ。協力者だって聞いたけど?」

「彼はアルギュロス・デウテロン・デュシス。デュシス王国の第二王子だ」

私は彼にすべてを話した。トラグディのこと、デュシスの王位争いのこと、共闘して光神王を倒そうと言われたこと。

「そのかわり……」

私は言い淀《よど》んだ。出来ることなら言わずにおきたかった。でも黙っていることは出来ない。

「サマーア神聖教国の女王を自分の后として迎えたいと、彼は言った」

「それで──」と言い、咳払いを挟んでから、ダカールは尋ねた。「君は何て答えたんだ?」

「待ってくれと言った。私の一存では決められないからと。だが人の口に戸は立てられない。アルギュロスの訪問が光神王や聖教会に知れるのも、もはや時間の問題だ」

「僕らから時間を奪い、選択肢を奪うことで、同盟を承知させる。それがアルギュロスの狙いなんだ」

「ああ、イズガータ様もそう言っていた」

私はため息をついた。

「光神王に反旗を翻すといっても、まだ準備は調っていない。今、戦いに臨めば、神聖騎士団との衝突は避けられない。戦は長引き、戦場となった土地は荒れ、大勢の民が死ぬだろう。でも、デュシスの武器があれば、一気に王城を攻め落とすことも不可能ではない」

平和な世界を築くため、アルギュロスの求婚を受諾する。それが光神王の子として生まれた私の責務だ。迷いはない。後悔もしない。そう心に決めていたはずなのに――

「どうすればいいと思う？」

気づいた時には問いかけていた。

ダカールの眉が下がった。眉間に縦皺が刻まれる。

「そこまで答えが出ているなら、君の思う通りにすればいい」

淡々とした声だった。いつも通りの彼だった。

急に気持ちが沈んだ。胸の小鳥達は羽ばたくのを止め、死んだように押し黙る。

「暗くなってきたな」

ダカールは私に背を向けた。

「光木灯を貰ってくる」

薄暗がりに私を残し、彼は部屋を出て行った。


六日後《ヤウム》、デュシスに潜伏中の間者から連絡が入った。

アルギュロスは本物だった。イズガータ様は諸侯達を説得するため、サウガ城を離れることになった。答えが出揃うのを待つ間、私はアルギュロスとともにアルニールへ行くことになった。

別れ際、私はイズガータ様に「トラグディを殺さないで欲しい」と幾度も念を押した。

憎んでいないと言えば嘘になる。けれどすべてはもう起こってしまったことだ。彼を殺してもアルニールで殺された人は戻らない。母もアルティヤも生き返りはしない。

イズガータ様は渋い顔で答えた。

「デュシスと同盟を結ぶとなれば、彼は重要人物となります。個人的には許し難いが——こうなっては殺したくても殺せませんな」

「では……副団長はどうなりますか？」

トラグディの正体が発覚した後、アーディン副団長は謹慎を言い渡されていた。もちろんケナファ騎士団に彼の忠誠を疑う者などいない。けれど彼が生粋《きっすい》のデュシス人であることがわかった以上、何事もなく今まで通りというわけにはいかなかった。

「副団長は自分がデュシス人であることも、父親が密偵であったことも知らなかったのでしょう？」

「そのようですが、諸侯の了解を得るまでは謹慎して貰うしかないでしょうな」

イズガータ様は深いため息をついた。私の顔を見て、取り繕《つくろ》うように笑う。

「とはいえ彼は我が騎士団の重要な戦力です。そのうち適当な理由を考えて、戦線復帰させますよ」

その言葉を信じるしかなかった。

私は後ろ髪を引かれながら、悲劇の町アルニールに向かった。

旅の間中、ダカールはずっと私の傍についていてくれた。いつになく彼は無口で、話しかけても生返事が返るばかりだった。アルニールに到着し、古い屋敷の一室で荷解きを終えても、私達の間に会話は生まれなかった。

沈黙に耐えかねたのか、ダカールは窓に歩み寄った。かと思うと——

「ちょっと出てくる」

そう言って、部屋を横切り、扉へ向かう。

「すぐに戻る。絶対に一人で出歩くな。誰も部屋に入れるな」

私は慌てて立ちあがった。が、その時にはもう、彼は部屋を飛び出していた。

仕方なく、再び椅子に腰を下ろした。

私の正体を知っても態度を変えなかったダカールが、ここ数日、あからさまに私を避けている。当然といえば当然だ。今まで着たこともないようなドレスを纏い、髪を結い上げた私は、アルギュロスに媚《こ》びているように見えるだろう。

ダカールは人と関わることを嫌う。花街に通うこともなく、白粉《おしろい》臭い町娘達の秋波《しゅうは》にも迷惑そうな顔をするだけだ。今の私は彼女達と同じだ。私はもう彼の仲間ではなくなってしまったのだ。

私は肩を落として俯いた。ダカールのことで頭がいっぱいで、部屋の扉が開いたことにも気づかなかった。五、六人の男達がなだれ込んで来るに至り、私はようやく異変に気づいた。

「何者だ！」

右手が虚《むな》しく空《くう》を摑む。ドレスの上に帯刀は出来ない。曲刀を手元に置かず、部屋の壁に立てかけてしまっていたことを悔いたが、もう遅い。

「大きな声は出さないで貰おう」

優しげな声音。アルギュロスが部屋に入ってくる。

「この者達は私の部下だ。雇いの坑夫の中に、あらかじめ紛れ込ませておいたのだ」

勝ち誇ったようにアルギュロスは笑った。今までの笑顔とは明らかに違う、狡猾《こうかつ》な策士の笑みだった。

「時空鉱山の坑道に炸薬《さくやく》を仕掛けさせた。合図を送れば私の手の者がそれを爆破する。鉱夫達の命を守りたければ――」

アルギュロスは一礼し、私に向かって右手を差し出す。

「アライス姫、一緒に来ていただけますか？」

「嘘だったのか」

私は彼を睨んだ。

「最初から同盟など結ぶ気はなかったんだな！」

「その通り」

アルギュロスは男達に目で合図した。私の左右に男が立ち、脇腹に短剣を突きつける。

「妙な真似をすれば坑道を爆破する。それをお忘れなく」

アルギュロスは部屋を出た。悔しかったが、今は従うしかなかった。部屋を出て、階段を下る。屋敷の入口までやってきた時、外から護衛の騎士達が戻ってきた。第二士隊の騎士プーティとパハドだ。

「お前達、どこから入った！」

「シアラをどこに連れて行くつもりだ！」

プーティが剣を抜いた直後――ドスンという爆音が響いた。屋敷が震え、窓硝子が割れる。一瞬プーティとパハドの気が逸《そ》れる。その隙にデュシス人達は曲刀を抜き、ケナファの騎士に斬りかかる。突きつけられた短剣のことも忘れ、私は彼らに駆け寄ろうとした。が、足が前に出ない。体の自由が利かない。両手が勝手に後ろに回る。

「ご苦労」

アルギュロスの言葉に、私の横にいた年輩の男が黙礼した。皺深い顔、薄い頭髪、他の男達よりも数十歳年老いて見える。

この男、影使いだ。

彼の影が私の自由を奪っているのだ。

短剣を突きつけていた男の一人が私の体を抱き上げる。プーティとパハドを斬り伏せて、男達は屋敷を出る。

「こんなことをしても無駄だ！」誰かが聞いてくれることを祈りながら、私は叫んだ。「サマーア神聖教国にとって私はすでに死んだ人間だ。連れ帰っても何の価値もない！」

「卑下《ひげ》することはない」

アルギュロスは酷薄な笑みを浮かべた。

「貴女がデュシスに亡命したとなれば、光神王は貴女を匿ったケナファ侯を反逆の罪に問う。エズラ・ケナファ大将軍を排斥出来るだけでも重畳《ちょうじょう》。内乱ともなればさらに好都合。疲弊したサマーア神聖教国など、我が兄が誇るデュシス正軍の敵ではない」

「そうなれば兄王子が次の王になる。お前は追い落とされるぞ？」

「はたしてそうかな？」

アルギュロスは愉快そうに首を傾げた。

「私の兄は血の気が多い。サマーア軍を討ち滅ぼし、王城を攻め落とし、即刻光神王の首を刎《は》ねるだろう。光神王が死ねば光神サマーアは地に落ち、大地に生きとし生けるものすべてを滅ぼす。私の兄も、兄の軍隊も、光神サマーアが殺してくれる」

「そんなもの、聖教会がついた嘘に決まってる！」

「では、あれは何だ？」

彼は頭上を指さした。

「我が国の時空学者は言った。光神サマーアは人々の意識を映す巨大な鏡であると。それを支えているのが光神王なのだと。それが真実だとすれば、光神王は強力な影を従えた『影使い』ということになる」

「……馬鹿な！」

叫び返しながら、私はイズガータ様の話を思い出した。ツァピール侯は言ったという。「光神王は影使いかもしれない」と。だが本当に光神王が影使いであるならば、なぜ同胞である影使い達を狩る？　なぜ影使いを迫害し、殺す必要がある？

「私の兄は何も知らない。躊躇なく光神王を殺すだろう。押し潰されてまっさらになったイーゴゥ大陸に、私は再上陸するだけでいい」

アルギュロスは戯《おど》けた仕草で光神サマーアの印を切った。

「まこと有り難きは神の恩寵《おんちょう》というわけだ」

「そんなことをして何になる。すべての者が死に絶えた土地を手に入れて、何の得があるというんだ」

「この国の支配権にも、頭上に戴《いただ》く冠にも、私はまったく興味がない。そんなものは巨万の時空晶さえあればいつだって手に入る」

　私に顔を近づけ、アルギュロスは不敵に笑う。

「ファウルカの王城の地下には、まだ人の手が触れていない時空鉱脈が眠っていると聞いた。しかし、そこに至る通路は光神王にしか開かれないとか。だから言ったのだ。『私には貴女が必要なのだ』と」

「通路のことも、時空鉱脈のことも、私は知らない」

「それについては我が国に戻ってから、ゆっくりと尋ねることにしよう」

　彼の指先が私の耳に触れ、顎をなぞり、唇に触れる。嗜虐的《しぎゃくてき》な光を帯びた青い眼が私の目を覗き込む。

「たっぷりと時間をかけて尋ねれば、貴女は必ず思い出してくれると確信している」

　その言葉の意味を悟り、私はぞっとした。

　こんな男を美しいと思ってしまった自分が許せない。一瞬でも彼の言葉に心ときめかせた自分を絞《し》め殺してやりたい。

　鉱山での爆発に騒然とするアルニールの町を抜け、林の中を進んだ。小道の先に黒い馬車が停まっている。数十人のデュシス人がそれを取り囲んでいる。あの馬車に乗せられてしまったら、もう誰も私を見つけられない。

「放せ！」

　私は叫び、身を捩った。けれど影の束縛は少しも緩まない。

「こいつ、いつの間に！」

そんな声がした。私を囲んでいた男達が曲刀を抜く。金属と金属が打ち合わされる音。味方か？　誰か気づいてくれたのか？　確かめたくても体の自由が利かない。

アルギュロスは馬車に乗り込んだ。私を抱きかかえた男と影使いが後に続く。私は可能な限り首を伸ばし、馬車の外へと目を向けた。林の中、十人あまりのデュシス人を相手に一人の男が奮闘している。ケナファ騎士団の長衣、赤味の強い茶色の髪――ダカールだ。

どうして？　いつの間に？　そんな疑問が頭の中を飛び交う。私が困惑している間に、影使いの男がするりと馬車を降りていった。灌木《かんぼく》に身を隠しながら、ダカールに近づいていく。

私は咄嗟に叫んだ。

「ダカール、後ろ！」

彼は素早く振り返り、影使いの男を斬り倒した。手足に自由が戻る。自分を抱き上げている男の鳩尾《みぞおち》に肘鉄《ひじてつ》を叩き込んだ。前屈《まえかが》みになって呻く男を押しのけ、馬車の扉を開く。

ダカールが剣を真横に一閃《いっせん》する。つむじ風が巻き起こる。彼を取り囲んでいたデュシス人が見えない刃に切り裂かれ、次々と倒れ伏す。

間隙《かんげき》を縫って、彼は馬車に駆け寄った。必死の形相で私に手を伸ばす。その瞬間、私はすべてを忘れた。自分が置かれている状況も、ダカールが使った不思議な技のことも、すべて頭から吹き飛んだ。私は彼に向かって手を伸ばし――

左足に凍るような冷気を感じた。

次の瞬間、それは灼熱《しゃくねつ》の痛みに変わった。

私は馬車の外へと転がり落ちた。ズキンズキンと激痛が脈打つ。その中心にあるのは銀の柄、私の左太腿《ふともも》に深々と短刀が突き刺さっている。

痛みで意識が混濁する。短刀を引き抜きたいという衝動を堪える。刺さった剣は酒瓶の栓と同じ。抜けば途端に血が溢れ出す――

「動くな」

遠くから、アルギュロスの声がする。

「お付きの騎士まで影使いだったとは誤算だった」

冷たい感触が首筋に触れる。ああ、これは、曲刀の刃だ。

「剣を捨てろ。これ以上、大切な姫を傷つけられたくなかったらな」

駄目だ、ダカール。剣を捨てたらお前は殺される。こんな奴の言うことを聞くな。聞くんじゃない。

「もう一度だけ言う。剣を捨てろ」

曲刀が首筋から離れた。かと思うと、後ろでぶつりという音がする。ほどけた髪が私の顔を覆い隠す。

考えるより先に、体が動いた。

私は短刀の柄を握り、一気に引き抜いた。体を半回転させ、後ろの男を斬りつける。手の甲を切られ、アルギュロスが曲刀を取り落とす。

「殿下――！」

デュシス人が王子を守ろうと駆け寄ってくる。急激な出血で頭から血が引いていく。激しい目眩に襲われる。もう立っていられない。地面に倒れ込みながら、私は叫んだ。

「ダカール！」

入り乱れる足音。剣が肉を切り裂く音。荒々しい息遣い。

私は気力をかき集め、薄れゆく意識をつなぎ止めようとした。デュシス人達はどうなった。アルギュロスは逃げたのか。坑道の被害は、鉱夫達は、ダカール、お前は無事か。頼む、ダカール、無事でいてくれ。

「シアラ……目を開けろ、シアラ！」

ダカールの声がする。

そう思った途端、左足に痛みが走った。それは稲妻のように背筋を駆け上り、頭の中を滅茶苦茶に引っかき回す。

「医者の所に運ぶ。傷に響くかもしれないけど、堪えてくれ」

私はふわりと抱き上げられた。

間近にダカールの顔が見える。削《そ》げた頰、高い鼻、金色に見える琥珀の瞳、注視しなければ気づかない些細な変化——

「私のせいだ」

ああ、ダカール。

お前、私のためにどれほどの時空を使った？

「アルギュロスの目的は、同盟を結ぶことじゃない。彼が手に入れたかったのは、王城の地下に眠る時空鉱脈だったんだ」

「しゃべるな」

「なのに私は、奴の甘言《かんげん》に乗って、彼に気を許してしまった」

「もういい」

「すべて私のせいだ。私は──」

お前に影を使役させ、時空を浪費させた。

「いい加減にしろ！」

ダカールが叫んだ。

「何のために僕らがいると思ってるんだ。君はもう君一人のものじゃない。何もかも一人で背負い込もうとするな！」

私はダカールを見上げた。

争いは嫌いだと彼は言った。心穏やかに暮らしたいだけだと言った。彼は闇を恐れていた。自分の影を恐れていた。それなのに私は、彼を戦場へと連れ出してしまった。

「ダカール。お前は自分の時空を削って、私を守ってくれていたんだな。なのに私はそれに気づかず、お前に頼る一方だった。どうか……許して欲しい」

「謝らなきゃならないのは僕の方だ」

彼は深く息を吸い、ゆっくりと吐き出した。

「僕は影憑《かげつ》きだ。影使いですらない生まれつきの影憑きだ。なのに僕はそれをずっと隠してきた。僕の中には僕とは違う僕がいる。もう一人の僕に飲み込まれ、鬼《グル》と化してしまうことを、僕はずっと恐れてきた」

昔、アイナが教えてくれた。影使いの母親から生まれた子は母に憑《つ》いている影を『共有』してしまう。生まれたばかりの子供は影に名をつけることが出来ない。そのため子供の魂は徐々に影に侵食され、大きく成長する前に鬼《グル》と化してしまうのだと。

ダカールの母親は神聖騎士団に殺された。彼の母親は影使いだったのだ。だから彼は鬼《グル》になることを恐れ、感情を押し殺し、何も感じない石になることを願った。

「なのに最近はどちらが本物の僕なのか、わからなくなってきてしまった」

彼は唇を噛み、押し殺した声で続けた。

「きっと僕はもう正気を失いかけているんだと思う」

「お前は狂ってなどいない」

私は特別な目を持っている。お前がどこにいても、私はお前を捜し出せる。お前が人の波に紛れていても、私はお前を見つけ出せる。私は決してお前を見間違えたりしない。

「私が間違った時には叱責し、迷った時には相談に乗ってくれる。それが私の知っているダカールだ。自らの危険を顧みず、私の危機に駆けつけてくれる。それが、私の知っているダカールという男だ」

彼の胸に頬を押し当てる。彼の鼓動が聞こえる。温かな生命が伝わってくる。大丈夫だ、ダカール、お前はここにいる。迷うことも恐れることもない。私のダカールはここにいる。

「けど僕は狂うかもしれない。鬼《グル》と化してしまうかもしれない。君を、殺してしまうかもしれない」

ダカールは足を止めた。私を見つめるその瞳が、迷子の子供のように震えている。

「お前を鬼《グル》になどさせない」

私は手を伸ばし、彼の頬に触れた。

赤味がかった茶色の髪、金色に透ける琥珀の瞳、眉間の縦皺さえも愛おしかった。剣ダコの出来た節くれ立った手も、肩を丸めてとぼとぼと歩く姿も、小さな声で独り言を言う癖も、哀しいほどに愛おしかった。

「この命に代えても、お前のことは私が守る」


「アルギュロスは死に、彼の計画も潰《つい》えた。その後どうなったかは……お前も知っているだろう？」

歴史学者の顎がわずかに上下する。

「デュシス王国の第一王子クリューソス率いるデュシス軍に、神聖教国軍は惨敗した。王都に向かって進軍するデュシス軍を撃退し、この国を救ったのは——お前だった」

「私ではない」

目を眇め、歴史学者を睨む。

「救国軍に勝利をもたらしたのは影使いだ。お前達が弾圧し、殺害してきた影使い達がこの国を救ったんだ」

オープとアイナ、私を匿ってくれた影使い達。彼らは死んだ。不利な状況を打開するため、残り少ない時空を擲《なげう》ち、救国軍を救ってくれた。

「彼らだけじゃない。あの戦で大勢が死んだ」

泥濘《でいねい》に塗れた数多《あまた》の死骸。折れた剣、傷つきもがく馬達。噎《む》せ返るような血臭と腐敗臭。人と人が殺し合う狂気。殺戮《さつりく》の記憶が残す深い傷。

「忘れられない。忘れられるはずがない」

サウガ城に帰還する救国軍を、人々は凱歌《がいか》で出迎えた。彼らは熱狂し、私のことを『太陽姫』と呼んだ。

「私は太陽なんかじゃない」

頭を抱え、両手で髪を掻きむしる。剝き出しの膝に額を押しつけ、涙を堪える。

「私は期待を裏切った。この国を変えることも、青空を取り戻すことも、父王を弑《しい》することも出来なかった」

「まだ終わったわけではあるまい」

歴史学者はかすかに首を傾けた。顎の位置が変わり、わずかな光にその口元が浮かび上がる。薄い唇。深い皺が刻まれた口角。悲しそうにも愉しそうにも見える微笑み。

「聞かせてくれ。お前はどうしてここに来たのか。どうして一人で王城に戻ることを選んだのか」

戦勝に沸くサウガ城に光神王の使者がやってきた。輔祭の衣に身を包んだ使者は、光神王の書状を開き、それを読み上げた。

「十諸侯騎士団の代表らに告ぐ。反逆者アライス・ラヘシュ・エトラヘブを即刻捕縛せよ。咎人アライスを捕らえ、王城まで連行した者には罪を問わず、今回の戦功に見合った恩賞も授与する。しかしあくまでも咎人を庇い、光神王の命《めい》に逆らう者は、その血族ともども逆賊として断罪する」

どうあっても父は私を認めない。そのことに私は深い失望を覚えた。同時に、少し安堵もしていた。私が投降すればもう戦わなくてすむ。もう犠牲者を出さなくてすむ。

けれどイズガータ様は、私に逃げることを許さなかった。彼女は使者を斬り殺し、血染めの剣を差し出した。

「剣をお取り下さい、アライス姫。このまま救国軍を率いて王都へと登り、光神王を倒し、貴女が王になるのです！」

各騎士団の代表者達も賛同した。

追い打ちをかけるようにイズガータ様は言った。

「貴女はこの国から恐怖を払拭《ふっしょく》し、民に平和と平等をもたらすと仰った。それが自分の夢だと言い、そのために力を貸して欲しいと仰った。あの言葉は偽りか？　嘘を信じて彼らは死んだのか？」

その言葉は深く私の胸を抉った。

私を助けるために母とアルティヤは死を選んだ。救国軍を勝利に導くため、心優しい影使い達は時空を使い果たした。この国に自由と平等をもたらすため、イズガータ様やアーディン副団長は自らの思いを押し殺した。私を信頼してくれた人々、新しい世界を信じて死んでいった者達。彼らの犠牲を無駄には出来ない。彼らの想いを裏切ることは出来ない。もう後戻りは出来ない。私は前に進むしかないのだ。

王城へ。父王の元へ。

父を殺し、王座を簒奪《さんだつ》するために。

半月《シャハル》後、救国軍は王都に向けて進軍を開始した。同年の七月《タムズ》には、王都ファウルカの目前までやってきた。ファウルカを見下ろす丘の上に救国軍は陣を張った。諸侯達と騎士団長達による戦略会議が始まった。

「急告です！」

その最中、恐れていたことが起きた。一人の斥候《せっこう》が駆け込んできた。

「街道の南門に男が吊されました！　遠眼鏡にて確認しましたところ、その人はエズラ・ケナファ大将軍であらせられる模様です！」

私は知っている。イズガータ様は父親であるケナファ侯を敬愛していた。その父親の死を目の当たりにして、悲しくないはずがない。

なのに、イズガータ様は動揺することなく、冷徹に言い放った。

「投降などしても無駄です。奴らの狙いは貴女だ。光神王の娘である貴女がいなければ、民達は光神王に逆らえない。貴女が死ねばそれでおしまいだ。すべての犠牲は無駄になる」

「お願いです。このまま進軍し、光神王を倒せと命じて下さい！」

「ケナファ侯の仇を討ちましょう！」

「王城へ参りましょう、アライス姫！」

口々に叫ぶ代表者達に、私は言った。

「時間をくれ。一晩だけでいい。私に時間をくれ」

逃げるようにして自分の天幕に戻った。床に敷かれた毛皮の上に崩れるように座った途端、堪えていた涙が堰《せき》を切って溢れ出す。震える膝を抱え、額を膝頭に押しつけ、私は声を殺して泣いた。

馬上武術大会で連勝し、最強の騎士と称えられ、民からの信望も厚かったエズラ・ケナファ大将軍。多くの民に愛された人だった。義に厚く、情に厚い人だった。常に民のことを考え、先見の明を持ち、力と自信に満ち溢れた人だった。彼は剣を抜くことなく、戦場を縦横無尽に駆けることもなく、人質として捕らえられ、無惨にも処刑された。

彼だけじゃない。オープもアイナも隠里の影使い達も死んだ。私と出会わなければ、私を助けたりしなければ、あんな風に命を落とすことはなかった。

このまま進軍し、光神王を倒せとイズガータ様は言う。敬愛する父を殺されたというのに彼女は少しも揺らがない。イズガータ様はいつだって強く正しい。彼女は私の理想だ。彼女のようになりたいと、いつも願ってきた。

けれど、私はイズガータ様にはなれない。彼女のように強くはなれない。私のせいで人が死ぬ。その現実に耐えられない。さもしい私の夢のために、もう誰も死なせたくない。

投降すれば父に会える。捕らえられ、処刑されるとしても、最後にもう一度、父と話すことが出来る。話をしたところで、きっと何も変わらない。父は私を認めない。考えを変えたりしない。私の夢は叶わない。

それでも――私は信じたい。

奇跡を。この夢が叶う、わずかな可能性を。

私は立ちあがった。曲刀を吊し、フードのついた黒いマントを羽織る。

「シアラ」

押し殺した声が聞こえた。

「話がある、入るよ」

ダカールが天幕に入ってくる。

ギクリとして私は彼を見た。腰に帯びた曲刀に外出用の黒マント、この格好は怪しすぎる。どこに行くんだと問われる。何をする気だと訊かれる。馬鹿なことを考えるなと、投降しても無駄だと言われる。

「シアラ、僕と逃げよう」

——え？

「君はよくやった。もう充分に頑張った。これだけ手勢が揃えば救国軍の勝利は間違いない。だから後のことはみんなに任せて僕と逃げよう。この国を出て知らない町に住むのもいい。渡りの剣士として諸国を渡り歩いてもいい。ここより遠くの、誰も知らない土地に行って、僕と一緒に暮らそう」

心臓が高鳴った。頬がかあっと熱くなる。こんな時だというのに、胸の小鳥達が高らかに歌い出す。

彼が好きだ。彼が好きだ。

彼の他には何もいらない。彼がいてくれたらそれだけで幸せ。

そうだ。すべて忘れて、彼に身を委ねてしまえばいい。何者でもない一人の娘になって、世界の片隅でひっそりと生きればいい。難しいことじゃない。彼の胸に飛び込めばいい。

ああ、でも――

「私には……出来ない」

ここで逃げたら、私は後悔してしまう。天空の時空晶を見るたび思い出してしまう。なぜ逃げたのか、どうして父に会いに行かなかったのか、どうして仲間達を見捨てたのか。後悔するあまり、きっとダカールを傷つけてしまう。

「私はもう一度父王に会いたい。父王に会って話がしたい。聖教会の圧政から民を解放し、国を覆う恐怖を消し去るよう、彼を説得したい」

「光神王は耳を貸さない。投降すれば君は殺される」

「かもしれない」

それでも諦められないのだ。望まずにはいられないのだ。まるで呪いだ。私か父か、どちらかが死ぬまで、決して解けることはない。

「私は『太陽姫』だ。即断首すれば暴動が起きかねない。ならばこそ聖教会は私を裁判にかけ、大罪人として公開処刑にしようとするはずだ」

私は顔を上げ、ダカールを見つめた。

「裁判には光神王も立ち会う。私は父に会いたい。もう一度だけでいい。私は父王に会いたいんだ」

「どうしても行くのか？」

「ああ」

ダカールは私を見つめたまま黙り込んだ。仮面のような無表情。彼の心が再び閉ざされていくのを感じる。罪悪感が心を苛む。胸の中に青く冷たい雨が降る。

私は俯き、頭を下げた。

「すまないダカール。お前を戦いに巻き込んで、散々迷惑をかけて、最後まで我が儘を言って、本当にすまない。でもこれ以上、犠牲者を出さずにすむ方法を、私は考えつかないんだ」

「謝らなくていい」

彼の声に、私は顔を撥ね上げた。

ダカールの眼差しは優しかった。不安になるほど、優しい目をしていた。

「で、どうする気だ？　王城に行くといってもイズガータ様は許可してくれないだろう。こっそり抜け出そうにも、見張りの騎士達に見つからないようにこの陣営を出るのは至難の業だ」

「あ、ああ」

「もしかして何も考えていなかったのか？」

「――うん」

「まったく、君らしいよ」

彼は呆れたように肩をすくめた。

「仕方がない。僕が運んでやるよ……といっても『転移』は危険を伴う技だから屋内には飛べない。屋外のなるべく障害物の少ない所を選んでくれるとありがたいな」

ダカールは逡巡する。真剣な顔、困ったように下がる眉。ああ、なぜだろう。見つめているだけで息が止まりそうになる。

「そうだな、王城門楼前の広場でいいか？」

彼は私に手を差し出した。

「さあ、行こう」

「でも、『転移』には多くの時空を費やすんだろう？」

私を助けるために、彼は『転移』を使った。私のために時空を使った。時空とは人間の可能性、その人が生きる人生そのものだ。

「私のために、もうこれ以上、お前の時空を使わせるわけにはいかない」

「君に出会わなかったら無為に空費していた時空だ。君のために使うのならこれっぽっちも惜しくない」

それとも――と言い、彼は悪戯っぽく微笑んだ。

「僕のことが信じられないか？　このまま君を遠くに連れ去るとでも思った？」

どきんと心臓が高鳴った。

「そ、そんなこと――」

「じゃ、送らせてくれ」私の言葉を遮って、彼は続けた。「僕が君にしてやれるのは、もうこれくらいしかない」

ダカールが私を騙すはずがない。別の場所に『転移』するなんてあり得ない。

私は彼の手を握った。その手がぐいと引かれる。ダカールが私を抱きすくめる。力強い両腕、情熱的な抱擁、喜びが溢れてくる。幸福で胸がいっぱいになる。アルギュロスの時とはまるで違う。圧倒的な多幸感が押し寄せてくる。

涙がこぼれないように、私は目を瞑った。低い耳鳴りがする。感覚が消え失せ、どちらが上かもわからない。感じられるのはダカールだけ。彼の体温と鼓動だけ。

このまま離れたくないと思った。ずっとこうしていたいと思った。

幸福な時間は、唐突に終わった。

私達は王城前の広場に立っていた。

聳《そび》え立つ大鐘楼。光神王が住まう天上郭。かつて光神王とともに民達を見下ろしたバルコニー。あそこに行けば、もう戻れない。たとえ生き存えたとしても、今までのようには暮らせない。

「ごめん」

ダカールが腕を解いた。

見上げれば、間近に彼の顔がある。下がった眉。琥珀色の瞳。静かに凪《な》いだ表情。激情も失望も感じられない、穏やかすぎる微笑み。

何かが大きく傾くのを感じた。

言ってくれと、心の中で叫んだ。

もう一度、言ってくれ。さっきと同じ言葉を繰り返してくれたなら、私は何もかも忘れる。すべて投げ出して、お前の腕の中へ飛び込んでいく。

だから、言ってくれ。

『僕と逃げよう』と。

『僕と一緒に暮らそう』と。

もう一度、言ってくれ。

ダカールの唇が震えた。色のない唇が動いた。

「行ってこい」

絞り出すように、彼は言った。

「夢を叶えてこい」

激情が凪いでいく。嵐に飲まれそうになっていた心が平静を取り戻す。残ったのは感謝と尊敬。冷静で公正な彼への敬意。

ああ、ダカール。お前がそう言ってくれなかったら、私は感情に流される弱い女になっていた。浅ましくお前の愛を乞う、醜悪な女になっていた。

ありがとう、ダカール。

今一度、お前に誓おう。

「もし光神王を説得することが叶わなかったら、私は光神王を殺し、彼から神の名を奪い取る。私は奇跡を起こしてみせる。お前がもう悪夢を見なくてすむように、感情を抱くことに怯えなくてすむように、何も恐れずに生きていかれるように、私はこの国を変えてみせる」

腰帯に吊した曲刀を鞘ごと抜き取る。

「戻るまで、これを預けておく」

曲刀をダカールの手に押しつける。

「私は戻ってくる。必ず戻ってくる。それまで待っていてくれ。ここで待っていてくれ」

理解されなくていい。認めて貰えなくていい。呪いを断ち切り、戻ってくる。神を殺し、父を殺してでも、私はお前を守ってみせる。

私は身を翻した。振り返りたい衝動を堪え、王城の門楼に向かって歩き出す。

「止まれ！」

門楼番が私を見つけた。

「何者だ！」

「アライス・ラヘシュ・エトラヘブ・サマーアだ」

『神宿』の証を掲げ、門楼の上に立つ近衛兵に命じる。

「開門せよ！　第二王子の帰還である！」

近衛兵達の動きが慌ただしくなった。ギチギチと音を立て、跳ね橋が下りてくる。固く閉ざされていた落とし格子がゆっくりと引き上げられていく。

肩の上にマントを撥ね上げ、私は再び歩き出した。

王城へ。神が棲む、深く澱んだ闇の中へ。


「最初から、お前は光神王を殺し、『神』を簒奪するつもりだったのだな」

私はのろのろと顔を上げ、歴史学者を見た。

「でも、殺せなかった」

私は夢を捨てられなかった。

後悔しても後悔しても後悔しても、もう遅い。

「私は父を殺せなかった」

近衛兵は私を丁重に扱った。光神王の血筋を恐れたのか、首から提げた『神宿』の証を恐れたのか、簡単な身体検査をされた後は甲冑を脱がされることも手足を拘束されることもなかった。

連れて行かれたのは神聖院の議事堂だった。もう真夜中だというのに、六人の大主教と六つの神聖騎士団の騎士団長、大勢の近衛兵が待ち構えていた。

右の壇上、一番手前に座っている緑の衣はモータ卿イダル・エブ、その隣の青い衣はラヒーク卿タリーツ・タアルだ。向かい側の左の壇、一番奥の赤い衣はシェリエ卿ニーハ・ナジルタだ。この三人は知っている。私が王城にいた頃から六大主教を務めている古参だ。

けれど、それ以外は知らない顔が並んでいる。

左側中央の席に座る男は、黄色の衣から推察するにバデク卿に違いない。前任のバデク卿アピース・エストードはかなりの高齢だったから、代替わりしたのだろう。

その隣、左側の一番手前、灰色の衣を纏うエトラヘブ卿も見たことのない男だった。私の後見人だったエトラヘブ卿ラカーハ・ラヘシュは、反逆者を手引きした罪により領地と財産を没収され、国外に追放されたと聞いている。そのラカーハ・ラヘシュに代わって聖教会直轄エトラヘブ領を受け継いだのが、新しいエトラヘブ卿ハブル・マシュドゥだった。

そのラカーハ・ラヘシュの政敵だったシャマール卿アロン・アプレズは、私が王城を追われた直後、病を得て急死した。跡を継いでシャマール卿となったのがアロンの息子イーツェフ・アプレズだ。右の壇の一番奥、最も光神王に近い位置にいるのがそのイーツェフ、現在のシャ向かい合う左右の壇。谷間の床に小さな椅子が置かれている。近衛兵に左右を挟まれたまま、マール卿だ。

私はその椅子に座った。

ひそひそ声が聞こえてくる。誹謗《ひぼう》と嘲弄《ちょうろう》の視線が集中する。

私は毅然として顔を上げ、正面にある空の玉座を睨んだ。

もうすぐあそこに光神王がやってくる。

対決の時がやってくる。

重苦しい空気を華々しい喇叭《らっぱ》の音が掻き乱した。

シャマール卿が立ちあがる。一瞬遅れ、他の大主教達もそれに倣う。壁際に整列した近衛兵達が抜剣《ばっけん》し、柄を胸に押し当てる。私の両脇に立っていた二人の近衛兵も剣を抜き、私の目の前で銀の剣身を交差させた。

王座の後ろにある色硝子の扉を開き、白い人影が現れる。まず目に入ったのは一人の青年だった。純白の長衣に銀色の刺繍。背中に流れる白銀の髪。顔の右半分を覆う眼帯がなかったら、誰だかわからなかっただろう。

それはツェドカだった。生気のない顔。病的なほど白い肌。頽廃に澱んだ青い瞳。彼のあまりの変わりように、私は我が目を疑った。

ツェドカの後ろから、一人の老人が現れる。白髪化した髪、顔色は土気色《つちけ》に近く、肌は皺と染みに覆われている。光神王は白い衣を引きずりながら壇に上った。近衛兵の手を借りて、難儀そうに王座に腰掛けた。

私が王城を逃げ出して七年《サナ》。たった七年《サナ》で光神王はその倍以上も歳を取っていた。

「光神王は影使いだ」とアルギュロスは言った。光神サマーアは人々の意識を映す鏡で、それを支えているのが光神王なのだと。光神王が死ねば、あれは大地に落ちてくるのだと言った。馬鹿げていると思った。信仰を失えば光神サマーアが落ちてくると聖教会が教えるのは、恐怖で人民を押さえつけるためだ。単なる伝承、詭弁に過ぎない――と思っていた。

しかし、光神王やツェドカの変貌は尋常ではない。彼らは影に時空を喰われている。そう考える以外に説明がつかない。

王座の右横に立ち、ツェドカが右手を挙げた。それを合図に近衛兵達は剣を鞘に収め、六大主教達は着席する。

「裁判を始める」

シャマール卿が立ちあがる。書面を紐解き、私の罪状を読み上げていく。

「咎人アライスは本来の性を偽り、実母ハウファと共謀し、光神王の座を簒奪せしめんとした。その謀略が発覚した後、王城から逃走。七年《サナ》の潜伏の間に反乱軍を組織し、これを率いて王都に攻め上がり、恐れ多くも光神王を弑せんとした。よって神聖院は咎人アライスに死罪を求刑する」

書面を閉じ、恭しく頭を下げる。

「以上でございます」

父王は気怠《けだる》げに目を開き、窪んだ目で私を見下ろした。

「左様にしろ」

掠れた声でそう言うと、骨張った手を振った。

面倒臭いというように。

追い払えというように。

「お待ち下さい！」

私は立ちあがった。両脇に立っていた近衛兵が私の腕を掴み、椅子に座らせようとする。

「下がれ！」

近衛兵達に向かって、私は命じた。

『神宿』を押さえつけるとは何事か！」

近衛兵達の手が緩んだ。拘束を振りほどき、私は再び光神王に目を向ける。

「父上、貴方もお気づきのはずです。王城に残存する兵力では救国軍を止めることは出来ません。時の流れは誰にも止められません。恐怖で人を支配する時代は終わったのです」

「勝手な発言は――」

「黙れ！」シャマール卿を一喝《いっかつ》し、私は一歩前に出た。

「聖教会による圧政を廃するのです。恐怖政治を終わらせるのです。暴政をふるう六大主教から権力を奪い、十諸侯達に国の行く末を委ねて下さい。それさえお約束下されば、私はこの命に代えてでも、必ずや父上をお守りいたします」

「何を言うか！」

「この反逆者が！」

六大主教達が色めき立つ。場内が騒然とする。シャマール卿が「静粛に！」と金切り声を張り上げる。

光神王が右手を挙げた。

大主教達は口を閉じて着席し、近衛兵達も野次《やじ》るのを止めて直立不動の姿勢を取る。

議事堂は水を打ったように静まりかえった。

「私の死は、すなわち国の死である」

眠たげな声で光神王は言った。

「私を弑せば光神サマーアは地に落ちる。神に逆らった者達に相応しい滅びを与える」

錆びついた昏《くら》い嗤い。私は言いようのない嫌悪感を覚えた。この人は傍観者だ。この人にとっては自分の死も、国民の死も、国の滅亡さえも他人事なのだ。

「なぜです？」

私は光神王を見上げた。

「父上は国民を愛していないのですか？」

さらにもう一歩、光神王に近づく。

「この国には、貧しさのあまり飢えて死ぬ者がいる。時空晶を稼ぐために危険な仕事に従事し、命を落とす者もいる。聖典にある通り、人々を救うために光神サマーアがおられるのなら、聖教会の言う通り、民を救うために信仰があるのなら、なぜ神は、貴方は、彼らを救おうとしないのです！」

「真の救いとは何か、お前は知らない」

光神王は皺に埋もれた目を開き、私を睥睨した。

「人間は苦難を神に預けることで思考を放棄し、心の平穏を得る。困難に直面すれば救済を求め、我を救えと神に祈る。それが信仰だ。神はそこにあるだけで、人を救うものなのだ」

「貴方こそ、現実を何も知らない」

怒りを押し殺し、私は言い返した。

「聖教会は貧しい者からも容赦なく喜捨を取り立てる。神聖騎士団は罪もない者達を殺戮している。なのに神は民を恐怖で弾圧するばかりで、何の救済も与えない。これでは信仰などなくなって当然だ。人々に信仰を捨てさせたのは、彼らの苦難を看過してきた光神王、貴方のせいだ！」

「それを望んだのは人間だ」

物憂い声で、光神王は答える。

「恐怖なくして人間は自らを律することが出来ない。国を統治し、平和な世を築くためには、恐怖の神が必要なのだ。それを承知しているからこそ人間は神を頭上に戴《いただ》き、自ら進んでその隷属となったのだ」

「人は恐怖による支配など望んではいない！」

「ならば、なぜ人間は、いまだ光神サマーアを頭上に戴き続ける？」

「光神サマーアは我らの頭上に君臨する神。我らを守る絶対神。そう教えられてきたからだ。疑えば神は汝らを打ち殺すのだと聞かされ続けてきたからだ」

「恐怖による統治を人間達が望んだからこそ、光神サマーアは存在するのだ」

「違う！」

「何が違う？　恐怖がなければこの大陸は再び混沌《こんとん》に飲まれる。それがわからぬような愚か者は、恐怖に打たれて死ねばよい」

なんだと……？

これが神の言葉か。王たる者の言葉なのか。

私は俯き、歯を食いしばった。握りしめた拳が震える。長い長い間、腹の底に抱えてきた怒りが、重く冷たく凝縮していく。

「神に救いを求める者達に、現人神である光神王が『死ね』と宣《のたま》う。それが神の有り様だというのなら――もう神などいらない」

顔を上げ、光神王をまっすぐに睨みつける。

「私は光神サマーアを否定する！」

叫び様《ざま》、右の近衛兵の鳩尾に肘を叩き込み、左の近衛兵の股間を蹴り上げる。声もなく崩れ落ちる兵士から剣を奪い、玉座に向かって走る。

近衛兵達が駆け寄ってくる。が、もう遅い。私は壇上に飛び乗った。光神王との間に人影が割って入る。ツェドカだ。彼は両手を広げて光神王を背に庇った。青い隻眼《せきがん》と目が合う。病み疲れたその姿に罪悪感がこみ上げてくる。ツェドカを傷つけたくはない。しかし、迷っている暇はない。

「退《ど》け！」

私は体を半回転させ、彼を蹴り倒した。

道が開けた。正面に光神王がいる。老いさらばえた王の鳩尾、胸骨の下から刃を入れ、斜め上へと突き上げる！

肉を貫く手応え。

剣は光神王の心臓を貫き、背中へと抜けていた。

詰めていた息を吐く。剣を放し、後じさる。

次の瞬間、近衛兵達が飛びかかってきた。半狂乱になった兵士には『神宿』の威光も効かない。殴られ、蹴られ、口の中に血の味が滲みる。「殺すな、まだ殺すな！」とシャマール卿が叫んでいる。

そんな中、くつくつと笑い声がした。

「気性の激しさは母親によく似ている」

ツェドカの声ではない。

大主教達の声でもない。

「愚かなところもよく似ている」

床に押しつけられたまま、私は王座を振り仰いだ。

老いた体を貫く剣。投げ出された手足。だらりと垂れ下がった右手。その右手が動いた。死者の右手が、自らの胸に突き刺さった剣の柄を握る。

そんな——そんな馬鹿な！

剣は心臓を貫いている。なぜ動く？　動けるはずがない！

光神王は自分の胸から剣を引き抜いた。血痕《けっこん》さえ残っていない剣をつまらなそうに眺めた後、その剣先を私に向ける。

「お前がいなければ、反乱軍は戦えない」

王の口元がぐにゃりと歪む。

「先に逝《い》き、地の国《トゥホーマ》で待つがよい。光神サマーアに逆らう者は根絶やしにする。お前が守ろうとした者はすべて地の国《トゥホーマ》に堕《お》ちる」

ああ、こいつは父じゃない。人間ですらない。人知を超えた化物だ。

じわじわと恐怖が背骨を這い登ってくる。絶望の闇が降りてくる。

剣を投げ捨て、光神王は立ちあがった。

私の傍《かたわ》らに歩み寄り、身をかがめ、頭を傾け、私の顔を覗き込む。

「愚か者よ。お前はこの国を変えたかったのではない。民草を救いたかったわけでもない。お前はこの父に愛されたかったのだ。この父に認められたかったのだ。『私が間違っていた』と、『お前は私の誇りだ』と、この口に言わせたかったのだ」

「——違う」

「だからお前はここに来た。軍勢を率いて攻め込めば勝利は確実であったものを、単身ここにやってきた。父に自分の功績を認めさせたいという愚かな欲望のため、お前は民の期待を裏切ったのだ」

「違うッ……!!」

「私を殺せなかったのが何よりの証拠」

光神王は私の首にかけられている『神宿』の証を摑んだ。

「父に愛されることをお前は望んだ。その夢をお前は捨てられなかった。だからお前は私を殺せなかった。頑是ない子供のように父の愛を乞い続ける限り、お前に私は殺せないのだ」

筋張った手の甲に血管が浮き上がる。さほど力を入れたようには見えない。けれど、彼の手の中で『神宿』の証は砕けた。私の『神宿』の証は乾ききった土塊《つちくれ》のように、粉々に砕け散った。

手に残った欠片を打ち払い、光神王はゆるりと立ちあがった。

「シャマールよ、判決を」

「は、はいぃッ！」

裏返った声で、シャマール卿が答える。

「咎人アライスは信仰を捨てた。言葉巧みに国民を堕落させ、この国に反乱と騒乱をもたらした。その所業は闇王ズィールに帰依《きえ》した邪教徒そのものである。ゆえに明日正午、咎人アライスを王城前広場にて火刑に処する！」

私には夢があった。夢はどんな彩輝晶よりも美しく、燦然と輝いていた。

諦められずに追い続けた。狂おしいほどに乞い求めた。

すべては幻、儚い幻想だった。

私の夢は彩輝晶でも時空晶でもない、ただの土塊にすぎなかったのだ。

「ツェドカは正しかった。女は弱く感情的で、冷静な判断が下せないものなのだ」

呻いて、私は頭を抱える。

「平和な国を作りたかった。誰も怯えることなく、虐げられることもない、そんな国を作りたかった。けれど……それ以上に、私は父を見返したかったのだ。私を見て、私の存在を認め、私を誇りに思って欲しかったのだ。そんなくだらない欲望のために、私は皆の期待を裏切ってしまった。光神王を倒し、聖教会の圧政を廃する千載一遇《せんざいいちぐう》の好機を潰してしまった」

救国軍がいかに強力でも、その数がどんなに膨れあがろうとも、光神王を倒すことは出来ない。頭上に光神サマーアがある限り、恐怖の呪縛から逃れることは出来ない。反旗を翻した者達は殺される。私の仲間は残らず殺される。

「取り返しのつかないことをしてしまった」

絶望で目の前が暗くなる。後悔が喉を詰まらせる。

「もういいだろう」

正午までは遠すぎる。今すぐこの息の根を止めてしまいたい。

「眠らせてくれ」

「お前の仲間は知っていたと思う」

歴史学者がおもむろに口を開いた。

「お前が何を考え、何を望んでいるのか。お前自身が気づいていなくても、彼らは知っていたと思う」

たとえそうだとしても、何の慰めにもならない。私はここに来てしまった。私は父を殺せなかった。その事実は変わらない。

「彼らはお前を信じた。お前に王の資質を認めたからこそ、彼らはお前についてきたのだ」

私に王の資質などない。彼らの努力と献身。捧げてくれた時空。それを私は踏みにじった。

「私は皆を裏切った。失われた信頼は戻らない。もう誰も私を信じてはくれない」

「それを決めるのはお前ではない」

私は嗤おうとした。けれど、もうその気力さえ残っていなかった。私は目を閉じた。何も見たくなかった。もう何も考えたくなかった。

「お前は神を否定した。神はもう、お前を救ってはくれない」

年老いた歴史学者は、熱っぽい口調で続ける。

「顔を上げろ、民に選ばれし王よ。この国を救えるのは、お前を救えるのは、お前自身しかいないのだから」

私は薄く目を開き、歴史学者を睨んだ。

金の縁飾り。紫紺の長衣。歴史学者の衣装。いや、この男は歴史学者ではない。歴史学者は光神王に都合のいい歴史だけを書き残す。神を否定するような言葉を口にするはずがない。

「お前は何者だ？」

彼は答えなかった。私に歩み寄り、私の頭上に手を伸ばした。

「話してくれた礼だ」

私の首に輪になった紐をかける。その紐の先に結ばれている物を見て、私は顔を撥ね上げた。

男の顔が見えた。

齢《よわい》六十は超えているだろう。真っ白な髪。皺深い顔。見た覚えはない。でも、なぜだろう。見覚えがあるような気がする。

「光神サマーアはそこにあってそこにない。意志を持たない雨や光がそれを透過するように、ないものにとってそれはない。けれどあれを神と信じる者にとって、あれは確かにそこにある。人の縁や可能性と同じ。あると思えば、確かにある。だが、ないと思えば、それはこの世のどこにも存在しないのだ」

嗄れた声。老人の声。なのに、なぜか懐かしい。

「お前にはまだ時空が残されている。それをどう使うか。自分に何が出来るのか。よく考えろ」

私を見つめる彼の瞳は青く澄み――

「民がお前を待っている」

結晶化した右目の下には白い傷跡が残っていた。

「起きろ」

誰かが私を引き起こした。

重い瞼を開く。

湿った石壁。暗く狭い地下牢。

甲冑の上に白い外衣をつけた神聖騎士が、私の足枷を外している。

「――歴史学者は？」

頭の芯が痺れている。変な体勢で寝ていたせいか、ギシギシと背骨が軋む。

「彼は、どこへ行った？」

「黙れ」

神聖騎士が私の背中を押さえつけた。もう一人の騎士が私の手枷を外し、後ろ手に拘束し直す。

「時間だ。出ろ」

地下牢から引きずり出される。両腕を摑まれ、石の廊下を歩きながら、私はぼんやりと考えた。

あれは夢だったのだろうか？

私は夢を見ていたのだろうか？

そう思いかけ——気づいた。

私の首にかけられた細い紐。下衣に隠れて見えないが、紐の先には木の鍵が結びつけられている。

それは秘密の通路を開く鍵。アルティヤが作った合鍵だった。

では、あれは現実だったのか。

わからない。何もかもわからない。

周囲が明るくなる。

外に出たのだ。

頭上は巨大な時空晶に覆われている。じき正午だというのに、あたりはどんよりと薄暗い。

神聖騎士は私を粗末な荷車に乗せた。御者が鞭を振る。馬が走り出す。ゴトゴトという振動とともに、荷車は通用路を下っていく。

鐘が鳴り始める。大鐘楼の鐘が正午を知らせる。それとほぼ同時に、荷車は王城の門楼をくぐった。

王城前の広場は大勢の人々で埋め尽くされていた。何千、いや何万という数だ。男もいる。女もいる。子供も老人もいる。

咄嗟に私は顔を伏せた。

私は彼らの期待を裏切った。彼らの信頼を踏みにじった。自分自身に絶望し、残された時空を投げ出そうとした。石を投げられても、唾を吐きかけられても文句は言えない。

「アライス様！」

「太陽姫！」

叫び声が聞こえた。熱意が私の耳朶《じだ》を打つ。

「貴女は私達の太陽だ！」

「アライス様を助けろ！」

何を言われているのかわからなかった。

私を助ける？　裏切り者の私を、助ける？

どうして？

いったいどうして――

「太陽姫は邪教徒なんかじゃない！」

「アライス様を殺させるな！」

私は顔を上げ、周囲を見回した。泣いている男がいる。祈っている女がいる。不安そうな顔、哀しそうな顔、懇願の目、縋るような眼差し。

これはいったい何だ？

なぜ彼らは泣いているんだ？

前方に火刑台と粗朶《そだ》の山が見えてくる。その傍らで荷車が止まった。神聖騎士達に引き立てられ、私は火刑台に登った。神聖騎士達が私の体に鎖を廻し、支柱に縛りつける。

群衆が火刑台に押し寄せてくる。神聖騎士が槍を構えて威嚇する。だが人々の叫びは収まるどころか、ますます大きく膨れ上がっていく。

「アライス様！」

「我らに夜明けを！」

「神よ、どうかお慈悲を！」

この時になって、ようやく私は理解した。

彼らは私の死を見物しに来たのではない。私を罵るためでも、石を投げるためでもない。恐れ多くも光神王の判決に逆らい、「太陽姫を殺すな」と訴えに来たのだ。

信じがたい光景だった。私は呆然として、広場を埋め尽くす人々を眺めた。

私はいつも『自分以外の何か』になろうとしてきた。

母さまが求める理想の『神宿』に、アイナとオープが求める理想の娘に、イズガータ様やケナファ侯が求める理想の君主に、人民が求める太陽姫になろうとした。

復讐の道具でも良かった。得られぬ我が子の身代わりでも良かった。打倒光神王の駒でも良かった。誰かに必要とされたかった。そのために必死で努力した。もし期待を裏切れば、きっと私は捨てられる。それが怖くて虚勢を張った。弱味を見せまいと意地を張った。そうやって自分で自分を追い詰めた。喉元まで水に浸かり、今にも溺れそうになっているのに、失望されるのが怖くて、助けてくれと言えなかった。辛くて苦しくて、誰かに縋りつきたいのに、弱い自分を知られるのが怖くて、いつも一人で震えていた。ダカールは「一緒に逃げよう」と言ってくれたのに、私はそれを拒んでしまった。私の本当の姿を見たら、きっとみんな失望する。私を見限り去って行く。だって私は偽物だから。本来の自分を偽らなければ生きることすら許されなかった忌み子だから。

もし光神王が――最初に私を否定した者が「あれは間違いだった」と認めてくれたなら、何かが変わるような気がした。ツェドカのように賢くなくても、イズガータ様のように強くなれなくてもいいんだと、弱くても凡庸でも、それでも生きていていいのだと、自分に言ってやれるような気がした。

あるはずもない幻影を追いかけていた。叶うことのない夢を見ていた。目の前にある真実を見失っていた。

私は救いようのない大馬鹿者だ。

取り返しのつかない失策を冒し、皆の期待を裏切ってもなお、こんなにも多くの人々が私のために集まってくれた。私の死を嘆き悲しみ、奇跡を信じて祈ってくれた。彼らは私を見捨てなかった。無力で無能な私のことを、今も信じてくれている。

ああ、私は――私には何が出来るだろう。彼らのために、何が残せるだろう。

光神サマーアは人々の恐怖を映す。ならば人々が神を恐れなくなれば、あれは効力を失うはずだ。人々に神など不要と思わせることが出来たなら、あの時空晶を砕けるはずだ。

神聖騎士が粗朶に火を放つ。真っ赤な炎が燃え上がる。

私の命が燃え尽きるまで、魂を込めて、言葉を尽くして、皆に伝えるのだ。

真実を、私の思いを、天空に座す時空晶の正体を――!

「もう祈るな!」

広場が静まりかえる。

大きく息を吸い、私は叫んだ。

「私達の頭上に浮かぶ時空晶。あれは神ではない。恐怖だ。私達から光を奪い、屈服させようとする恐怖そのものだ!」

人々が私を見つめている。

粗朶が燃えるパチパチという音が聞こえてくる。

「もう祈るな。どんなに祈っても、助けを乞い願っても、あれは私達を救ってなどくれない」

獣脂が焦げる臭いがする。

真っ黒な煙が立ちこめる。

強烈な熱気が剝き出しの手足を煽《あお》る。

「世界を変えたいと望むなら、祈る前に戦え! 救われたいと願うなら、絶望を振り払い、自らの手で未来を摑み取れ! お前を救えるのはお前だけ。神でも他の誰かでもない。お前だけが、お前を救うことが出来るのだ!」

火が勢いを増す。炎が暴力的な激しさで手足を炙《あぶ》る。

黒煙が目に滲みる。口内が干涸《ひか》らび、乾いた舌が口蓋《こうがい》に貼りつく。

「恐れるな。希望が絶望を凌駕《りょうが》する時、恐怖は打ち砕かれる。私達は奇跡を起こせる。夜明けを呼ぶことも、世界を変えることも出来る！」

足下の板が燃え始める。

チリチリと髪が焦げていく。

喉が灼《や》け、息が出来ない。

ああ、母さま、アルティヤ。恐怖の神を砕くために命を捧げた者達よ。

どうか私に力を貸してくれ。

恐怖に縛られた人々に、私の声を届けてくれ！

「神は——私達——一人一人の中にいる——‼」

高らかに喇叭の音が鳴り響く。

閉ざされていた扉が開かれる。

大聖堂は人で溢れかえっている。煌びやかな衣装に身を包んだ貴族達、金糸で飾られた正装を纏った聖職者達、鉄の甲冑を身につけた雄々しい騎士達もいる。

私は一礼してから、石床に敷かれた赤い天鵞絨《マフマル》の上を歩き出す。

道の両側を埋め尽くす人々。悪霊《シャダイ》の森の影使い達がいる。アイナが微笑みながら目元を拭っている。その横でオープが誇らしげな顔で頷いている。

ともに戦ってきた救国軍の騎士達がいる。イズガータ様は白いドレスを身に纏っている。彼女の隣に立ち、肩に手を廻しているのはアーディン副団長だ。二人の後ろに並んでいるのはケナファ騎士団の団員達。彼らは私を見て、冷やかすように口笛を吹き鳴らす。

溢れんばかりの喜びを胸に、私は六階段の下に辿り着く。

右の拳を左胸に当てて跪く。

「我が王、我が神、我が主。不肖アライス・ラヘシュ・エトラヘブ・サマーア。ただいま帰還いたしました」

「膝を折る必要はない。我が娘よ」

慈愛に満ちた温かな声。

私は顔を上げる。光神王は立ちあがり、ゆっくりと両手を開く。

「登ってきなさい。我が元へ」

言われるままに私は立ちあがる。玉座に続く六階段を登る。心臓が高鳴り、膝が震える。

最後の一段を登りきる。

目の前に光神王が立っている。

「我が娘アライス。お前の活躍のおかげで我が国は救われた。お前の働きに感謝する」

「勿体なきお言葉――」

「お前は古き因習を払拭した。その行動と勇気を私は嬉しく思う」

私の肩に手を置いて、光神王は人々へと向き直る。

「このアライス・ラヘシュ・エトラヘブ・サマーアをアゴニスタ十四世、次代の光神王とする」

「アライス殿下に祝福を！」

「サマーア神聖教国に永遠の栄えあれ！」

割れんばかりの拍手。押し寄せる賞賛の声。

「おめでとう、アライス」

母さまが私を抱きしめる。温かい抱擁。懐かしい香り。母さまの手が優しく私の背を撫でる。

「辛かったでしょう？　よく頑張ったわね」

「母上――」

「信じていたわ。貴方なら、きっとやり遂げてくれると」

「ほんにまあ、ご立派になられて……」アルティヤも目を潤ませる。「もう感激しすぎて、アタシゃ言葉が出ねぇですだよ！」

目頭が熱くなる。誇らしくて嬉しくて息が詰まる。

「アライス――」

名を呼ばれ、私は振り返る。

そこにはツェドカが立っている。穏やかな眼差しで私を見つめ、少し照れたように笑い――

彼は言った。


「目を覚ませ」

それはツェドカの声ではなかった。

それは、ダカールの声だった。

「シアラ、目を覚ませ！」

鳩尾に衝撃が走った。

激痛に息を吸いこみ、喉の痛みに噎せ返る。

まるで灼けた石を飲み込んだよう。

咳が止まらない。

息が苦しい。

「シアラ、聞こえるか？」

誰だ。わからない。頭が回らない。

痛い。全身が軋むように痛い。

唇に水筒があてがわれる。貪《むさぼ》るように水を飲む。渇ききった喉に水が滲みる。

咳がおさまり、少し呼吸が楽になる。

「私のことがわかるかね？」

目を開いた。ぼんやりとした輪郭が、ゆっくりと像を結ぶ。

灰色がかった茶色の眼。気品のある顔立ち。いつもきわどい話をして、私を困らせて楽しんでいた――

「トバ……ト士隊長……？」

彼は私を抱きしめた。押し殺した嗚咽《おえつ》が聞こえる。何が何だかわからない。なぜトバイット士隊長は泣いているんだ？

私は困惑し、天を見上げた。

「うわぁ……」

天が青い。真っ青だ！

青くて青い青い空。どこまでも深く透き通った蒼天。その中央に激しく苛烈《かれつ》な光を放つ白い塊がある。

あれが太陽――？

惚《ほう》けたように見入っていると、鼻の奥がツンとして、クシャミが出た。途端、鳩尾のあたりに痛みが走る。背を丸めて呻くと、トバイット士隊長が慌てて背中をさすってくれた。

「無理をするな。君、さっきまで息も心臓も止まっていたんだぞ」

心臓が、止まっていた？

状況がわからず、私は周囲を見回した。見覚えのある柱と浮き彫りのある白壁、装飾の施された白い欄干、ここはバルコニーだ。光神王が六日《ヤウム》に一度礼拝を行い、民に祝福を与える場所だ。

「シアラ、大丈夫か？」

「ホントに生き返ったの？」

そう言いながら私を覗き込む人々。旅商人風のマントで剣と甲冑を隠している。それはケナファ騎士団の騎士達だった。

アーディン副団長がいる。第四士隊長のシャロームがいる。第三士隊長のイヴェトも、第五士隊長のハーシンも、第七士隊の隊長クナスまでいる。彼の後ろで泣きそうな顔をしているのは——あれ、デアバじゃないか？

デアバの隣にはダカールが立っている。心配そうに私を見つめている。彼の顔は黒く煤《すす》け、服には焼け焦げが出来ている。

それを見て、私はすべてを思い出した。

「——ッ！」

飛び起きようとした瞬間に激痛が走り、思わず歯を食いしばる。

この痛み。夢じゃない。

私は生きている。

まだ生きている！

「無理をなさいますな」

一人の女性が労るように私の肩に手を置いた。硬革の甲冑を古びたマントで隠し、長い黒髪を町人風にひっつめにしていても、見間違うはずがない。

「正直……もう駄目かと諦めかけておりました」

イズガータ様が目を伏せる。その頬を涙がつたい落ちる。どんなに悲惨な戦場を目の当たりにしても、決して揺らぐことのなかったイズガータ様。ケナファ侯の死を知らされた時でさえ、流すことのなかった涙。

「本当に——ご無事でよかった」

「私こそ、勝手な真似をして……すみません」

「いいえ、詫びるのは私の方です」

イズガータ様は拳で涙を拭う。

「貴女を行かせようと言ったのは、私なのです」

「――え？」

「と言っても、姫の意志を尊重しようと思ったわけではございません」

沈痛な面持ちでイズガータ様は続ける。

「この国を根底から立て直すには、光神王には死んでいただかねばなりません。ですが姫は父王の死を望まれてはいなかった。いざという時、姫がアゴニスタ王を庇うようなことになったら、姫に対する人々の信頼が揺らいでしまう。そうなる前に、姫には父王に会っていただく必要がある。目を覚まして貰う必要がある。そう判断したのです」

「では私達が陣を抜け出したことにも……」

「気づいておりました」

厳《いか》めしい顔で頷く。

「捕らえられてもすぐに殺されはしない。人々の心に恐怖と絶望を植えつけるためにも、姫は公開処刑されるだろう。ですから私達はファウルカに潜入し、姫を処刑台に送り出すために跳ね橋が下ろされるのを待ったのです」

ああ、だから彼女達はこんな恰好をしているのか。

「とはいえ、姫が王城に辿り着くまでには、どんなに早くても半日はかかると踏んでおりました」

　イズガータ様は横目でダカールを睨む。

「まさかダカールが『転移』を使うとは思ってもみませんでした」

「まったく無茶をしますよ」クナス士隊長が呆れたように肩をすくめる。「訓練もしていない素人が、自分以外の人間を伴って『転移』するなんてね？」

「そうだそうだ」とデアバが調子を合わせる。「ったく、カッコつけやがって！」とダカールを肘で小突く。ダカールは困ったように眉を寄せる。そんな二人を見て、皆が失笑する。影使いになってもデアバはデアバだ。

「笑いごとではない」

　イズガータ様がぴしりと言う。

「予定では第一班が楼門を制圧、第二班が姫をお助けする手筈になっておりました。ですがダカールが『転移』を使ったおかげで予定が半日《ヤウム》繰り上がり、準備を調える暇もなく――」

　言葉を切り、彼女は肩を落として俯いた。

「ダカールの献身とトバイットの蘇生術がなかったら、姫は今頃、火刑台の黒煙とともに天《アッサマーア》の国への階段を登られているところでした」

「ま、結果オーライなんじゃないですかね？」

　アーディン副団長がひらひらと手を振る。

「おかげで光神サマーアは砕けたし、あとは光神王を倒して、アライスを新たな王に据えるだけです」

楽勝ですね——と言って、笑う。

その笑顔の裏に隠された想いを私は知っている。私は彼から大切な夢を奪った。いや、彼だけじゃない。新たな世界を築くため、私を王にするため、多くの者達が夢を諦め、命を犠牲にしてきた。

「急告——急告——！」

伝令の声が響いた。下郭に繋がる細い階段を一人の騎士が駆けあがってくる。第二士隊のシュードだ。

彼はイズガータ様の前に膝をつくと、大きな声で言った。

「下郭、中郭の制圧を完了！　人質の身柄も確保しました。ツァピール侯もご無事です！」

「よし」

力強く答え、イズガータ様は立ちあがった。

「六大主教は見つかったか？」

「モータ卿、ラヒーク卿、エトラヘブ卿の三名は拘束しました。残るバデク卿、シェリエ卿、シャマール卿は、光神王、ツェドカ殿下とともに上郭へ逃げ込んだ模様です」

そこで言葉を切り、シュードは続ける。

「上郭に至る通路は細い上、城壁に囲まれており、我が軍は苦戦を強いられております」

「往生際の悪いことよ」

イズガータ様は吐き捨てた。

「時間がない。こうなったら火矢を使——」

「待って下さい」

私はイズガータ様を制した。

「上郭大聖堂に抜ける秘密の通路があります」

首にかけた紐をたぐり、木の鍵を取り出す。

「隠し扉を開く鍵も、ここにあります」

イズガータ様は再び私の傍に跪いた。

「その鍵、お貸し願えますか？」

私は首を横に振った。

「通路は暗く、迷路のように入り組んでいます。案内がなければ辿り着けません」

「ですが――」

眉を顰めるイズガータ様に、私はきっぱりと宣言した。

「私がご案内します」

「と、言っているが――」イズガータ様はトバイット士隊長に目を向ける。「どう思う？」

「どうもこうもない」

トバイット士隊長は勢いよく首を横に振る。

「脱水症状、心身の衰弱、表皮と器官の火傷《やけど》、心肺停止による後遺症も心配だ。少なくとも六日間《ヤウム》は絶対安静。激しい運動は控えるよう、強く言いたいね」

そこで彼は私に目を向け、器用に片眉だけを撥ね上げた。

「でも、どうせ聞きはしないのだろう？」

決意を込めて、私は頷く。

トバイット士隊長は丸眼鏡を外し、服の袖でそれを拭った。

「なら、私は目を閉じていることにする」

「──仕方がない」

呻くように言って、イズガータ様は私を見た。

「すぐに行けますか？」

「はい！」

彼女の手を借りて、私は立ち上がった。

隠し扉へと向かう私に、ダカールが歩み寄った。目礼し、私の曲刀を差し出す。

「どうぞ、アライス姫」

ダカールに「アライス姫」と呼ばれたのは初めてだった。私は彼の顔を見つめた。頰も額も煤で汚れ、左手は火傷を負って腫れ上がっている。彼が私を救ってくれた。あの炎の中から私を助けてくれたのだ。言いたいことは山程あった。けれど私は「ありがとう」とだけ言って、彼から曲刀を受け取った。

広場から人々の怒号が聞こえてくる。

「アゴニスタを叩き出せ！」

「六大主教を吊し上げろ！」

憤怒と憎悪に満ちた声。頭上に浮かんでいた恐怖の神が消えたことで、彼らは怒りを爆発させたのだ。今はまだ救国軍が抑えているが、このままでは程なく王城へなだれ込むだろう。

まう。

急がなければ。彼らに殺戮と略奪を許したら、この国は怒りと暴力の混沌に飲み込まれてしまう。

曲刀を腰に佩いて、私はバルコニーの後方に急いだ。白い壁面に精緻なレリーフが刻まれている。サマーア神聖帝国を建国したアゴニスタ一世の戴冠式だ。王冠にあたる場所に鍵穴がある。そこに木の鍵を差し込む。カチリという音がして、細い通路が現れる。

「クナス、デアバ、第七士隊を召集してここを守れ。誰も入れるな。誰も出すな。ハーシン、第五士隊を集めて殿《しんがり》につけ」

イズガータ様の命令にクナス士隊長とデアバが敬礼する。ハーシン士隊長は敬礼もそこそこに、士隊を召集するために走り出す。

「気をつけて」

「無事に帰ってこいよ」

デアバとクナス士隊長に見送られ、私達は秘密の通路へと足を踏み入れた。壁に手を置きながら、細い通路を駆けあがる。散々通い慣れた道だ。真っ暗でも迷うことはない。

「平気か？」

私はダカールに尋ねた。彼が暗闇が苦手なことを思い出したのだ。

「ああ、大丈夫だ」彼の声が聞こえた。少し間を置いて、ぞんざいな口調で続ける。「光神王め。とんでもねぇものを隠していやがる」

「とんでもないもの――？」

「いや……何でもない」

気にはなったが、話していると息が切れる。詮索を諦め、私は先を急いだ。

息をするたび喉が刺すように痛む。喘いでも喘いでもちっとも楽にならない。手足が重い。額を汗が流れ落ちていく。私は歯を食いしばり、足を前へと動かした。神聖騎士団が待ち伏せしているかもしれない。警戒しながら角を曲がる。

幸い誰とも出くわすことなく、目的の石扉にたどり着いた。

「ここです」

私は石扉に肩を押し当て、それを開いた。

「侵入を許すな！」

破れ鐘《がね》のような声が大聖堂に響く。と同時に矢が雨のように降ってくる。神聖騎士団だ。暗い通路ではなく、大聖堂での待ち伏せを選んだらしい。

「アライス姫、ちょっと下がってちょうだいな」

シャローム士隊長が私を押しのけ前に出た。かと思うと、抱えていた大きな盾を石扉の横に押し出す。矢が盾に集中する。がんがんがん！　と音を立てて、矢が盾に突き刺さる。

「出番よ、イヴェト！」

シャローム士隊長の声に、イヴェト士隊長は無言で弓を構えた。盾の端から身を乗り出すや、目にも留まらぬ早業で敵に向かって矢を放つ。

悲鳴が聞こえる。イヴェト士隊長は次の矢をつがえる。飛来する矢雨に臆することなく、盾の端から再び矢を射る。流れるような動き。美しく洗練された身のこなし。矢をつがえてから射るまで五秒《タニヤ》ほどしかかからない。狙いを定めている暇があるとは思えないのに、彼が矢を放つたび、敵の数は目に見えて減っていく。

「お待たせ～！」

場違いなほど明るい声が響いた。第五士隊を率いて、ハーシン士隊長が駆けつけてきたのだ。

「お、やってるやってるぅ！」

彼は喜々として腰に佩いた双剣を抜く。

「じゃ、お先に！」

盾を支えるシャローム士隊長の脇の下をすり抜け、大聖堂内へと飛び出していく。

「ちょっ、このチビ！　抜け駆けしないでよッ！」

シャローム士隊長は盾を投げ捨て、背中に担いだ大剣を抜く。アーディン副団長とイズガータ様が、ケナファ騎士団第五士隊の騎士達がそれに続く。

ケナファ騎士団とシャマール神聖騎士団が入り乱れ、大聖堂は戦場と化した。響き渡る剣戟《けんげき》、飛び交う怒号、私はダカールとともに六階段を駆けあがり、大扉の前に立った。扉の横に垂れ下がった銀の鎖を力一杯下に引く。

ガラガラガラ……という音、両開きの扉が左右に分かれる。私の前に白い階段が現れる。

「ここは私達に任せて！」

神聖騎士を蹴散らしながら、シャローム士隊長が叫ぶ。彼に襲いかかろうとしていた神聖騎士をハーシン士隊長の小剣が切り裂く。

「ほらほら、早く行った行った！」

イズガータ様とアーディン副団長が六階段を上ってくる。

「行きましょう、姫！」

私達は天上郭を目指した。

侵入を阻止しようと、神聖騎士達が階段を下ってくる。その数、およそ十数人。

「寄るな！　穢れし者め！」

シャマール卿イーツェフ・アプレズがかん高い声を張り上げる。

「ここは神のおわす神聖な場所だ！　恥を知れ！」

イズガータ様とアーディン副団長がシャマール神聖騎士団と切り結ぶ。神聖騎士の煌びやかな甲冑も、名工の手による影断ちの剣も、ケナファ騎士団の最強騎士には通用しない。二人は互いの背中を守りつつ、神業のような剣捌《さば》きで神聖騎士を斬り倒していく。

「行け！」

イズガータ様が叫んだ。

私は背後の警戒をダカールに任せ、イズガータ様とアーディン副団長が作った活路を抜け、一気に階段を駆けあがった。

十字形をした大広間、一番奥の飾り窓の前に天蓋つきの玉座が置かれている。

「女ッ……天上郭を穢すつもりかッ！」

金切り声で叫ぶシャマール卿を斬り捨て、私は曲刀を握り直した。

邪魔する者はもういない。

私は光神王に向かって走った。

父上――貴方に認められたかった。女でも王になれるのだと証明し、貴方を見返してやりたかった。叶わない夢、手の届かない夢、それでも願わずにはいられなかった。無意味な土塊だとわかっていても、忘れられない。諦められない。貴方が生きている限り、夢は燦然と輝き続ける。私は願ってしまう。いつか手が届くんじゃないかと思ってしまう。夢の輝きに目が眩み、私はまた民の期待を裏切ってしまう。

そうなる前に終わらせるのだ。

見果てぬ夢を。

美しく煌びやかな、この悪夢を！

私は曲刀を振りあげた。光神王の喉を切り裂く――

直前で曲刀を止めた。

白髪化した長い髪、皺と染みに覆われた年老いた顔、蒼穹《そうきゅう》の瞳が私を見上げる。

唇がかすかに動き、嗄れた声を絞り出す。

「そ……い……ないか」

老人の目が薄い膜に覆われる。微笑みを刻んだ唇が罅《ひび》割れる。

私が身じろぎも出来ずに見守る中、彼の体は結晶化していき、粉々に砕け散った。

残されたのは空の玉座。王の衣装と女物の肩掛け。

その白い肩掛けは、母ハウファのものだった。

「――父じゃない」

手から曲刀が滑り落ちる。

息が詰まる。胸が苦しい。

視界が歪む。

世界が傾ぐ。

立っていられない。

「これは光神王ではない！」

幕間（七）

夢売りの掌《てのひら》の上で、光輝晶《こうきしょう》が砕けていく。

キラキラと燦《きら》めきながら夢の欠片《かけら》が散っていく。

「私は忘れていない」

夜の王は自らの顔を隠す薄衣を摑んだ。力任せに引き払う。銀の冠がはじけ飛び、薄衣がふわりと床に落ちる。

「夢は、まだ失われていない」

現れたのは白い顔、青とも碧《みどり》ともつかない瞳、花片のような唇が震える声を紡《つむ》ぎ出す。

「一度でいいから父に認められたいと願ったあの夢は――」

夜の王は右の拳で自分の左胸を叩いた。

「まだ、ここに残っている！」

「それは余韻《よいん》です。『見果てぬ夢』の残滓《ざんし》です」

夢売りは空の両手を広げた。

「彩輝晶《さいきしょう》は失われし人の想い。ご覧の通り、貴方様の夢は光輝晶と化し、砕け散りました。すなわち貴方様が抱き続けた夢は、もう二度と叶《かな》うことはないのです」

「私は父を殺してはいない」

喉の奥から絞り出すように、夜の王は告解する。

「父が死ねば、もう夢に惑わされることはない。二度と民の希望を裏切ることもない。その誓約の証《あかし》として、私は父を殺してみせなければならない」

白い手で曲刀の柄《つか》を握りしめる。

「だが、あれは光神王ではなかった！」

「いいえ、彼は王でした」

夢売りは背筋を伸ばし、凛《りん》とした声で断言する。

「誰よりも素晴らしい王でした」

彼は最後の輝晶を摑んだ。暗黒の塊、光さえ飲み込んでしまいそうな闇輝晶《あんきしょう》。

夜の王は眉を顰《ひそ》める。

「闇輝晶に宿るのは夢ではない。死影《しえい》だ」

「時空を余して生命を絶たれた者の無念。それが闇輝晶に宿る死影の正体です。ですが恐れることはありません。これに宿った死影が貴方様に害をなすことはありません」

「なぜ、そう言い切れる？」

王の問いに、夢売りは嗤《わら》った。色のない唇に浮かぶ酷薄な笑み。

「私が、その『死影』だからです」

夜の王は目を眇《すが》めた。曲刀の柄を握る手に力がこもる。白い霧で満たされた広間に殺気が漂う。

しかし夢売りは動じることなく、壇上の王を見上げる。

「人から生まれた想いの数々。謳《うた》われなかった歌。語られなかった思想。伝えられなかった想い。届かなかった愛。それらは地下深く、誰の目にも触れることのない暗闇で、ひっそりと花を咲かせる」

慈しむように闇輝晶を両手で包む。そっと息を吹きかけ、静かに告げた。

「これは私の『命』——我が主《あるじ》が私にくれた『最後の夢』です」

両手を差し出す。その掌に黒く艶《つや》やかな花が咲く。

一つ、また一つ、光木灯《こうぼくとう》が消えていき、広間は闇で満たされる。

暗闇の中、小さな光が瞬《また》いた。

キラキラと輝く光。地を覆い、天を埋め尽くす色とりどりの彩輝晶。それは人の心から滑り落ちた夢、叶うことのない願い、人知れず咲き、人知れず散っていく名もなき花。

儚《はかな》く響く、透き通った音色。

幾千の、幾万の、夢が砕ける音が聞こえる——

第六章　闇輝晶

私は何一つ不自由なく育てられた。

多くの召使いが私につき従い、光神王を崇《あが》めるが如く私を崇めた。

私の望みは何でも聞き届けられた。

本でも食べ物でも、求めるものは何でも手に入った。

けれど二つだけ、どうしても手に入らないものがあった。

ひとつは自由。

そして、もうひとつは──


私の母パラフ・アプレズは美しい人だった。雪のように白い肌、黒檀《こくたん》よりも黒く艶《つや》やかな髪、煙った赤茶色の瞳はいつも夢見ているようだった。光神王が彼女を后《きさき》に求めたという話は、おそらく本当なのだろう。母がそれを望まなかったという話も、おそらく本当なのだろう。

母は光神サマーアを憎悪していた。館の窓は暗幕で覆われ、開かれることは滅多になかった。暗く締め切った部屋で、母はよく声を殺して泣いていた。

「アトフ……」

銀の宝玉箱をひしと抱きしめ、彼女は幾度も繰り返した。

「どうして私を置いていってしまったのです？」

母の腕の中で宝玉箱がカタカタと鳴った。まるで呼びかけに応えているかのようだった。そんな母の姿は悲しく——とても恐ろしかった。

アトフというのは何者なのか。尋ねても、誰も教えてはくれなかった。けれど私が六歳の時、湯浴みに向かった後宮殿で、私は女官達のひそひそ話を耳にした。

「じゃ、パラフ様が駆け落ちなさったという噂は本当だったの？」

「ええ、相手の殿方は光神王の命《めい》を受けて、秘密通路の地図を作られていた方でね。通路を使ってパラフ様を王城の外に連れ出そうとしたらしいの」

「まるで『哀しい歌《アルティヤ》』ね。パラフ様もお気の毒に」

「同情は禁物よ。王妃に情を移したりしたら、私達もあちら側に連れて行かれてしまうわ」

幼い頃から書物の中に自由を求めていた私は、彼女達の言う秘密の通路のことも、『哀しい歌《アルティヤ》』の戯曲も知っていた。

貴族の娘であるアルティヤと下級騎士のサファル。二人は互いの愛を貫くため、家を捨て、国を捨て、世界の果てを目指す。北の岬に追い詰められた彼らは、手に手を取って凍てつく海に身を投げるのだ。

母はアトフと逃げることが出来なかった。母はアトフを殺した光神王を憎み、光神王の子である私を疎《うと》んだ。

母は私に触れたことがない。私の名を呼んだこともない。話しかけても返事が得られることはほとんどなく、同じテーブルで食事をしていても、私など存在していないかのように振る舞った。

　母が私に与えてくれたのは憎悪だけ。私を睨みつける殺気のこもった視線、突然振りあげられる本や花瓶、深夜まで続く半狂乱の叫び声。

　怯《おび》える私に、古参の侍女は言った。

「どうかご理解下さいませ。パラフ様は病を患《わずら》っておいでなのです」

「病気？」私は彼女に問い返した。「ではなぜ医者を呼ばない。それともあれは治らない病なのか？」

「そんなことはございません！」

　侍女はきっぱりと言い切った。

「殿下が光神王となられたあかつきにはパラフ様の病も癒《い》えましょう。ですから殿下、どうか一日も早く立派な王になって下さいまし」

　幼い私はそれを信じた。母は病気なのだと。私を疎むのも病気のせいなのだと。

　病床の母を見舞いたくて、私はある夜、寝室の窓からこっそりと裏庭に出て、小さな青い花を摘《つ》んできた。そして翌朝、まだ侍女達が起き出す前に、それを持って母の寝室に向かった。母が目覚めた時、この可憐《かれん》な花が目に入るよう、枕元に置いてくるつもりだった。

　私は母に笑って欲しかった。

　愛情を示して欲しかったのだ。

　薄く扉を開き、寝室の中を覗く。

母はすでに起きていた。寝台の上に身を起こし、正面を見つめていた。

私は迷ったが、それでも彼女に声をかけた。

「おはようございます、母上」

私は室内に入った。母は中空を見つめたまま、私を見ようともしない。私は彼女の目の前に、小さな花を差し出した。

「これ、庭で見つけました。母上に差し上げたいと思って——」

母は花を鷲摑《わしづか》みにした。潰れた花を私に向かって投げつけた。

「汚《けが》らわしい！　汚らわしいッ！」

母は寝台から降りると、素足で花を踏みつけた。髪を振り乱し、目を吊り上げ、幾度も幾度も踏みにじった。

「ごめんなさい、母上」

私は泣きながら謝った。

「もうしません。許して下さい、母上」

「母と呼ぶなッ！」

母は私を殴り倒した。倒れた私にまたがり、私の首を締め上げる。

「お前は私の子じゃない。私の吾子《あこ》はただ一人、アトフとの吾子だけだ！」

「パラフ様、お止め下さい！」

騒ぎを聞きつけた侍女達が駆けつけてくる。数人がかりで母を引き離し、寝台へと押さえつける。母は鬼《グル》のような形相で私を睨み、狂ったように喚《わめ》き続ける。

「死ね、化け物！　お前のせいで私は穢《けが》された！　汚らわしい化け物！　死ね！　死んでしまえ！」

口汚い言葉で罵倒《ばとう》する母に、私は怯えおののいた。何も言えず、微動だに出来ずにいた私を、古参の侍女が居間へと連れ出した。

「アトフとは誰だ。アトフとの子とは何のことだ？」

驚きから覚めた私は、その怒りを彼女にぶつけた。

「言え！　母はなぜ私を疎むのだ！」

「パラフ様はご病気なのです」

「そんな言い訳が通じると思うか！」

シャツの襟元を広げ、首に残る痣《あざ》を見せつける。

「実の母に殺されかけたのだぞ！　私には理由を知る権利がある！」

彼女は言い渋ったが、やがて言い訳をするように、小さな声で話し始めた。

「パラフ様は後宮に入ってすぐ御子《みこ》を身籠もられました。その直後、パラフ様はある男と一緒に後宮から抜け出そうとなさったのです。その男がアトフです。二人はすぐに捕らえられました。アトフはその場で斬り殺され、パラフ様は後宮に戻されました。パラフ様のお腹の子はアトフとの子ではないかと疑われ――光神王の命令で堕胎《だたい》させられました」

その一年《サナ》後、母は光神王の子を身籠もった。母は寒空の下を徘徊《はいかい》したり、冷水に身を浸したりと数々の奇行を繰り返し、腹に宿った御子を流してしまった。

さらに一年《サナ》後、母は再び光神王の子を身籠もった。過ちを繰り返さないよう、周囲の者達は母を離宮の一室に閉じこめ、始終監視し続けた。御子を殺させないため、医者は薬を処方し、彼女から意志と自由を奪った。

「無慈悲なこととは思いましたが、無事に『神宿《かみやどり》』を産んでいただくためには、それしか方法がなかったのでございます」

その結果、生まれたのが私だった。

母の心を壊してしまったのは他でもない、私自身だったのだ。

真実は幼い私を打ちのめした。失意のあまり食事も喉を通らなくなった。新しい本を与えられても、手に取る気力さえ起こらなかった。そんな私を、侍女達はなんとか慰めようとした。

「すべては病気のせいなのです」

「どうか気落ちなさいませんように」

「光神サマーアは全知全能の神。光神王はその化身。すなわち殿下が光神王になられましたならば、その時にこそ、パラフ様の病は完治いたしましょう」

嘘だ。光神王が全知全能であったなら、母の心も自由に操ることが出来たはずだ。アトフのことを忘れさせることも、自分に愛情を感じさせることも可能であったはずだ。

光神王になっても、私は救われない。

誰も私を救ってはくれない。

私は寝室の窓から外に出た。真昼の裏庭を歩くのはこれが初めてのことだった。灌木《かんぼく》の藪《やぶ》に身を隠しながら、林の中へと分け入った。裏庭の限界——第二離宮との境界線にある鉄柵。それに沿って奥へ進むと、目の前に石垣が現れた。身の丈ほどもある石垣に苦労してよじ登り、私はそこから眼下の風景を眺めた。

灰白色の時空晶の下、王都ファウルカの四角い建物が立ち並んでいる。はるか彼方に広がる緑の草原、新緑に波打つ丘陵、所々に濃緑色の森が島のように浮かんでいる。

王城の外、どこまでも続く広い世界。

けれど私は王城から出られない。この箱庭の中で生き、この檻《おり》の中で朽《く》ち果てる。逃れる術《すべ》は一つしかない。

飛ぶのだ。

それで私は楽になれる。

「石垣に登ると怒られるんだぞ？」

子供の声がした。

驚いて、私は振り返った。

白金色の髪、雪花石膏《せっかせっこう》のような乳白色の肌、青碧《あおみどり》の眼を好奇心に輝かせ、その子は言った。

「危ないから石垣の上には登っちゃいけないんだ。見つかったら、お前、母さまに叱られるぞ？」

質素だが品のよい木綿《クトン》のシャツ、仕立てのいい深緑色のズボン、そのどちらも泥に塗《まみ》れ、あちこちに枯れ草がくっついている。

「君がアライスか？」

私が問うと、アライスはびっくりしたように目を見張った。その顔に警戒の色が浮かぶ。逃げ出すか、それとも人を呼ぶか。彼はどちらも選ばなかった。アライスは鉄柵を右手で摑むと、軽々と石垣の上に飛び乗った。

「鳥になって、遠くまで飛んでいきたいって思っているんだろう?」

一瞬、心を見透かされたのかと思った。

私が黙っていると、彼は諭《さと》すような口調で続ける。

「やめておけ。人の手は飛ぶのに向かない」

何だそれは?

私は失笑しそうになった。しかし、彼が大真面目なのを見て、笑うのをやめた。

「ああ、わかっている」

「ならいい」

アライスは第二離宮に住む第二王妃ハウファの子で、私の腹違いの弟にあたる。政敵エトラヘブ卿の孫である彼を、私の祖父シャマール卿は蛇蝎《だかつ》の如く嫌っていた。侍女達も「粗野で野蛮な猿《サアダーン》のような子だ」と囁《ささや》きあっていた。

だが、私の横に立っている彼は、『野蛮な猿《サアダーン》』には見えなかった。煌《きら》めく白金の髪は清々《すがすが》しい朝の風のようだったし、青碧の瞳は美しい湖を思わせた。

「なあ、お前……」

アライスは鉄柵越しに私を見た。

「こっち来て、一緒に遊ばないか?」

曇りのない大きな目。本気で言っているように見える。

いや、騙されるな。相手は私の政敵、光神王の座を争う『神宿』だ。気を許してはいけない。

「……本気か？」

揶揄《やゆ》を込めて、私は問い返した。

アライスはまったく意に介さず、偉そうに胸を反《そ》らした。

「本気だとも！」

「私がツェドカ・アプレズ・シャマール・サマーアだと知った上で、誘っているのか？」

「ツェドカ……？」

アライスは顎に手を当てた。唇を突き出し、形の良い眉を寄せる。

ちょっと待て——と私は言いかけた。お前、私の正体も知らずに声をかけてきたのか？

「ああ！」ようやく思い至ったらしく、彼はぱあっと瞳を輝かせた。「もしかしてパラフ様の子供の——？」

「気づいていなかったのか？」

「うん」

素直に頷き、照れたように笑う。演技には見えない。ということは、こいつは本物の馬鹿ということになる。私がため息をつくと、アライスは上目遣いに私を見た。

「初めて会ったんだ。わからなくて当然だろう？」

ここは後宮だ。私達以外に子供がいるはずないだろう——と言いかけて、私はその言葉を飲み込んだ。彼の言うことを真に受けるな。アライスだって『神宿』だ。こんなに無邪気な馬鹿でいられるはずがない。

「それで、どうする？」

警戒する様子も見せず、アライスは私に笑いかける。

「お前になら、淡雪茸《あわゆきだけ》が生えてる場所を教えてやってもいい」

淡雪茸。笠に圧力がかかると胞子を蒔《ま》いて溶けるキノコ。毒はないが食用には向かない。使い道のないキノコ。何の役にも立たないキノコ。生えてる場所を教えてやるといわれても、喜ぶ人間はいないだろう。

それとも、これは暗喩《あんゆ》か？

何か深い意味が隠されているのか？

私が答えずにいると、アライスは石垣から裏庭へと飛び降りた。下から私を見上げ、居丈高《いたけだか》に言う。

「来るのか来ないのか、早く決めろ」

これは罠か？　私を第二離宮に誘い込み、騙し討ちするつもりか？

そこで私は自嘲した。たとえそうだったとしてもかまうものか。どうせ捨てるつもりだった命だ。

「わかった」

私は左手で鉄柵を摑み、石垣の外に身を乗り出した。右足のはるか下、建物の屋根が見える。落下したら命はない。が、怖いとは思わなかった。私は鉄柵の外を廻り、第二離宮側の石垣に立った。

アライスは驚嘆の眼差しで私を見上げた。

「お前、度胸あるなあ」

そう言って、私に右手を差し出した。

「来いよ」

彼の口元に白い歯がこぼれる。光がさしたような、あたりが明るくなったような錯覚を覚える。こんな風に笑う人間を私は知らない。こんな笑顔を見せる人間を疑い続けるのは難しい。

私はアライスの手を取った。

それから毎日、私達は一緒に遊ぶようになった。

アライスは見たままの、無邪気で素直な子供だった。嘘をつけるほど器用でないことも、すぐにわかった。しかし、彼は見た目通りの単純馬鹿ではなかった。あれは私達が騎士の真似事をして遊んでいた時のことだ。遊びに飽いた彼は騎士風に敬礼し、私にこう言ったのだ。

「貴方がこの国をよりよき未来に導く王となるなら、私は貴方とこの国を守る王となりましょう」

私は強い憤《いきどお》りを感じた。

「そんなこと、軽々しく口にするものじゃない」

アライスは心根のいい奴だ。私も彼と争うのは気が引ける。でも私達は光神王になるために生まれた。戦わずして逃げることなど許されない。

「王になれるのは一人だけ。君か私のどちらか一方だけだ」

アライスは不思議そうな顔をした。

「そんなの誰が決めた？」

「誰がって――」

そういうものなのだ。

私達が生まれる前から、そう決められているのだ。

言い返そうとして、私は愕然《がくぜん》とした。私は己の出自を呪い、『神宿』としての運命を呪い、それに従わざるを得ない自分を呪った。立ち向かうことなど考えたこともなかった。頭から諦めて、抵抗しようとさえしなかった。

なのにアライスは易々《やすやす》と既成概念を破壊してみせた。

驚きのあまり、しばらくは口もきけなかった。

その日の別れ際、私は彼に尋ねてみた。

「君は光神王になりたくないのか？」

「なりたいさ。なりたいに決まってる」

即答し、アライスは真顔で私を見つめる。

「けど、お前は私の大切な友達だ。争いたくない」

「でも――」

「私は頭が悪いから、難しいことを考えるのはお前に任せる。そのかわり私はうんと強くなって、お前とこの国を守る」

私が思いつきもしなかった道を示し、アライスは軽やかに笑ってみせた。

「なあ、それでいいじゃないか？」

理不尽な運命になど従わない。理由なき掟になど従うつもりはない。彼はそう言いたいのだ。

私は自分の視野の狭さを痛感した。

戦わずして逃げ出しているのは私の方だった。

私が離宮を抜け出し、裏庭に出ていることに気づいた侍女達は「お叱りを受けるのでやめて下さい」と言った。どんなに懇願されても、何度叱責されても、私は従わなかった。後宮から出られない身であることはアライスも同じ。なのに、どこからあんな考えが浮かんでくるのか。それが知りたくて、アライスと話がしたくて、私は第二離宮の裏庭に通い続けた。

ある朝のことだった。

食事の最中、いつも通り私を無視していた母が呟いた。

「臭いわ」

何のことかわからず、私は食事の手を止めて、母を見た。

「臭い、臭いわ。穢れの臭いがするわ」

そう言うや、彼女は銀のナイフを逆手に摑み、私の左手に振り下ろした。

避けることも逃げることも出来なかった。ナイフが親指の付け根に突き刺さる。あまりの痛みに私は椅子から転げ落ち、床の上をのたうち廻った。

「化け物のくせに、何を見てるの？」

母は私の前髪を摑んだ。

「毎日庭に出て楽しい？　私をこんな目に遭わせておいて、何を楽しんでるの？」

闇を宿した瞳、そこに浮かぶ狂気に、私は身も心も震えあがった。

「お前は私から光を奪った。お前が見ていいのは闇だけよ」

母はナイフを振りかぶり、私の目を突き刺そうとした。

「パラフ様！」

「どうか落ち着かれますよう！」

侍女達が駆け寄った。母からナイフを取り上げ、私から引き離す。母は奇声を上げながら、狂ったように暴れ続けている。

「誰か、バルゼル様を呼んで！」

侍女達は数人がかりで母を抱え、引きずるようにして居間から連れ出した。

一人残された私は、自分の左手を見つめた。血は止《とど》まることなく流れ出し、激しい痛みが脈を打つ。

『白い母』は私を無視し、私の存在を消そうとしている。『黒い母』は私を憎悪し、私を殺そうとしている。まるで鬼《グル》だ。まともじゃない。

私は化け物と鬼《グル》の子供だ。闇の中に生み落とされ、憎悪と狂気に育てられた。こんな私が光神王になれるはずがない。アライスにかなうわけがない。

私は傷ついた左手を握りしめた。

なぜ私は生まれたのだろう。私など、生まれてこなければよかったのに。

その翌日、いつもの場所でアライスに会った。

私の左手に巻かれた包帯を見て、彼は鉄柵の向こう側で心配そうに眉を顰《ひそ》めた。

「その手、どうしたんだ？」

「……黒い母にやられた」

「黒い母？」

アライスの瞳に怒りが閃《ひらめ》いた。彼のことだ。詳しいことを話したら、「そんなことをする奴は私が成敗してやる」と言い出しかねない。

私は石垣に腰を下ろした。

アライスは怒りが収まらない様子だったが、黙って石垣に登り、私の隣に腰を下ろした。

「痛むのか？」

「ああ」

鉄柵を見上げ、私は答えた。

「しばらくそちらに行かれそうにない」

「じゃあ、私がそっちに行く」

「駄目だ」

アライスが黒い母に見つかったら、それこそ恐ろしいことになる。彼の目を抉《えぐ》り出そうとする母の姿を想像し、私は思わず身震いした。

「こっちに来ちゃいけない」

「なんで？」

「黒い母に見つかったら、君は殺される」

「まさか！」

アライスは笑おうとした。けれど私の顔を見て、表情を改める。

「お前の母さまは、そんなに怖い人なのか？」

「怖くはない」

嘘だった。私は母が怖い。

でも、それをアライスに悟られたくなかった。同情されたくなかった。

私は第一王子だ。第一王位継承者であるということは、私に残された最後の矜持《きょうじ》だ。

「ただ、理解出来ないだけだ。あの女が何を考えているのか、私にはまったく理解出来ない。あの女は光神王を憎んでいる。光神王の息子である私のことも憎んでいる」

理不尽な運命《さだめ》に対する怒りがふつふつと湧き上がってくる。なぜ私なのか。なぜアライスではないのか。利己的な憤りが、母への怒りとなって溢れ出る。

「女は何かに頼らずには生きていけない。困難な状況に直面すると冷静な判断力を失う。すぐ感情に流され、己を見失う。自分が不幸なのは他の誰かのせいだと決めつけ、自分が悪いのだとは欠片《かけら》も思わない。可哀相な自分。可哀相な私。そう嘆いては周囲に当たり散らし、他人の気持ちなど考えもしない」

捲《まく》し立てているうちに、どんどん情けなくなってきた。言えば言うほど思い知らされる。私も同類だ。自分を憐《あわ》れんで、こうやってアライスに当たり散らしている私は、嫌になるほど母にそっくりだ。

「女というものは、なんて感情的で弱い生き物なんだろう」

アライスは何も言わなかった。何か苦いものでも飲み込んだような顔で私を見つめていた。

しばらくの間を置いてから、彼は言った。

「――ごめん」

なぜ謝る？　お前には何も罪はないのに？

そう言いたかったが、言えなかった。
そんな自分が情けなかった。

アライスは明朗で快活。後宮の女官達は彼を『白金の王子』と呼んで慕っていた。私も同じ気持ちだった。アライスのことを知れば知るほど、彼のことが好きになる。彼の方が光神王に相応《ふさわ》しく思えてくる。

まだ寒さの残る三月《アダラ》のある日。私達は第二離宮の裏庭で木の枝に腰掛け、遠くに見える草原を眺めていた。

アライスは母や侍女から聞いたという物語を、幾つも私に披露してくれた。話し終えると、彼はいつも目をきらきらと輝かせた。

「大きくなったらいろんな場所に行ってみたいんだ。海も見てみたいし、青空も見てみたい。太陽も見てみたいな」

「でも光神王は王城から出られない」

現人神《あらひとがみ》である光神王は下界の穢れに染まることを嫌い、聖域である王城で生涯を過ごす。その後継者である私達もまた、この王城から出ることは許されない。

けれどアライスはそんな常識さえ壊してみせるのだろう。光神王になっても掟に縛られることなく、自由にこの世界を駆け廻るのだろう。

そして私は忘れ去られる。光神王になることが叶《かな》わなければ、もう誰も私のことを崇めたりしない。私は必要のない道具のようにうち捨てられ、闇の中で朽ち果てるのだ。

「叶わなかった夢はどこへいくんだろう」

まるで私の心を読んだかのように、アライスは表情を曇らせた。

「深海に雪が降るように海の底に沈んでいくのか。それともどこかの深い谷底で、誰にも知られずひっそりと花を咲かせるのか」

彼は私を見て、強《こわ》ばった笑みを浮かべた。

「そうだといいな。それなら少し、救われる気がする」

私に同情しているのだと思った。光神王になれない私を憐れんでいるのだと思った。もう腹も立たなかった。私は悩み、憤ることにすら疲れ果てていた。

「アライス！　降りなさい！」

私は驚いて飛び上がった。

グラリと体が傾《かし》ぐ。いけないと思ったが、遅かった。

私は無様に木の枝から落っこちた。

着地と同時に手と膝をつく。左膝につきんと痛みが走る。下に石か何かがあったらしい。絹《ハリール》のズボンの左膝に、じわりと血が滲《にじ》む。

「待って、母さま！」

アライスが飛び降りてくる。私を背に庇《かば》い、両手を広げる。

「怒らないで下さい、母さま。私が一緒に遊ぼうって言ったんです。私が木に登ろうって言ったのです。悪いのは私です。ツェドカは悪くないです。だからどうか、彼を怒らないで下さい」

母さま――ということは、彼女がハウファ・ラヘシュか？

アライスの肩越しに、私はその女性を見上げた。

結い上げられた黒髪、神秘的な紫紺《しこん》の瞳、飾り気のない木綿《クトン》のドレスに身を包んでいても、まるで焚きしめられた香のように高貴な気品が薫り立つ。

ハウファは私とアライスを交互に見た。その顔には驚きの表情が浮かんでいる。無理からぬことだ。我が子が政敵と仲良く遊んでいるところなど、彼女も見たくはなかっただろう。

「アライス」

ハウファは腰に手を当て、顔をしかめる。

「第一離宮の庭に入ってはいけないとあれほど言ったのに、なぜ母の言うことが聞けないのですか」

アライスは手折った花のように萎《しお》れた。

「ごめんなさい……」

「ごめんなさいではすみません。もし貴方が第一離宮に出入りしていることが知られたなら、どうなるか貴方にもわかっているでしょう？」

「アライスを叱るな」

私は立ちあがった。

「アライスが第一離宮に入ったことは一度もない。罪に問われることを承知の上で第二離宮の庭に侵入したのは、この私だ」

「それは違うぞ、ツェドカ！　私がお前に声をかけたんだ。こっちに来いよって、お前をこの庭に呼んだんだ」

彼は言い訳を連ねる。必死になるあまり、問われもしないことまで暴露している。そこまで言わなくてもいいのに。そんなことを言ったらお前が叱られるだろうに。

黙っていられなくなって、私は彼の肩をつついた。

「アライス、君、言わなくてもいいことまで白状しているぞ」

「だってホントのことだろう!」

「そうだが、君はさっきから、問われもしない罪まで告白している」

「しかたないだろう、ホントのことなんだから!」

「黙っていることは嘘にはあたらない」

「お前こそ、余計なこと言うな!」

「私は忠告しているだけだ」

「ちゅうこく? ちゅうこくってなんだ? 難しい言葉を使ったって私にはわかんないぞ!」

アライスはえへんと胸を張る。

「それ、威張れることじゃないだろう?」

私の反撃に、アライスは一瞬言葉を詰まらせる。

「い、いいからお前は黙ってろ」

「いや、ここは私に任せて君こそ黙っているべきだ」

「なにをぅ? ここは私の庭だぞ?」

「王城はすべて光神王のものだ。この庭は君の所有物ではない」

「ヒザ擦《す》り剝《む》いて、泣きベソかいてたくせに、偉そうなこと言うな」

「泣いてなどいない。ただ――」

誰かに見つかるということは死を意味する。私はそれを望み、それを恐れてもいた。

「少し驚いただけだ」

「ウソつけ！」

「嘘じゃない！」

間近でパンという音がした。

「そこまで！」

私とアライスは同時にハウファに目を向けた。

彼女は厳しい表情で、第二離宮の丸屋根を指さした。

「アライス、離宮に戻って水差しと薬箱を持ってきなさい」

「でも――」

「大丈夫」ハウファは笑った。はっとするほど優しい笑顔だった。「ツェドカ殿下を怒ったりしません。母を信じなさい」

胸の奥がチクリと痛んだ。

嫉妬だと気づいたが、気づかなかったことにした。

「わかりました」

渋々アライスは歩き出す。何度も振り返りながら藪をかき分ける。その姿が見えなくなるのを待って、ハウファは私の前に片膝をついた。

「殿下の手前でお見苦しいところをお見せいたしまして、申し訳ございません」

型にはまった堅苦しい挨拶。白々しい。そんなもの、聞くだけ無駄だ。

薄く笑って、私は言った。

「正直に言ったらどうだ？　いっそ首の骨を折ればよかったのに、と」

第一王子の私が死ねば、アライスは光神王になる。アライスは王に相応しい。それは私にもわかっている。だから、もう終わりにして欲しい。こうなることを望んでいた。ようやくその機会がやってきた。アライスは私を友達と言ってくれたが、大人の考えは違うはず。美しい死の女神——殺されるなら母でなく、彼女の手にかかって死にたい。

「城壁はすぐそこだ。今なら誰も見ていない。逃げようとして足を滑らせたのだと言えばいい。ここは第二離宮の庭だ。事故だったと言えば、お前が罪に問われることはない」

ハウファは顔を上げた。美しくも鋭い眼差し。瞳の奥には炎が燃えていた。頽廃《たいはい》に倦《う》んだ第一離宮では決して見ることの出来ない、生命の輝きだった。

なぜアライスがあれほど奔放に育ったのか。

既成概念をいとも容易《たやす》く破壊出来たのか。

その答えが彼女だ。ハウファがアライスを育てたからだ。アライスがただの単純馬鹿でないように、彼女もまた、ただのたおやかな貴婦人ではないのだ。

「私は貴方を殺さない」

ハウファは立ちあがり、ドレスを払った。

「何人《なんぴと》たりとも他人の時空を奪ってはいけない。何人たりとも自分の時空を奪われてはならない。だから私は誰も殺さない。たとえ貴方がそれを望んでいたとしても、私は貴方を殺さない」

勝ち誇るように、彼女は笑った。顔はあまり似ていないのに、笑い方はアライスそっくりだった。

「本気でそう言っているのだとしたら正気を疑うところだ」

わざと挑発的に私は言い返した。

「人は自分の利益のため、他人の死を望むもの。ましてや自分の子を光神王にするためになら、親は手段を選ばない。お前の意見は建前としては美しいが、その内容はまるで子供の理屈だ」

「子供に子供の理屈を説いて何が悪いの？」

利かん坊を叱る母親のように彼女は腰に両手を当てる。

「だいたい死ぬだの殺すだの、子供が口にする言葉ではありません」

これまで私は子供として扱われたことがなかった。子供扱いされることにも慣れていなかった。馬鹿にされたと感じ、私は低い声音で言い返す。

「私は子供ではない」

威厳を込めたつもりだったのに、拗《す》ねたような声になってしまった。ハウファはますますいい気になって、ほらご覧なさいと言うように眉を吊り上げる。

「いいえ、子供よ。してはいけないと言われていることをしたにもかかわらず、『ごめんなさい』も言えないのだから、充分に子供です」

「どういう理論だ、それは」

「理論じゃないわ。常識よ。人に何かをして貰ったら『ありがとう』、迷惑をかけたら『ごめんなさい』。これは人間として基本中の基本でしょう?」

愕然とした。

王になるべくして生まれた『神宿』には、誰もが最上級の敬意を払う。ゆえに『神宿』は礼の言葉も詫びの言葉も言わなくていいのだと思っていた。そうでないことは少し考えればわかったはずなのに、私はその異常さに気づいてもいなかった。

「ツェドカ、一度しか言わない。だからよく聞いて」

呼び捨てにされても、もう腹は立たなかった。むしろ心地よいくらいだった。その理由を考え、私は納得した。彼女は『母親』で、『母親』は間違ったことをした子供を叱るものだからだ。

「私が望むのは今までとは異なる新しい光神王。この国の民を圧政と恐怖から解放してくれる、そんな光神王を誕生させることが私の本願なの」

ハウファは私に近づき、私の顔を正面から見た。

「だから貴方もそれを目指してくれるのであれば――貴方とアライス、どちらが光神王になったとしても私は構わないわ」

「……お前は、頭がおかしい」

言い返す声が震えた。

「光神王は現人神。光神王になることこそが、最も大事なことなのだ。光神王となった後のことなど、誰も関心を持ちはしない」

「いいえ、光神王になるのは自分が思い描く国を作るための手段にすぎないわ。本当に重要なのは王になった後よ」

「そんなはずはない。皆、私に言う。貴方は光神王になるべく生まれたのです、と。貴方が立派な王になればパラフ様の病気も治るのです、と」大人達が見えすいた嘘をつくのは、私を光神王にしたいからだ。私が光神王になりさえすれば、それで満足なのだ。私が知りたいのは、立派な王になる方法――「なのに彼らは教えてくれない。どうすれば立派な王になれるのか、そもそも立派な王とはどういう存在なのか、誰も、何も、教えてはくれない」

「なら、ゆっくり考えればいいわ」

穏やかに告げて、ハウファはにこりと笑う。

「貴方は賢い。この国の未来のために自分に何が出来るのか。よりよい世界を作るために自分は何をすればいいのか。貴方なら、きっとその答えを見つけられる」

どうして――と思った。

生まれた日は同じ。生まれた時間も数時間《サーア》と違わない。

なのにどうして彼女はアライスの母なのだ？　どうして私はハウファの子ではないのだ？

「貴方が心から願えば、叶わないことなんて何もない。貴方はどんな道でも選べる。どんな場所にだって行ける。どんな人間にだってなれるわ」

私にそんなことを言ってくれる者は誰一人としていなかった。そんなこと誰も教えてくれなかった。

「私は『神宿』だ。将来、光神王となる者だ。生涯この王城を出ることは叶わない」

「そんなことないわ」

ハウファが私に手を伸ばした。

殺される――！　と思った次の瞬間、私は彼女の腕の中にいた。その抱擁《ほうよう》は優しく、柔らかく、とても温かかった。

私は多くの侍女に囲まれ、数多くの召使いを従えてきた。けれど誰一人、私を抱きしめてはくれなかった。

私はなんて可哀相な子供なのだろう。

口を開けば、母のように自分を憐れんでしまいそうで、私は唇を噛みしめる。

「貴方にはまだ多くの時空が残されている。だから今がどんなに辛くても諦めないで。貴方の時空を投げ捨ててしまわないで」

彼女の言葉は私の空虚《くうきょ》な心に染み渡った。今まで信じてきた世界がガラガラと音を立てて崩れていく。目を閉じると、鼻の奥がツンと痛んだ。

藪をかきわけるガサゴソという音。私は咄嗟《とっさ》にハウファを突き放した。

その直後、藪からアライスが飛び出してくる。彼の後ろから一人の中年女が現れる。恐ろしく不細工なその女は、私を見て素《す》っ頓狂《とんきょう》な声を上げた。

「ありゃあ、こりゃどういうこったね。アライス様がもう一人いらっしゃるだよ！」

「控えなさい、アルティヤ。こちらはツェドカ殿下です」

ハウファの言葉に、女は慌ててその場に平伏した。

「こりゃ、とんでもねぇ無礼をいたしましただ。どうかお許し下せぇまし」

ハウファはその女から薬箱を受け取り、私の傷の手当てを始めた。

彼女の手元を見るふりをしながら、私は横目でアルティヤと呼ばれた女を観察した。岩のように厳《いか》つい顔、堅太りした不格好な体、田舎言葉丸出しの中年女だ。『アルティヤ』という姫君の名前がこれほど似合わない女もいないだろう。

「これで大丈夫」

私の膝に包帯を巻き終え、ハウファは立ちあがった。

「軟膏《なんこう》が乾いて自然に布が剝《は》がれるまで、このままにしておいてね」

私は口を開いた。が、言葉が出てこない。

今まで読破した本は数知れず。聡明だと誉められ、知的だと賛美されてきた。だが知識と経験の間には天と地ほどの差がある。それを痛感してもなお、その言葉を口にするのは難しかった。取るに足らない矜持と、染みついた習慣を守ろうとする心。それらを胸の奥に押し込め、私は言った。

「……ありがとう」

ハウファは形の良い唇に慈愛の微笑みを浮かべ、私の労に応えた。

「どういたしまして」

それだけで胸が高鳴った。私達二人だけにしかわからない秘密の暗号を交わしたような、甘美な喜びがあった。

「この辺は木が鬱蒼《うっそう》として暗いわね」

ハウファはぐるりと周囲を眺めた。

「藪が深くて服も汚れてしまうし、このあたりにはもう来ないことにしましょう」

そしてアライスに目を向け、続けた。

「アライス、ここで遊ぶのはかまわないけれど、誰かに迷惑をかけるようなことだけはしないようにね」

それは、私がここに来てもいいという意味だった。

見て見ぬふりをしてあげるという意味だった。

なのにアライスは首を傾げている。勘はいいくせに、こういうところは腹立たしいほど鈍感私は彼の耳朶《みみたぶ》に口を寄せ、小声でそっと囁いた。

「つまり、これからもここで一緒に遊んでもいいということだ」

アライスの瞳が輝いた。

「ありがとう、母さま！」

満面に笑みを浮かべ、ハウファの周囲を飛び跳ねる。

ハウファは愛情を込め、彼の頭を軽く叩いた。

「遊びに夢中になるのはいいけれど、なるべく早く戻りなさい。じき夕食の時間ですからね」

ハウファは私に目配せをした。『貴方もね』と目で語る。私が頷くと、彼女は満足そうに微笑んで、第二離宮へと歩き出す。

ハウファを追って歩き出したアルティヤが足を止めた。振り返り、私を見る。

その眼光の鋭さに、私は息を飲んだ。

『ハウファ様に害をなす者は容赦しない』

眼差しで警告し、アルティヤは無言で歩き去る。

彼女の丸い背中を見つめ、私は思った。

優れた騎士は己を一振りの剣として扱うという。

不格好な田舎女だなんて、とんでもない。

彼女は騎士だ。自分の主人を守るため、身を捨てて戦う覚悟でいる。

その気概に私は尊敬の念を抱いた。同時に、彼女を羨《うらや》ましく思った。出来ることなら私も一振りの剣になりたい。剣となって、後宮に棲《す》む悪霊《シャダイ》どもからハウファを守りたい。彼女の騎士になれるなら、私は『神宿』の地位を捨ててもいい。

そんな、儚《はかな》い夢を見た。


その後も、私は第二離宮の裏庭に通い続けた。

約束通り、ハウファは姿を見せなかった。立場上、来られないのだということはわかっていたが、期待せずにはいられなかった。もう一度、ほんの一瞬だけでいい。彼女に会いたい。彼女の声が聞きたい。

そんな折、ハウファから母に手紙が届けられた。『我らの子も無事に七歳を迎えることになりました。せっかくの機会です。記念にみんなで食事をしませんか?』という誘いの手紙だった。

おそらく発案者はアライスだろう。その心遣いは嬉しいが、母が了解するわけがない。

しかし、パラフは意外な行動を取った。

「六月六日《ハジーラン》の夜、晩餐会《ばんさんかい》を開きます。ハウファ様とアライス殿下を第一離宮にお招きするのです」

そう宣言すると、彼女は侍女達を集め、嬉々として献立を考え始めた。

あり得ないと思った。裏があるに違いないと思った。侍女達と結託し、ハウファとアライスに毒を盛ろうとしているのではないか。黒い母ならやりかねない。誕生日が近づくにつれ不安は募っていった。それとともに期待も高まっていった。ハウファに会える。彼女に私の誕生日を祝って貰える。そう思うだけで、天に舞いあがりそうだった。私は不吉な予感を胸に押し込め、黒い母の存在を頭の中から閉め出した。

私とアライスの七歳の誕生日――ハウファとアライスが第一離宮にやってきた。

深い藍色《あいいろ》のドレスを纏《まと》ったハウファは、朝靄《あさもや》に煙る夜明けのように美しかった。

食事の間も、私はハウファのことばかりを見つめていた。あまり見ていると怪しまれる。そう思っても、目を逸らすことが出来なかった。

母が時間をかけて考え、準備させた夕食は、ハウファにもアライスにも大好評だった。私も満ち足りた気分でいた。これほど幸せな誕生日は生まれて初めてだった。

最後の皿が片づけられ、食後のお茶が運ばれてくる。テーブルを挟んだ向かい側、ハウファが茶器を口に運ぶ。その仕草に私は見とれていた。彼女が使ったあの茶器をどうにかして私の手元に残せないだろうかと、馬鹿なことを考えていた。幸福に酔いしれて、母が席を立ったことにすら気づいていなかった。

「今日の記念にこれを差し上げます」

私は我に返った。

母が微笑みながら、ハウファに銀の小箱を手渡そうとしていた。

それは自らカタカタと鳴る『アトフ』の宝玉箱だった。

背筋が凍った。止めなければと思った。なのに声が出ない。震えるばかりで足が動かない。

ハウファは礼を言って、宝玉箱を受け取った。

「開けてみて下さいませ」

母に促され、彼女が箱を開けようとした時、カタカタと箱が鳴った。ハウファが驚きに目を見張る。パラフの口元が歪んだ。あの嗤《わら》い。白い母じゃない。黒い母の方だ。

「開けるな！」

私は椅子を蹴って立ちあがり、ハウファに駆け寄った。『アトフ』の箱を奪い取ろうと手を伸ばす。

一瞬早く、母が宝玉箱を摑んだ。

「邪魔をするな！」

頭に衝撃を受け、意識が飛んだ。

右目が熱い。耐え難い苦痛。痛くて頭が割れそうだ。

ああ、ハウファ――彼女は無事か？

私は必死に左目を開いた。

パラフが嗤っていた。『アトフ』の箱をひっくり返し、中身を床にぶちまけていた。床に撒《ま》き散らされた彩輝晶。凍るような蒼輝晶《そうきしょう》。血のような紅輝晶《こうきしょう》。そして死影《しえい》を宿す闇輝晶《あんきしょう》。

ハウファが声にならない悲鳴を上げた。

白い壁にじわりと黒い染みが広がる。それは私達が見つめる中、ゆらゆらと揺れながら人の形を取った。天井に到達しそうな巨大な黒い影。初めて見る、本物の死影だった。

なんということだ。

パラフはあの箱の中に死影を囲っていたのだ。

「穢れは穢れによって、不浄は不浄によってのみ清められる！」

哄笑《こうしょう》が聞こえた。パラフは狂ったように笑いながら、抱擁《ほうよう》をせがむかのように、死影に両手を差し出した。

「アトフ、ああ、アトフ。穢れたこの世界は祓《はら》われなければなりません。今がその時です。不浄を、すべての不浄を滅ぼすのです！」

死影が滑るように動き出した。影には目も鼻も口もない。意志があるのかどうかもわからない。

それでも瞬時に理解した。

死影が狙っているのは私だ。

逃げなければと思ったが、目が廻り、立つことさえままならない。死影が近づいてくる。アライスが私を抱きしめる。私は彼の肩を摑んだ。「逃げろ」と言おうとしたが、声にならない。駄目だ。このままではアライスも巻き込んでしまう。アライスは王になる人間だ。せめて彼だけでも逃がさなければ――

「立って！」

ハウファが駆け寄ってきた。彼女はアライスの頰を叩き、私の腕を摑んで引き立たせる。

「さあ、走って！」

抱きかかえられるようにして、私は格子窓《こうし》へと走った。世界がぐらぐらと揺れる。冷や汗が吹き出し、痛みに吐き気がこみ上げてくる。

「カーテンの後ろに隠れていなさい」

そう言うや、ハウファは花瓶を投げつけ、格子窓の硝子《ガラス》を割った。母親に促され、アライスが四角い窓枠をくぐる。

（――ヲ――コセ）

耳鳴りがする。金属が擦《こす》れるような音が聞こえる。

（名ヲ――）

「ツェドカも早く！」

ハウファの声がそれに重なる。

（――寄コセ）

天井まで伸びた黒い影。黒く薄い刃のような腕。

それが私めがけて振り下ろされる――

気づいた時、私はハウファの腕の中にいた。

どうやら気を失っていたらしい。

頭痛は耐えがたく、耳鳴りも激しい。頭の中で罅《ひび》割れた大鐘が鳴っている。

うるさい、黙れ。私は今、ハウファの腕の中にいるのだ。もう少しだけ、この温かな抱擁に微睡《まどろ》んでいたいのだ。

「このような事件は前代未聞です」

いつ聞いても不愉快な男の声がする。

「何があったのか、ご説明願えますかな？」

これは……パラフの主治医バラド・バルゼルだ。

「ハウファ様、よもやとは思うが、これは貴女の仕業か？」

「違う」

私は右目を押さえ、無事な方の目を開いた。精一杯の威厳を込め、傍《かたわ》らに立つバルゼルを睨む。

「この騒ぎを引き起こしたのはパラフだ。パラフは死影を使い、ハウファ様とアライスを殺害せしめんとしたのだ。ハウファ様は身を挺《てい》して私とアライスを庇い、私達を逃がそうとしてくれたのだ。それなのに真っ先にハウファ様を疑うとは——無礼にもほどがある」

「申し訳ございません」

悪びれた風もなく、バルゼルは言う。

「ではパラフ様には私室にお戻りいただき、しばらくの間、謹慎するよう願いましょう」

「それでは生温《なまぬる》い。パラフは第二王妃と第二王子を暗殺せしめようとした咎人《とがびと》だぞ！」

「ですが光神王のご命令もなく、王妃様を捕らえるわけには参りません」

「何を言うか！」

元はと言えば、お前がパラフを狂気に走らせたのではないか。なのにその責任をハウファになすりつけようというのか。そんなことをしてまで私を王にしたいのか。なんたる厚顔無恥だ。恥を知れ。

「生きている限り、あの女はハウファ様とアライスの命を狙い続ける」生かしておいてはいけない。「今、裁いておかねば、怨《うら》みを糧《かて》に死影を育て――」一刻も早く黒い母を殺さなければ
「再び彼らを、襲わせるに、違いない」

頭が痛くて吐き気がする。

考えがまとまらない。

遠くからバルゼルの声が響いてくる。

「――みても、死影はいなかったと判断せざるを得ません」

「貴様、私が嘘を言っているとでも言うのか？」

私はバルゼルを睨みつけようとしたが、視野が歪んで、もはや彼がどこに立っているのかもわからなかった。

「いいえ……うは申し……ませぬ」

耳鳴りが波のように押し寄せては引き、引いては押し寄せてくる。わからない。バルゼルの声が聞き取れない。これではハウファを守れない。

「死影による傷では……かを疑わねば……ります」

「傷なら、私も、負っている」

声を発するたび、自分の声が頭の中に反響する。

「ハウファ様は、私達を逃がすために窓を割り、怪我をなされたのだ。それは、死影による傷では、ない」

「…………」

バルゼルが何か言っている。

言い返そうとしたが、もう舌が動かなかった。

意識が遠のく。

「ツェドカ——！」

ハウファの悲痛な叫び声が聞こえる。

出来ることなら目を開き、彼女を安心させたかった。

大丈夫だと言って、笑ってみせたかった。

けれど、どちらも叶わなかった。

「やめて下さい！」

かん高いアライスの声。

「お願いです母さま。もう、やめて下さい」

震える声。すすり泣き。アライスが泣いている。

私にハウファを取られるとでも思ったのか。

馬鹿だな、アライス。

ハウファは真っ先にお前を逃がしたじゃないか。

それが答えだ。

ハウファは私よりも、自分自身よりも、お前を守ろうとしたんだよ。

私はバルゼルの居室に運びこまれた。

幾日も高熱にうかされ、夢と現《うつつ》の間を彷徨《さまよ》った。寝ても覚めても右目が燃えるように痛んだ。痛みは悪夢を呼び、私は暗闇の中、追ってくる死影から逃げ廻った。

バルゼルを始めとするシャマールの家臣達は、私を遠巻きに眺め、決して近づこうとしなかった。私が影に憑《つ》かれているのではないか、このまま鬼《グル》と化すのではないか、疑っているのだろう。

眠りに落ちかけ、痛みに目覚める。悪夢にうなされ、飛び起きる。どこまでも落ちていくような錯覚を覚え、目を覚ます。それを幾度となく繰り返し――どのくらいの時が経過しただろう。

久しぶりにすっきりと目が覚めた。右目にまだ鈍痛が残っているが、我慢出来ないほどではない。

あたりは暗い。まだ夜のようだ。

寝台から身を起こそうとして、私は気づいた。

一人の青年が私の手を握っている。私の手を握ったまま、寝台に顔を伏せ、眠り込んでいる。

この男……何者だ？

「おい」

私は空いている方の手で彼を揺さぶった。

「起きろ」

「んん……」

男は身を起こした。ぱさついた黒髪。つややとした暗褐色の肌。二十歳は超えているだろうが、二十五以上には見えない。細い鼻筋。薄い唇。吊り上がった細い目。闇輝晶のように黒い瞳が、私を見てかすかに笑う。

「おはようございます。お加減はいかがですか？」

私は彼を睨んだまま、用心深く問いかけた。

「お前は何者だ？」

「おやおや、お忘れですか？」

心外そうに首を傾げ、男は私の右目を指さした。

「貴方を助けてあげたのに？」

私は右目に手を当てようとして、分厚く巻かれた包帯に遮《さえぎ》られた。眼窩《がんか》の奥深く、熱く凝《こご》った鈍痛がある。

「お前に助けられたわけではない」

「でも誰も貴方に近寄りたがりませんでしたよ？」

男は饒舌《じょうぜつ》に、そして無遠慮に言ってのける。

「大切なお世継ぎのはずなのに、貴方、人望ないんですねえ？」

これほど失礼なことをずけずけと言われたことはない。腹が立たないといえば嘘になるが、逆に興味深くもある。

「つまりお前は『影に憑かれた王子に捧げられた生け贄《いにえ》』というわけか」

「あれ？　ホントに覚えてないんですか？」

男は細い眉を寄せた。眉間《みけん》に深い皺《しわ》が刻まれる。私の所見ほど若くないのかもしれない。

「私が治療したんですよ？」と男は続けた。「あのバルゼルとかいう医者の処置が悪くて、正直、かなり危なかったんですから」

「覚えていない」

「ずっと手を握っててあげたのになあ」

「覚えて――」ないと言おうとして、ふと思い出した。悪夢の中を彷徨っている時、声を聞いたような気がする。誰かが私に呼びかけ、私の手を引いてくれたような気がする。

あれは、この男だったのだろうか？

「お前、シャマール卿の身内の者か？」

「は？　ご冗談！」男は馬鹿にしたように嗤った。「あのシャマール卿が、影に憑かれてるかもしれない者の看護を身内にやらせるわけがないでしょう？」

「では、奴隷か？」

「違うと言いたいとこですが――」控えめな声で答え、男は目を伏せた。「今は、まあ、そう呼ばれても仕方がないですねえ」

もったいぶった言い方をする奴だ。この口振りからしても、ただの奴隷でないことはわかる。私の看護を任されたらしいが、奴隷に医術の心得があるとも思えない。ということは、罪を犯して地位を追われた貴族か、その身内といったところか。そういう者達が救済を求め、権力者の元に集まってくる。彼もその一人なのだろう。

「それで、お前の名は？」

「ありません」

どうやら名乗れないらしい。

「名無しでは不便だ。本当の名でなくてもいい。何かないのか？」

「ここはひとつ、貴方が名づけてくれませんかねえ。どんな呼び名でもかまいませんから」

「文句は言わないな？」

「言いません」

「ならば——お前の名はサファルだ」

「サファル……ですか？」

男は不服そうに眉を顰める。

「もしかして『哀しい歌《アルティヤ》』に出てくる貧乏騎士から取りました？」

「よくわかったな」

「なんでよりにもよってサファルなんです？」

「どんな呼び名でもかまわないと言っただろう」

「貴方、独創性がないって言われるでしょう？」

「うるさい！」

私は一喝《いっかつ》し、彼を黙らせた。自分の声が傷に響き、包帯の上から右目を押さえる。

「こうなってはもう後宮には戻れない。私は上郭にあるシャマール卿の住まいか、一足早く神宿の宮に行くことになるだろう。そうなれば身辺の世話をする者が必要になる。いい機会だ。お前を従卒として使ってやる。人の顔色を窺ってばかりの使用人よりも、お前ぐらいずけずけものを言う男の方が幾分かはましだからな」

「ははぁ……？」

サファルはにやりと笑った。

賭けてもいい。あの顔は何かよからぬことを思いついた顔だ。

「何だ？　言いたいことがあるなら言ってみろ」

「いや、命の恩人を叩き出すわけにはいかないって、素直に言えばいいのになあと思って」

私は密かにため息をついた。確かにその通りだったが、それを当人に指摘されると腹が立つ。

「たわけめ、そういうことを臆面もなく口にするから、危険な怪我人の看護を押しつけられたりするのだ」

「ああ、なるほど！　なんで私ばかりがひどい目に遭うのかって、ずっと疑問に思っていたんですよ！」

サファルはぽんと手を打った。

「ありがとうございます。長年の謎が解けました」

面白い男だと思った。物怖じしないところはアライスに似ている。言いにくいことをずばりと言ってのけるあたりはハウファを彷彿《ほうふつ》させる。

「では、これからは力が及ぶ限り、貴方様にお仕えいたします」

そう言って、サファルは意味深な笑みを浮かべた。

「何でもお言いつけ下さい。お役に立ちます」

サファルの看護のおかげもあり、一カ月もすると、私は一人で歩けるほどに回復した。

けれど私の右目はひどく傷ついており、光《シャハル》が戻ることはついになかった。

片目を失ったという話は、瞬く間に王城中に知れ渡った。私の祖父シャマール卿アロン・アプレズは怒り狂った。傍《そば》にいながら事件を防げなかった侍女達を処罰し、実の娘であるパラフは人里離れた山奥の屋敷に幽閉するという。

それを知らせに来たシャマール卿は苦々しい表情のまま笑った。

「しかし良い側面もございましたぞ。殿下が一足早く後宮を出られましたことは、まことに僥倖でございました。あれは女が住まう場所、誰もが心を病むといわれる穢れた場所でございますゆえ」

その穢れた場所に実の娘を押し込んだのはどこのどいつだと言ってやりたかったが、私は黙っていた。パラフのことなどどうでもいい。気がかりなのはハウファだ。あんな場所にいつまでも彼女を置いておけない。ハウファにはパラフのようになって欲しくない。

だが今の私には何の権限もない。ハウファを後宮から救い出すことは出来ない。考え得るただ一つ方法、それは光神王になることだ。後宮を含め、この王城はすべて光神王のもの。自由にならないものなどない。私が光神王になれば、彼女を解放することも可能だ。

「アライス殿下に任せればいいじゃないですか。実母をないがしろにするような情のない御仁ではなさそうですし」

この一カ月で、従卒《シャハル》としての仕事にもすっかり慣れたサファルが言う。

「言ってはなんですが、その傷がある限り」と私の右目を指さす。「貴方が光神王になるのは難しいと思いますよ？」

「わかっている」

私は右目を覆う包帯を押さえた。傷が痛むことはもうないが、隻眼の生活にはいまだ慣れない。

「アライスは王の資質を備えている。私よりアライスを次代光神王に望む声が多いことも知っている」

「貴方は愛想がなさすぎなんです」

いけしゃあしゃあとサファルは言う。

「疑《うたぐ》り深いし、性格も悪いし」

「だがアライスは単純だ。彼が光神王になれば、後見人であるエトラヘブ卿の思うまま、都合のいいように利用される」

「まあ、あり得なくはないですね」

「それにアライスはハウファの実子だ。たとえ光神王になれなくても、アライスとハウファの絆《きずな》が失われることはない」

私とハウファの間には何もない。後継者争いに敗れたら、私は王城を追われ、二度と彼女には会えなくなる。それだけは嫌だ。

アライスは誰もが認める王の資質を持って生まれた。ハウファの子に生まれるという幸運を手にした。ならばこそ、ハウファを救うのは私でありたい。アライスには譲れない。ハウファを救うという名誉だけは、絶対に譲らない。

「私は光神王になって、ハウファを救い出す」

「ハウファ様は喜ばないと思いますけどね？」

「だろうな」

「どうしてそこまで執着するんです？　彼女は貴方より二十も年上。まるっきり親子の年齢ですよ。相手にされると思ってるんですか？」

「私は子供じゃない」

サファルは細い目をますます細め、疑わしげに私を見る。

どこから見ても子供じゃないかと言いたいらしい。

「私はもう子供じゃない」

同じ台詞を繰り返す。彼にではなく、自分自身に言い聞かせるために。

「もう自分のことを憐れんだりしない。『神宿』としての運命を呪うこともしない。これからは行動する。今まで培《つちか》ってきた知識と知恵を駆使して、周囲の大人達を欺《あざむ》き、利用し、私は光神王になる」

「ほおおおお……？」

サファルはわざとらしく目を見開いた。揶揄するように手を叩き、試すかのように問いかける。

「じゃ、その決意が揺らがないよう、ひとつ宣誓でもしておきますか」

「宣誓――？」

「ええ、ハウファ様に会いに行きましょう」

そんなこと出来るはずがない――と思ったのだが、サファルは段取りをつけてきた。どうやって女官長を言いくるめたのだろう。後宮の鉄門扉《てつもんぴ》は開いていた。しかもまだ昼間だというのに、まるで人の気配がない。

私達は難なく後宮殿を通り抜け、主人をなくし無人となった第一離宮に忍び込んだ。裏庭を横切り、第二離宮との境に建てられた鉄柵まで来ると、「ここでお待ち下さい」と言って、サファルは姿を消した。

しばらくして、第二離宮の格子窓が開くのが見えた。黒髪の女性が裏庭に出てくる。ハウファだ。何かに導かれるように、彼女はこちらにやってくる。鉄柵まであと数歩というところまで来て、ぎくりとしたように足を止める。

「手紙をくれたそうだな」

鉄柵越しに、私は彼女に声をかけた。

「読めなくて、すまなかった」

「ツェドカ……様」少し戸惑った様子で、ハウファは口を開いた。「臥せっておられると聞いていましたが、もう出歩いて大丈夫なのですか？」

「ああ、大事ない」

「その傷……」と言って、彼女は自分の右目を指さす。「まだ、お悪いのですか？」

「これか？」

頭に巻かれた包帯に指を当て、私は肩をすくめた。

「もう使い物にならないそうだ」

ハウファは両手で口を覆った。紫紺の瞳に自責の念が滲む。

「そんな顔をするな」

貴女には何の咎もない。責められるべきは、死影を飼っていたパラフだ。パラフの行動を怪しみながらも、貴女に会うことを優先させてしまった私だ。

「まだ左目は見える。不便ではあるが、不自由はない」

私は虚勢を張り、微笑んでみせた。

「貴女こそ、傷はもういいのか？」

「え、ええ」

彼女は両手を広げた。ほっそりとした指、薄紅色の手の平、そのあちこちに白い傷跡が残っている。

「この通り、傷は残りましたが不自由はしません」

「それはよかった」

私の虚勢に虚勢で応じる。やはり彼女は面白い。

楽しくなって、私は笑った。つられたようにハウファも笑う。

やっと笑顔を見せてくれた。

これでようやく本題に入れる。

「ひとつ、訊かせてくれ」

変化を見逃さないよう、私はハウファの目を見つめた。

「貴女はどうして私を庇った？」

ハウファは、はっと息を飲んだ。整った顔が恐怖に歪む。あの夜のことを思い出させるのは心苦しい。けれど、どうしても聞いておきたい。

私は鉄柵を両手で摑んだ。

「人間は自分の利益のため、他者の命を奪うことさえ厭《いと》わない。それが正しいことなのだと私は教えられてきた。なのに貴女は違った。貴女は私を殺そうとしなかった。それどころか、私に生きろと言った。貴女にとって私は障害でしかないのに」

どうして私を置いて逃げなかったのか。

政敵である私を身を挺して守ろうとしたのか。

「貴女は、なぜ私を庇ったのだ？」

ハウファは視線を逸らした。

私は彼女の答えを待った。

黙って待ち続けた。

「あの時は、咄嗟に体が動いてしまったのです」

ハウファは顔を上げた。口元に強ばった微笑みを浮かべる。

「子供を守るのは大人の務めですから」

「――そうか」

わかっていた。覚悟はしていた。

それでも――

「子供だから、か」

嘘でもいいから言って欲しかった。

『貴方を愛しているから』――と。

「ハウファ」

今はまだこうして見上げなければ、彼女と目を合わせることも出来ない。この先、身長は伸びても、私達の間に横たわる二十年《サナ》の年月は埋めようがない。

けれど、それが何だというのだ？

「私は光神王になる。王になって貴女を迎えに来る」

私は大人になる。

すぐに大人になってみせる。

だから――

「それまで生きてくれ。死なないでくれ。パラフのようにはならないと約束してくれ」

貴女はそれを望まないかもしれない。でも私は譲らない。心から願えば叶わないことなんて何もない。私はどんな道でも選べる。どんな場所にだって行ける。どんな人間にだってなれる。

そう貴女が教えてくれたから。

「貴女の夢は、私が叶えてみせる」

私は鉄柵の間から手を差し出した。

蒼白な顔で、ハウファは私の手を取った。

傷跡が残る手の甲に、私は誓いの接吻《せっぷん》をする。

「次に会う時は光神王として会いに来る」

「……お待ちしております」

優しい嘘——

今は、それで充分だった。


私は自ら希望して神宿の宮に入った。

そこには歴史学や宗教学の教本や、外交や治世の心得を記した書物が数多く取り揃えられていた。

私は部屋に籠もり、日夜読書に明け暮れた。シャマール卿や、彼が手配した教師達とも討議した。とはいえ、連中に阿《おもね》るつもりはない。大人は容易に嘘をつく。自分達の都合に合わせ、歴史や真実をねじ曲げる。いずれは私のことも権力争いの駒として、利用しようとするはずだ。

だが私が目指すのは聖教会による圧政を廃し、国民達を恐怖から解放する新しい光神王だ。そのために出来ることは何でもする。利用される前に利用する。アライスのように人を引きつけることは出来ないけれど、私には大人にも負けない知恵がある。この国の未来のために自分に何が出来るのか。よりよい世界を作るために自分は何をすればいいのか。私はきっと、その答えを見つけてみせる。

従順で勤勉な王子を装い、周囲の大人達を欺きながら、三年《サナ》が過ぎた。

十歳になった私は、光神王から『神宿』としての証《あかし》を拝領することになった。

上郭の大聖堂で私は久しぶりに光神王と相対した。暗い青の瞳で私を見下ろし、彼はぼそりと呟いた。

「醜いな」

右目の周辺に残った傷跡のことを言っているのだ。

「申し訳ございません」

私は殊勝に頭を下げた。そんな言葉に憤るほど私は子供ではない。この男はパラフを狂気に追い込んだ。心の病にかかったパラフを見舞うこともせず、壊れた道具のように遺棄した。彼を父親だと思ったことはない。愛情や慈悲を望んだこともない。

「こちらをどうぞ」

シャマール卿の誘《いざな》いに、私は前へと進み出た。

祖父が恭《うやうや》しく捧げ持つのは黒革で出来た眼帯、銀の意匠で飾られた光神サマーアの印、私のために作られた『神宿』の証だった。

私はそれを受け取った。自分の右目に眼帯を当て、頭の後ろで金具を留めた。柔らかな革で裏打ちされた眼帯は、長さも大きさもあつらえたようにぴったりだった。

「少しは見られるようになった」

嘲笑を帯びた光神王の声に「ご配慮ありがとうございます」私は再び頭を下げた。「私、ツェドカ・アプレズ・シャマール・サマーアは、次代の光神王を担う『神宿』の一人として、我が主、光神サマーアの御為、日々精進すると誓います」

光神王は頷いた。

「良く励め」

言われなくてもそのつもりだ。

天上郭へ続く階段を登っていく光神王を見送りながら、私は心の中で呟いた。

今のうちに余生を楽しむがいい。

お前の命――そう長くはないぞ。


私が『神宿』の証を得たのと同じ日に、アライスが神宿の宮へとやってきた。

出来ることなら表に出て彼を出迎えたかったが、立場上それは許されない。私は西館に面した部屋に行き、カーテンの隙間から彼の様子を見守った。

三年《サナ》ぶりに見るアライスはずいぶん大人っぽくなっていた。純白の上衣、紫紺の外衣、腰に佩《は》いた宝剣。毛皮で縁取られた天鵞絨《マフマル》のマントがとてもよく似合っている。きらきらと輝く白金の巻き毛は、まるで王冠のようだった。

「勝負だ、アライス」

暗い窓辺に身を隠し、私は宣戦布告した。

「正々堂々と戦おう。どちらが勝っても恨みっこなしだ」

アライスの姿が西館の中へと消えていく。それを見送ってから、私は東館三階にある自室に戻った。

「いやあ、すごいものを見ましたよ」

待ってましたと言わんばかりに、サファルが現れる。

「アライス殿下って、噂通りの人ですねえ。初っぱなからすごい啖呵《たんか》を切ってましたよ」

——啖呵？

「彼が後宮から連れてきた侍女の方、どうやら奴隷階級出身らしいんです」

「ああ、そうらしいな」

アルティヤがハウファの傍を離れるとは意外だった。彼女はアライスよりも、ハウファの傍にいることを望むと思っていた。

「そのアルティヤさんに護衛兵の一人が唾を吐いたんです。そしたらアライス殿下、物凄い剣幕で怒りましてね。『彼女に唾を吐くことは私に向かって唾を吐くのと同じこと。彼女に対する侮辱《ぶじょく》は私に対する侮辱でもある』って叫んで、いきなり剣を抜いたんです」

惚《ほ》れ惚《ぼ》れとしたように、サファルは腕を組む。

「なかなか言えない台詞ですよ、あれ」

「それで、どうなった？」

「犯人を捜し出して、館から追い出すってことで、なんとか収めたようですけど——」

サファルは人の悪い笑みを浮かべる。

「いやもう初日から、何人の敵を作りましたかねえ？」

アライスらしいと思った。変わっていないなと思った。それが羨ましくもあり、腹立たしくもあった。

「お前はどう思う？」私はサファルに尋ねた。「アライスのその行動、自分の立場も鑑《かんが》みず、身内に敵を作った。愚かだと思わないか？」

サファルは意地の悪い笑みを浮かべたまま、片眉だけを持ち上げてみせた。

「私からしてみれば、貴方も同類ですよ？」

「私はアライスとは違う」

「でも奴隷の私によくして下さった」

真顔で返されて、私は言葉に詰まった。

「別に。ただ……利用しているだけだ」

「じゃ、私も遠慮なく利用させて貰います」

悪びれることなく、サファルはひらひらと右手を振る。

「私達の悲願はこの国をひっくり返すこと。貴方なら、それを叶えてくれると信じてますから」

「『私達』──？」

「そう、『私達』」彼は口唇に人差し指を押し当てる。「聖教会によって不当に貶《おと》しめられている者達と思っていただければ結構です」

それが意味することはただ一つ。もし余人に知られたら、私もサファルも命はない。大胆で危うい告白だった。

「貴方のような方に仕える機会なんて滅多にあるもんじゃない。かくなる上は影法師のように貼りついて、貴方がどんな風に夢を叶えるのか、つぶさに拝見させて貰います」

よろしくお願いします──と言って、サファルは道化師のように一礼した。

私は右手で眼帯を押さえ、苦笑した。

まったく物好きな影法師に憑かれたものだ。

『神宿』の証を拝領した私とアライスには、『神宿』の責務が課せられるようになった。

宗教学や歴史学などの受講、討論会への参加、神聖院議会や領主院議会の見学、中でも最も重要視されていたのが礼拝への参加だった。

六日《ヤウム》に一度、光神王は城を下り、バルコニーに立って信徒達の前に姿を見せる。その礼拝に私かアライスのどちらか一方が、同行することになっていた。

礼拝日の朝、私は大聖堂へと向かった。そこでシャマール卿とともに光神王の登場を待った。

奥の扉が開かれ、天上郭に続く階段を光神王が下ってくる。シャマール卿は朝の挨拶もそこそこに、隠し扉の鍵を開け、王の前に道を開いた。

シャマール卿が先頭を行く。その後ろに光神王が続く。私達の足下を照らすのはシャマール卿が掲げる光木灯《こうぼくとう》だけ。なのに光神王の足取りには迷いがない。床板を軋《きし》ませながら細い通路を抜け、階段を下っては右に折れ、さらに進んでは左に折れる。数回通っただけではとても覚えられない。

最初は遅れがちだった私も、回を重ねるにつれ、徐々に暗闇に慣れてきた。気持ちに余裕が出来ると今度は好奇心が湧いてきた。この通路はどうやって出来たのだろう。どこまで続いているのだろう。

そういえば、パラフの恋人アトフは通路の地図を作っていたと聞いた。そんな地図があるのなら、一度この目で見てみたい。サファルに頼めば調達してきてくれるだろうか。あの男、どこにでも入り込み、物事を探り出す能力に長《た》けている。もしかしたら彼一人の力ではなく、『私達』の協力あってのことかもしれないが。

暗闇に光がさした。バルコニーに到着したのだ。

銀の甲冑《かっちゅう》に身を包んだ近衛兵が、整列して光神王を出迎える。

光神王はバルコニーの欄干《らんかん》へと足を進めた。

王城前広場には幾千もの信徒達が集まっていた。光神王の登場に信徒達は平伏し、光神サマーアの印を切る。祈りの声も感激の声もない。空気が鉛に変わったかのような重い沈黙。咳《しわぶき》一つ聞こえない。

光神王は右手の人差し指と中指を自らの額に当て、光神サマーアの印を切った。

「祈り畏《おそ》れよ、光神サマーアは汝《なんじ》らの頭上にあり」

この礼拝に立ち会うようになってから、ずっと疑問に思ってきたことがある。

光神王は光神サマーアの化身だ。信徒である国民が光神王を崇拝するのは当然としても、なぜ彼らはあんなにも怯えているのか。神は信徒を守るために存在しているはずなのに、なぜ民に「畏れよ」と言うのか。

尋ねてみたかったが、光神王への質問は許されない。

現人神である光神王の行いには、すべてに意味があるという。もし疑いを抱くようなことを口にすれば、己の立場を著しく損なう恐れがある。そんな危険な橋を渡る気はさらさらない。

私は光神王の後ろ姿を見つめた。頭上には巨大な時空晶が浮かんでいる。それを通して届く光が光神王の白金の髪を輝かせている。

まるで光神サマーアが光神王を祝福しているようだと思った。

この国でも信徒達でもなく、ただ一人。

光神王、その人だけを。


アライスが神宿の宮にやってきてから一年《サナ》が過ぎた。後宮にいた頃よりも行き来しやすい場所で暮らしているのに、私達はともに遊ぶどころか、顔を合わせることさえ滅多になかった。私が外出を嫌ったせいもある。が、それだけではなかった。神聖院や領主院の議会で顔を合わせても、アライスは決まって目を逸らした。話しかける暇もなく、ばたばたと逃げていってしまう。

「どうやら嫌われているらしい」

ある夜、私がそう言うと、サファルは笑いながら答えた。

「おや、好かれてるとでも思ってたんですか？」

「以前は友達と呼んでくれた」

「以前はね」

サファルは揶揄するように目を細める。

「その友達がいきなり自分の邪魔をし始めたんですよ？　私がアライス殿下だったら、もうそいつのことを友達だとは思いませんねえ」

相変わらず痛いところを突いてくる。

「アライスなら、わかってくれると思っていた」

「まあ、余裕がないのでしょうよ」

サファルは窓の外に目をやる。向かい側に立つ西館。カーテンが閉められ、中の様子を見ることは出来ない。

「でも、それはお互い様ってことで――あれ？」

サファルが首を傾げる。

「どうした？」と問いかけながら、私は彼の視線を追って窓の外へと目を向けた。

中庭は暗く、闇に沈んでいる。注意深く目をこらすと、人影が南館の壁際を横切っていくのが見えた。現在、南館は使われていない。こんな夜更けに人が出入りするのは不自然だ。

「アライス殿下ですよ、あれ」

サファルの言葉に、私は無事な方の目を瞬《しばたた》いた。

「本当か？」

「ええ、私、夜目が利くんです」

そう言いながら、サファルは窓に頬を寄せる。

「あ、南館に入りましたよ？　あやしいなあ、逢い引きかなあ？」

アライスは私と違い、外に出ることを好んだ。暇さえあれば中庭で護衛兵を相手に剣の稽古をしている。それだけでは飽きたらず、エトラヘブ神聖騎士団の訓練にも参加していると聞いた。

神宿の宮の外で彼が何をしているのか、私は知らない。女性と知り合う機会には恵まれていそうだが……なぜだろう、アライスに色恋沙汰《ざた》は似合わない気がする。表情がすぐに顔に出る彼のこと、秘密にしておけるとも思えない。

だとしたら、彼は南館でいったい何をしているのだろう。そもそも護衛もつけずに館を抜け出すなんて、警戒心がなさ過ぎる。私はアライスと正々堂々と戦い、王座を勝ち取りたいのだ。ここまできて足をすくわれるような馬鹿な真似はして欲しくない。

私は椅子の背にかけてあった上着を手に取った。それを羽織り、「行くぞ」と告げる。私達は光木灯を手に東館を抜け出し、南館へと向かった。

南館の正面扉に鍵はかかっていなかった。扉の隙間から中を覗いてみるが、真っ暗で何も見えない。私は扉を押し開き、館の中に入った。黴《かび》と埃の臭いがする。サファルが光木灯の遮光《しゃこう》布《ふ》を取り払った。青白い光が無人の館内を照らし出す。

「これ見て下さい」

サファルが光木灯を床に寄せる。白く積もった埃の上に幾つもの足跡が残されている。大人の靴跡にしては小さい。おそらくアライスのものだ。

私達はそれを辿《たど》って廊下を抜け、食堂に入った。埃除《よ》けの白い布で覆われた長テーブルと椅子。足跡は壁に掛けられたタペストリーの前で途切れていた。

私はタペストリーの端を指で摘み、そっと捲《めく》りあげてみた。

古びた扉があった。

用心しながら取っ手を引く。小さく軋んで扉が開く。暗い通路が伸びている。大聖堂からバルコニーに抜ける秘密の通路と同じだ。

こんなものをアライスはどうやって見つけたのだろう。隠し扉の鍵は光神王と六大主教しか持っていないはずなのに、どうやって扉を開いたのだろう。

「アライス殿下はここに入ったみたいですねえ」

サファルが耳元で囁く。

「どうします？　私達も入ってみます？」

秘密の通路は真っ暗で、迷路のように入り組んでいる。迷いでもしたら出られなくなる可能性もある。危険を冒してまで行くべきではない――と思ったのだが、好奇心が勝った。

「行ってみよう」

私はサファルを振り返った。

「光木灯は置いていけ。アライスに見つかる」

「ですね」と言い、サファルは光木灯に遮光布を被せ、足下の床に置いた。「私が先に行きます。私の方が夜目が利きますから」

私は無言で頷いた。

サファルに続き、隠し扉をくぐった。秘密の通路特有の湿った臭いがする。一歩一歩確かめながら、サファルはゆっくり進んでいく。分かれ道に到達するたび、何かを確認するように足を止める。

何をしているのだろう。もしかして彼は道を知っているのだろうか。私をどこかへ連れて行こうとしているのだろうか。

やがて、かなり広い場所に出た――といっても見えたわけではない。靴音が響くようになったのだ。壁に沿って下り階段が続く。古い木の手摺《てすり》。その向こう側には漆黒《しっこく》の闇が広がっている。

「ああ……ダメか」

サファルが呻《うめ》いた。

「道が途切れています。これ以上、進めそうにありません」

残念そうな声。それを聞いて確信した。やはり彼は私をどこかに導こうとしていたのだ。

「この道はどこに通じているのだ？」私は小声で問いかけた。「そこに私を連れて行くつもりだったのだろう？」

「地の国《トゥホーマ》だと言ったら、信じます？」

「信じない」

「じゃ、秘密です」

ふざけるなと思ったが、あまりに暗くて、彼の顔がどこにあるのかわからない。どのあたりを睨んだらいいのかもわからない。諦めて、私は手摺の向こう側に目をこらした。少し目が慣れてきたのか、暗闇の中にきらきらと光るものが見える——ような気がする。

あれは、何だろう？

「そろそろ戻りましょう」

サファルが私の肩に手を置いた。

「アライス殿下と鉢合わせしたら厄介ですからねえ」

「ああ」と答えた、その時だった。

——……ルカ。

音が聞こえた。

いや、音というより低い唸《うな》り声のような……

――変化ヲ　求メルカ。

「今のは何だ？」

「え、何ですか？」

――ナラバ　オ前ガ　神ニナレ。

今度ははっきり聞こえた。

地を這うような唸り声だ。

「声だ。聞こえただろう？」

「いいえ、何も」

なぜだ。なぜサファルには聞こえないのだ。

足下から、地の底から、こんなにもはっきりと聞こえてくるのに――

「危ない！」

腕を摑まれ、私は我に返った。

いつの間にか、手摺の上に身を乗り出していた。古い手摺はギシギシと不気味な音を立てている。私は慌てて飛び退《の》き、壁に背を押しつけた。

「大丈夫ですか？」

いつになく優しい声でサファルが問いかける。

「歩けます？」

私は無言で頷いた。

「じゃ、帰りましょうか」

サファルは先に立ち、道を戻り始める。

その足音を追って歩きながら、私は先程耳にした声のことを考えていた。

あれは何だったのだろう。

あれが何か、サファルは知っているのだろうか。

問いかけてみたくもあり、訊くのが怖い気もした。

サマーア神聖教国を建国した初代光神王は、イーゴゥ大陸の中心にある岩山にこの王城を築いた。それは岩山の地下に眠る巨大な時空鉱脈を敵国の手から守るためだったという。

この史話が真実かどうかはわからない。

しかし、これだけは確かだ。この王城の地下には、人知を超えた何かがある。

「さ、着きましたよ」

サファルが隠し扉を開いた。

「よかったですね。まだアライス殿下は戻られてないみたい――」

彼の台詞が途中で切れた。隠し扉をくぐり、タペストリーの裏から出て、私はその理由を悟った。

明かりのない食堂。白い布に覆われた長テーブル。その前に一人の女が立っている。

小太りの体。岩のような顔。

アルティヤだ。

「ここで何をしているだか」

彼女は厳つい顔をさらに怒らせ、底光りしそうな目で私を睨んだ。

「何を企んでるだか知らねぇが、アライス様に手出ししようモンなら痛ぇ目みますだよ」

彼女は太い腕を組み、私を睨《ね》めつける。

「王子だろうが『神宿』だろうが、んなこたぁ関係ねぇ。このアルティャヤ、やると決めたら、どんなことでもやってのけるですだよ」

「信じて貰えないかもしれないが――」

彼女の迫力に気圧《けお》されながら、私は小声で言い返す。

「アライスに害をなすつもりはない」

「だったら真実を話して、今すぐ身を引くだよ」

「真実――？」

何のことだ？　と尋ねようとした時、背後から足音が聞こえてきた。

アライスが戻ってきたのだ。

アルティャヤもそれに気づいたらしい。彼女はじりじりと後ずさりながら、太い指で私を指さす。

「隠しても無駄ですだ。このアルティャヤに嘘は通じねぇ。いつかきっと尻尾を摑んでやりますだよ！」

捨て台詞を残し、彼女はドタドタと食堂を出て行った。床に置いた光木灯を拾い上げ、私もその後を追った。外に出て、壁際を走り、東館の自室へと駆け戻る。

「ひゃあ、驚きましたねえ」

サファルが胸をなで下ろしながら言った。

「あれがアルティヤさんですか。いや、おっかない人ですねえ」

「お前──」久しぶりに全力疾走したので、息が切れる。「なんで、言い返して、やらなかった？」

「言い返す？　私が？　無理ですって！」

サファルは大袈裟《おおげさ》に両手を振った。

「だって『アルティヤ』に『サファル』ですよ？　いきなり『駆け落ちして下さい』って言われたら、私、どうすればいいんですか？」

「止めはしない」

「おやまあ、冷たい」

気を悪くした様子もなく、サファルはにやにやと笑う。

「だけどアルティヤさんは、何やらヒミツをお持ちのようですね」

彼は探るような目つきで私を見る。

「調べてみましょうか？」

私は逡巡《しゅんじゅん》した。アルティヤはアライスの味方だ。だとしたら私の敵ではない。私達が戦う相手は他にいる。

「いや、彼女のことはいい。そのかわりアライスが何をしようとしているのか、探りを入れてみてくれ」

そこで言葉を切り、にやりと笑ってみせる。

「もちろんアルティヤに尻尾を掴まれない程度にな？」

「心得ておりますとも」

サファルは胸に手を当て、右足を後ろに引き、大仰に一礼した。

「お任せ下さい、ご主人様」


私の命令通り、サファルはアライスの動向をいろいろと調べてきた。どうやらアライスは秘密の通路を使い、城内の様々な場所に出入りしているらしい。

「正体を隠して民と触れ合うことで、彼らが何を望んでいるのか知ろうとしているみたいです」

サファルは上目遣いに私を見た。

「貴方も少し見習った方がいいですよ？」

私は取り合わず、先を促す。

「――それから？」

「エトラヘブ騎士団の訓練に参加していることはすでにご承知でしょうが、最近、影断ちの剣を貰った様子です」

影断ちの剣。死影に対抗しうる唯一の武器。とても高価かつ稀少であるため、多くの騎士団では正式な騎士の証としてこれを授与する。

「つまり、騎士として認められたということか」

「中庭での訓練を見る限り、それほどの腕前とは思えないんですけどねえ」

腕を組み、サファルはふふんと鼻で笑った。

「でもアライス殿下のことです。『アトフ』を倒すことぐらい、やってのけそうですけどね」

アトフ。斬り殺されたというパラフの愛人。カタカタと鳴る宝玉箱に封じられた闇輝晶。

「その名を口にするな」

私は立ちあがり、低い声で命じた。

「二度と口にするな」

サファルは答えなかった。アライスがいる西館に目を向け、独り言のように呟く。

「忘れられないんですね、彼も」

忘れられるわけがない。あの恐怖。あの無力感。それを乗り越えるため、アライスは一歩ずつ前に進んでいく。

私も負けてはいられない。

すべての現象には原因と結果がある。なぜ死影が発生するのかがわかれば、影断ちの剣がなくても死影を倒す方法が見つかるはずだ。私は神宿の宮にある本をすべて読破した。シャマール卿の許可を得て、文書館にも足を運んだ。どの教師とどんな議論をしても論破されないだけの知識を身につけた。神聖院議会では、特例として発言権を与えられるようになった。

月日は流れ、再び五月《イヤル》がやってきた。

一カ月後《シャハル》、私達は十二歳になる。ついに成人として認められる。神聖院や領主院でも正式な発言権が与えられる。天上郭に部屋を与えられ、望めば后を迎えることも出来る。

そして私かアライス、どちらか一方が光神王の後継者に選ばれる。

「大聖堂から台所まで、王城内はその話題で持ちきりですよ」

呆れたというように、サファルはぐるりと目を廻す。

「賭けをする者もいるくらいです。ものすごいお祭り騒ぎですね」

私は椅子に腰掛《か》け、苦笑した。

「で、どっちの分が良い？」

「上郭から上では貴方の方が人気ですよ。でも中郭から下では圧倒的にアライス殿下ですね」

まあ、そんなところだろう。

だが最終的な決定権を持つのは光神王だ。

光神王は後継者争いにも無関心を貫いてきた。彼の胸中は誰にもわからない。私とアライス、どちらが選ばれたとしても不思議ではない。

「もし後継者に選ばれたら、どうします？」

「選ばれてから考える」と答え、サファルが真顔でいることに気づいた。「と言いたいところだが、戴冠は早ければ早い方がいい。アゴニスタが老衰死するまで待つつもりはない」

「剣呑《けんのん》な王子様だ」

満足そうに笑って、サファルは続ける。

「もし後継者に選ばれなかったら？」

「黒幕になってアライスを操るか、それとも宰相になって彼を鍛えるか――」

そこで、私は天井を見上げた。

「もしくは、ハウファを連れてここから逃げる」

「言いますね」

「私はどんな道でも選べる。どんな場所にだって行ける。どんな人間にだってなれる」

「でも一番なりたいのは光神王——ですね？」

「ああ、もちろんだ」

サファルは私をじっと見つめた。「それ」と言って、右目を指さす。「最近、具合はいかがです？」

「痛みはない」

「ちょっと見せて貰ってもいいですか？」

私は頷いた。

サファルは私の前に立ち、頭の後ろの留め金を外し、眼帯を取った。その下を一目見ただけで、彼の表情が曇る。

「よくないですね。酷使するからですよ」

「お前が言うか？」

「私以外に誰が言える——」サファルが扉を振り返る。素早く駆け寄り、間髪を容れずに開け放つ。光木灯に照らされた薄暗い廊下。そこには蒼白な顔のシャマール卿が立っていた。

「も、申し訳ございません」

彼は私を見ると、怯えたように一歩後じさった。

「話し声が聞こえたので、お邪魔かと思い……」

「それで立ち聞きか？」

私は眼帯をつけ直し、椅子から立ちあがった。

「六大主教ともあろう者があさましいことよ」

シャマール卿に歩み寄る。彼は逃げ出すことも出来ず、脂汗《あぶらあせ》をかきながらその場に立ちつくしている。

「いいか」私は彼を見上げた。「今、ここで見聞きしたことは誰にも漏らすな。もし話せば、お前自身をも滅ぼすことになるだろう」

シャマール卿は首振り人形のように、何度も何度も頷いた。

「行け」

私が言うと、彼はぎくしゃくと走り出す。

その後ろ姿を見つめ、サファルが心配そうに呟いた。

「彼、黙っていられるでしょうかねえ？」

「話せば自分の首を絞めることになる」

私は部屋に戻り、扉を閉めた。

「そこまで馬鹿ではないと信じるしかないな」

「いっそ口を封じてしまうというのは？」

「成人の儀までは駄目だ」

立ち聞きされていることに気づかなかった迂闊《うかつ》さを苦々しく思いながら、私は答えた。

「あれは私の後ろ盾だ。今はまだ失うわけにはいかない」

この時は、そうするのが正しいと思っていた。

けれど——

やっぱり殺しておくべきだったと、その後、私は幾度も後悔することになる。


数日《ヤウム》後のことだった。

その日は礼拝日で、アライスが参加する番だった。

「あれ？」

窓辺に立ち、外を見ていたサファルが声を上げた。

「アライス殿下ですよ？」

私は読んでいた本を机に置き、窓辺に歩み寄った。

向かいの西館からアライスが出てくる。礼拝用の白い上着を着て、腰には影断ちの剣を佩いている。

「少し早くありません？」

サファルは暖炉の上の水時計を見た。彼の言う通り、礼拝にはまだ一時間《サーア》ほどの間がある。

私は窓の外に目を戻した。アライスとアルティヤは脇目もふらず、急ぎ足で北門を出て行く。

つき従う護衛兵は一人きり。

嫌な予感がした。

「——追うぞ」

私は上着を羽織った。部屋を飛び出し、階段を駆けおりたところで、それに気づいて足を止いでいる。

一階の玄関広間にはシャマール卿が立っていた。彼の後ろには護衛兵が並び、扉への道を塞《ふさ》

「そこをどけ」私はシャマール卿を睨み、低い声で命じた。「道を開けろ」

「ですが本日はラマダ伯をお招きして、光神サマーアの奇跡についての討論会を行うお約束です。どうかお部屋に戻り、ご準備下さいませ」

彼の引き攣《つ》った笑みを見て、嫌な予感がさらに強まる。

「貴様、何を企んでいる？」

「はて、何のことでございましょう？」

シャマール卿は目を眇《すが》めた。

「それともアライス殿下に急用がおありですかな？」

ここでアライスの名を出すか。私を牽制《けんせい》するつもりか。この狐《サアラブ》め。

「アライスに何をするつもりだ？」

「すべてはツェドカ殿下の御為でございます」彼は慇懃《いんぎん》に頭《こうべ》を垂れた。「どうかお部屋にお戻り下さい」

その背後に並ぶ護衛兵はシャマール卿の私兵だ。私が「道を開けろ」と命じても、彼らは従わないだろう。押し通るにはサファルの力を借りる必要がある。だがそれは諸刃の剣。強行すれば私に未来はない。シャマール卿にもそれはわかっている。これは彼にとっても大博打《おおばくち》なの

だ。

「サファル——私を受け止めろ」

私は小声で囁いた。

それから、シャマール卿を見て、答えた。

「わかった」

シャマール卿は安堵《あんど》の息を吐くと、振り返り、護衛兵に命じた。

「殿下をお部屋までお送りしろ」

抵抗はしなかった。私は護衛兵を引き連れて、再び階段を登った。三階の自室の扉を開く。部屋に入る。部屋を横切る。窓を開く。窓枠に足をかける。

「ツェドカ様！　何を——」

護衛兵達の叫び声。

無視して、私は飛び降りた。

一瞬の浮遊……そして衝撃。

落下してきた私を抱き止め、サファルは呆れたようにため息をついた。

「貴方って、時々やたら大胆ですよねえ？」

答える間も惜しい。

「行くぞ！」

私は大聖堂へと走った。生きていてくれと、無事でいてくれと、祈りながら走った。廊下を抜け、柱廊を抜けると、正面に大聖堂の扉が見えてくる。

アライスが礼拝に行っている間、アルティャはいつも大聖堂の扉の前に立っていた。その場を片時も離れず、アライスの帰りを待っていた。

けれど今日に限って、彼女の姿はどこにも見えない。

私は扉に駆け寄った。押し開こうとしたが、びくともしない。

「ここを開けろ！」

扉を叩こうと拳を振りあげた時、閂を外す音が聞こえた。

出てこようとする男を押しのけ、私は大聖堂に駆け込んだ。

そこには数人の男達がいた。彼らの足下にアライスが倒れている。ぐったりと伸びた四肢。頭がゆっくりと動き、虚《うつ》ろな瞳が私を見る。

「アライス、無事か⁉」

よかった……まだ生きている。

私はアライスに駆け寄ろうとして、その場に凍りついた。

彼の服が切り裂かれ、裸の胸が露《あらわ》になっている。細い首、柔らかな曲線を描く鎖骨、息遣いとともに上下する丸みを帯びた白い双丘——

幼い頃、私達は双子のようだった。顔は鏡に映したようにそっくりで、身長もほぼ同じ。異なるのは髪と瞳のわずかな色の違いだけだった。

なのに、いつの間にか私の方が背が高くなっていた。肩幅も広くなり、声も低くなっていた。だがアライスは声変わりもせず、身長もあまり伸びなかった。その頬は滑らかで、唇は可憐な花のように色づき、襟から覗く首筋は白くほっそりとしていた。

年齢を重ねるにつれ、蕾《つぼみ》が花開くように美しくなっていったアライス。気づいて然《しか》るべきだった。

アライスは——女だったのだ。

その可能性を失念していたのは、アライスの頑固なまでの一途《いちず》さが、どんな困難をも撥《は》ね飛ばす気概が、私が女に抱く『弱い生き物』という概念から遠くかけ離れていたからだ。

「殿下、何故《なにゆえ》ここに——？」

男の一人が戸惑いの声を上げた。彼の顔には見覚えがあった。平民の服を着ているが、彼はシャマール神聖騎士団の騎士だった。

シャマール卿はかねてからアライスの性別に疑念を抱いていたのだろう。アライスの性別を確かめ、女ならそれを暴露せよ、男ならば殺害せよと、配下の騎士に命じたのだろう。

彼がここまで思い切った手段をとったのは、私の右目を見たからだ。光神王になる者は完全でなければならない。シャマール卿は私を見て、危機感を抱いたのだ。

私のせいだ。

私が油断したせいだ。

私はアライスを助け起こした。嚙まされていた布をほどき、手首を縛《いまし》めていた上着を解く。アライスは人形のように動かない。切り裂かれたシャツがずり落ち、丸みを帯びた肩と胸のふくらみが露になる。私は目を逸らした。上着を脱ぎ、アライスに羽織らせる。

アライスはびくりと肩を震わせた。急いで上着に手を通す。ぶるぶると手が震え、釦《ぼたん》がはめられないでいる。青ざめた頬、色のない唇、恐怖に強ばる薄い肩。

不意に胸が苦しくなった。

女であることがばれたら、自分だけでなくハウファやアルティヤも殺される。その重責を背負って、アライスは今まで生きてきた。第二王子でありながら第一王子である私に怯《ひる》むことなく、女でありながら男である私と正面から渡り合ってきたのだ。

生まれ順や性別なんて関係ない。

私はお前と戦いたい。

正々堂々と戦って、王座を勝ち取りたい。

私はアライスの前に膝をつき、上着の釦を一つずつ留めていった。襟元まできっちりと留め終えてから、立ちあがり、周囲の男達を見廻した。

「お前達、シャマール騎士団の者だな？」

答えはない。

「これは光神王に対する反逆だ。その命、ないものと思え」

「ですが殿下もご覧になられたはず」男の一人が反論した。「アライス殿下は女です。恐れ多くも光神王を欺いていたのです。反逆罪に問われるのは私達ではなく、アライス殿下の方です」

「それを決めるのは光神王であって、お前ではない」

出来る限りの威厳を込めて断言する。

「父王には私が話す。お前達はここで見聞きしたこと、その一切を胸の内だけに留めよ」

「このような者を、なぜ庇われるのです！」

「お前が知る必要はない」

「ですが――」

「黙れ！　意見など求めてはいない。お前達は黙って私の命に従えばよいのだ！」

男は押し黙った。反抗的な目で私を睨み、口調だけは慇懃に申し出る。

「失礼ながら、承伏いたしかねます」

「私の命令が聞けないというのか？」

「申し訳ございません」男は頭を下げた。「我らはシャマール卿に忠誠を誓った神聖騎士。我が忠誠はシャマール卿にあります。いくら殿下のお言葉であっても、シャマール卿の利を損ねるようなご命令に従うことは出来ません」

こんな状況だというのに、笑い出しそうになった。

私は館に籠もって本を読み、教師にも負けない知性を身につけた。知恵と知識が私の武器。それを鍛え抜けば王になれると信じていた。人と交流を持つ時間があったら一冊でも多くの本を読もうとした。大人達を適当にあしらい、敵を作らないかわりに、信頼に足る味方も作らなかった。

その結果がこの様《ざま》だ。

臣下の者達でさえ、私は思うように動かせない。

「そうか――」

私は視線を下げ、男の隙を窺った。

「ならば、仕方がない」

私は右手を伸ばし、彼の腰帯から短剣を抜き取った。そのまま数歩退き、間合いを取る。

「殿下――」

男は哀れむような目で私を見た。ため息をつき、右手を差し出す。

「そのような短剣一つで、我らを倒せるとでもお思いですか？」

私に剣術の覚えはない。五人の騎士を相手にしてかなうわけがない。

そんなことは初めから承知している。

「いいや」私は短剣の刃を喉に当てた。「だがお前の剣で私が傷つけられたとなれば、シャマール卿とて黙ってはいないだろう」

男の顔が強ばった。殺気立った目で私を睨み、私に向かって一歩踏み出す。

「殿下、馬鹿な真似はお止め下さい」

「動くな」

周囲の騎士達を牽制しながら、私はアライスに呼びかける。

「アライス、立つんだ」

返事はない。

立ちあがる気配すらない。

「しっかりしろ、アライス！」

私は語気を強めた。そうしている間にも騎士達は輪を狭めてくる。一気に飛びかかられたら打つ手はない。

「逃げるんだ。抜け道を使え。鍵を持っているだろう？」

「逃げてどうしろというんだ」掠れた声が弱々しく呟く。「私は王にはなれない。国を変えることも、母を救うことも出来ない。逃げて、生き延びて、この先どうしろというのだ」

「諦めるな！」

お前から、そんな言葉は聞きたくない。

「お前が心から願えば叶わないことなんて何もない。お前はどんな道でも選べる。どんな場所にも行ける。どんな人間にだってなれる」

お前は、私の好敵手であるアライスは、こんなことぐらいで弱音を吐いたりしない。どんな逆境も撥ねのけて、前へと突き進む。なぜならお前は王の資質を持って生まれたから。お前は王になるために生まれたのだから。

「なのにお前は、これしきのことで自分の時空を投げ出してしまうのか！」

アライスが呻いた。影断ちの剣を拾って立ちあがる。

「母さまを迎えに行かなきゃ――」

「ハウファのことは私が守る」

騎士達に目を向けたまま、私は言った。

「必ず守る。約束する」

「しかし――」

「行ってくれ、アライス！」

お前をこんな所で死なせたくない。お前はこんな所で死んではいけない。

「早く！　早く行け！」

私の声に押されるように、アライスは走り出す。

「アライス殿下を逃がすな！」

男が叫んだ。その命令に従い、騎士達がアライスの後を追おうとする。

「待て！」

彼らを止めようと動いた瞬間、男が私に駆け寄った。抵抗する間もなく、手から短剣がもぎ取られる。

「殿下の行動はシャマール卿にご報告させていただきます」

男は短剣を腰帯に戻した。

「どうかお覚悟を」と言い捨て、足早に大聖堂を出て行った。

「とんでもないことになりましたねえ」

サファルが私の顔を覗き込む。

「大丈夫ですか？」

今まで何をしていた！　と叫びそうになった。

焦りと怒りを飲み込んで、彼に命じる。

「アライスを助けろ」

「どうやって？」

「自分で考えろ！」

怒鳴りつけ、私は大聖堂の出入口に向かう。

「私はハウファのところへ行く」

「待って下さい」サファルが私の腕を摑んだ。「貴方を一人には出来ません」

「放せ」

「傍を離れるわけにはいきません」

サファルは細い目をますます細めた。

「貴方だって、もう気づいてるんでしょう？」

ああ、わかっているとも。お前が言いたいことも、自分が反逆者を庇ったということも、今まさに反逆者を逃がそうとしていることも、それが発覚すれば私の命も危ういということも。

「ついてこい」

私は隠し扉に向かった。扉をくぐり抜けようとして、鍵穴に差し込まれている鍵に気づく。見慣れた鉄製の鍵ではない。堅い木で出来た鍵だ。

いつの間にこんなものを？　いや、考えるのは後だ。

私は木の鍵を帯に挟み、秘密の通路に入った。

角を二つ折れ、階段が交差する場所に出ると、前方に光木灯の明かりが見えた。アライスを追うシャマールの騎士達だ。

「サファル、あいつらをなんとかしろ」

彼は目を剝いて私を見た。

「――本気ですか？」

「いいから早くしろ！」

サファルは顔をしかめた。

「どうなっても知りませんよ」呟きながら、私の前に出る。「貴方はここで待っていて下さい」言われた通り、私は足を止めた。闇の中、サファルの気配が遠ざかる。

数秒後《タニヤ》、湿った空気がピリピリと震えた。

何だろうと思った瞬間——

耳を聾《ろう》する爆音が響き渡った。通路が揺れ、岩の破片が降ってくる。暗闇に光がさし込む。壁の一部が崩れたらしい。もうもうと土煙が舞いあがり、目も開けていられない。埃を吸いこみ咳き込んでいると、誰かが私の手を摑んだ。

「こっちです」

サファルに手を引かれ、私は目を閉じたまま通路を走った。

「もう大丈夫ですよ」

目を開く。私は大聖堂に戻っていた。

「急ごう」

私は大聖堂を出て、後宮へと向かった。

あの男から報告を聞けば、シャマール卿は何が何でもアライスを捕らえようとするだろう。ハウファにも兵が差し向けられるはずだ。アライスが女であることをハウファとアルティヤが知らないはずがない。本来の性別を偽って『神宿』を育てたとなれば、反逆罪に問われるのは間違いない。捕まれば極刑は免《まぬが》れない。

私はアライスに約束した。「ハウファのことは私が守る」と。たとえ『神宿』の証を取り上げられることになっても、反逆者として処刑されることになっても、ハウファだけは逃がさなければ！

柱廊を横切り、細い石橋を駆け抜けた。後宮の前庭に出る。踏み倒された野草が目に入る。近衛兵達が通った跡だ。

私は前庭を突っ切り、後宮の鉄門扉を両手で摑んだ。力一杯押しても開かない。鍵が閉まっている。

鉄門扉の向こう側、数歩先の床に一人の老女が座り込んでいる。

後宮の女官長ファローシャだ。

「開けろ！」

鉄門扉を揺らし、私は叫んだ。

「ファローシャ！　ここを開けろ！」

聞こえていないはずはない。なのに老女はすすり泣くばかりで顔も上げない。

「女は闇に属します。後宮は女が子を産む不浄の場所。光神サマーアの庇護から外れた呪われた場所。正気でいられるはずがないのです。ましてや健やかな王子を生み育てることなんて、出来るはずがないのです。そんな者がいるとしたら、それは邪教徒に違いない。この穢れた場所で正気を保っていられるのは、闇王ズィールの信徒だからに違いない」

女官長は皺深い手で顔を覆った。

「それを証明するためだと言われ——従うしかなかったのです」

「お前か！」私は女官長に向かって叫んだ。「お前がハウファを陥《おとしい》れたのか！」

女官長は床に平伏し、両手で頭を抱える。

「ああ、光神サマーア。私は嘘をつきました。どうかお許し下さい」

「許すものか！」力まかせに鉄門扉を揺さぶる。「今すぐここを開けろ！　でないとお前を地の国《トゥホーマ》に叩き落とすぞ！」

女官長はのろのろと顔を上げた。憔悴《しょうすい》しきった顔、泣き腫らした赤い目、彼女は立ちあがった。焦《じ》れったいほど緩慢な手つきで鍵を取り出し、鉄門扉の鍵穴に差し込む。

ガチン……と錠の開く音がした。

私は鉄門扉を開き、後宮へと駆け込んだ。廊下を抜け、空中庭園を抜け、第二離宮に飛び込む。膝はがくがくと震え、心臓は喉から飛び出しそうに暴れている。頼むから間に合ってくれと念じながら廊下を進む。

広間に出た。

正面のテラスに近衛兵が群がっている。

その先にハウファがいた。彼女は欄干の上で、舞台女優のように一礼する。

「待て——」

私はテラスへと走った。

艶やかな笑顔のまま、ハウファは欄干を蹴る。

近衛兵を突き飛ばし、私は彼女に駆け寄った。精一杯身を乗り出し、ハウファの手を摑もうとした。

「ハウファ——！」

届かない。手が届かない。ハウファが遠ざかる。その唇が何かを呟く。でも聞こえない。何も聞こえない。

「ハウファァァァ――‼」

下郭の建物の白い屋根。白い花が深紅に染まる。目を逸らしたいのに逸らせない。瞬きさえも出来ない。

体が傾ぐ。落下しかけた私の帯を誰かが摑み、テラスへと引っ張り上げた。

「急げ！　生死を確認するんだ！」

「無駄だ。この高さだ。助かるまいよ」

「結局、この女も狂ってたってことか」

嘘だ。嘘だ。ハウファは狂ってなどいない。死んでなどいない。必ず守ると約束した。迎えに行くと約束した。死ぬはずがない。数秒《タニヤ》前までここにいた。微笑んでいた。死ぬはずがない。死んでいるはずがない。

ハウファ、動いてくれ。起き上がってくれ。もう一度、私の名前を呼んでくれ。

お願いだ、ハウファ。

これは夢だと言ってくれ。

気づけば、私一人、居間の長椅子に座っていた。

誰もいない部屋には静謐《せいひつ》が満ちていた。テーブルにはハウファが読んでいた本が残されている。

数時間《サーア》前まで彼女は生きていた。繊細な指で本の頁《ページ》を捲り、美しい紫紺の瞳で文字を追っていた。あの本に触れたなら、彼女の温もりが感じられそうな気がした。振り返れば、そこに彼女が立っているような気がした。

けれど、彼女は戻らない。

ハウファは死んだ。

死んでしまった。

間に合わなかった。助けられなかった。何も出来なかった。私の指をすり抜け、彼女は逝《い》ってしまった。あの美しい黒髪も、慈愛に満ちた眼差しも、柔らかな手も、すべて失われてしまった。もうどこにもない。もう二度と触れられない。もう二度と戻らない。もう二度と彼女を抱きしめることは出来ない。

「──嫌だ」

堰《せき》を切ったように涙が溢れた。

「ハウファ、戻ってきてくれ」

後から後からこみ上げてきて、止まらなかった。

「嫌だ──こんな風に貴女を失うなんて嫌だ」

還《かえ》ってきてくれ、戻ってきてくれと、子供のように喚いた。もっと急げばよかった、もっと手を伸ばせばよかったと、後悔に身を捩《よじ》った。長椅子の上に倒れ、私のせいだと叫んだ。自分を責め、神を呪い、泣《サーア》いて、泣《サーア》いて、泣き喚いた。声が嗄《か》れ、眼球が熱を帯び、頭痛で吐き気がしてくるまで、何時間も何時間も泣き続けた。

いつしか天の時空晶は赤く染まっていた。夕闇がそこまで迫ってきていた。それでも私は長椅子の上に身を横たえたまま、硬く目を閉じていた。

何も見たくなかった。

もう何も考えたくなかった。

「アライス殿下は城外に逃げたみたいですよ」

サファルの声が間近に聞こえた。

私は目を閉じたまま呻いた。

「――なぜ技を使わなかった?」

「何のことです?」

「とぼけるな」

目を開く。サファルが長椅子の後ろ側から覗き込んでいる。

「『影の技』を使えば、ハウファを救えたはずだ」

私は身を起こした。長椅子の座面に膝をつき、サファルの襟を両手で掴む。

「なぜ彼女を死なせた! なぜ助けなかった!」

激昂《げっこう》する私に、サファルは冷酷な声で答えた。

「助けろと命令されませんでしたので」

殴り倒したいという衝動を堪え、私はサファルを突き放した。彼に背を向け、長椅子に身を沈める。

背後から、わざとらしい咳払いが聞こえる。

「あの場で技を使ったら、影使いであることがばれてました。そうなれば貴方もすべてを失います」

「失うものなど何もない」

ハウファは私のすべてだった。彼女の夢を叶え、彼女を後宮から救い出すことだけが、私の生きる目的だった。ハウファがいなければ、世界のすべては色褪《いろあ》せる。王座も、理想の国も、何もかも。

「この世で一番守りたかったものを、私は失った」

涸《か》れ果てたと思っていたのに、再び目頭が熱くなる。私は左手で目を覆った。

「もう生きている意味もない」

「へぇ、そうですか」

馬鹿にしたような応えとともに、サファルは長椅子の背を飛び越え、私の前に立った。

「なら死んでしまいなさい」

胸倉を摑まれた。吊し上げられ、引き摺られ、乱暴に壁に押しつけられる。

私を見つめる漆黒の瞳。口元に浮かぶ薄笑い。褐色の肌は逆光に陰り、死影のように真っ黒だ。

サファルは私の胸倉を摑んだまま、ぐいと顔を近づける。あまりに近くて、彼の目しか見えなくなる。

「傲慢《ごうまん》――そう、貴方、傲慢ですよ。湯水のように時空を垂れ流したかと思えば、今度は『もういらないから捨てる』？　は！　馬鹿にしてますねえ」

彼の手がじわじわと喉を締める。ゆっくりと息が詰まっていく。

「やめろ……」

「捨てるなら、その時空、私が貰います」

「放せ――」

「で、どこを吹き飛ばしましょう？　鐘楼《しょうろう》？　大聖堂？　光神王もろとも天上郭を潰したら、さぞかし気分がいいでしょうねえ？」

「手を放せ――サファル！」

その瞬間、私は解放された。胸に空気が流れ込む。私は床に両膝をつき、喉に手を当て、貪《むさぼ》るように息を吸った。

「ハウファ様はこの国を変えようとしていました」

淡々とした声が降ってくる。

「彼女の夢を叶えると、貴方、誓ったでしょう？　なら叶えてみせなさいよ。ハウファ様がいてもいなくても、惚れた女の夢でしょう？　叶えてやりなさいよ」

私はサファルを見上げた。彼は少し寂しそうに笑うと、私の胸を人差し指でつついた。

「貴方にはまだ時空が残っているんだから」

ハウファは言っていた。この国の民を圧政と恐怖から解放してくれる、そんな光神王を誕生させることが私の本願だと。もし私がその夢を叶えてみせたら――ハウファは天の国《アッサマーア》から私を誉めてくれるだろうか？

「よくも主人の首を絞めたな」

私は手の甲で口元を拭《ぬぐ》った。立ちあがろうとしたが、足が萎《な》えて立てない。サファルを睨みつけ、私は言った。

「この仕打ち、覚えておくからな」

「ええ、また死にたくなったら言って下さい」

サファルは厭味《いやみ》なくらい、にこやかに笑った。

「今度こそきっちりと息の根止めてあげますよ」

私はそれを鼻で笑い飛ばした。

「部屋に戻る。サファル、手を貸せ」

サファルは私を引き立たせた。私の腕を自分の肩に廻して歩き出す。居間を出て、広間を横切り、廊下を途中まで進んだ。

「待て」と私は言った。「ハウファの部屋に寄りたい。何でもいい。彼女の形見が欲しい」

サファルは何も言わず、廊下に面した扉の一つを開いた。整えられた寝台。簡素な家具と数冊の本。そのほとんどが演劇の台本だった。

私はその一冊を手に取った。ぱらぱらと頁を捲る。所々に書き込みがある。台詞の一つ一つに解釈が書き添えられている。

もしかしてハウファは役者になりたかったのだろうか。まるで舞台の幕を引くように、優雅に一礼した彼女。その最期を思い出し、私は歯を食いしばる。

「あれ、なんでしょうかねえ？」

サファルの声に振り返る。彼は私を見て、壁と寝台の間にある細い隙間を指さした。

「なんか本みたいなのが落ちてるんですけど？」

私は隙間を覗き込んだ。サファルの言う通り、一冊の本が落ちている。手をねじ込み、拾い上げようとしたが、狭すぎて指が届かない。

「サファル、取ってくれ」

「やれやれ世話の焼ける王子様ですねえ」

ぼやきながら、彼はそれを取り上げる。

「はい、どうぞ」

革表紙の表面が剝離《はくり》し、茶色い粉が手に貼りつく。かなりの年代物だ。

私は表紙を開いた。古紙の臭いがする。変色した紙がパリパリと音を立てる。最初の頁に書かれていたのは、流麗《りゅうれい》な手書き文字だった。


『イーゴゥ国　ファディラ・エトラヘブ手記』


イーゴゥ国、それはサマーア神聖教国の前身。イーゴゥ大陸に複数の国が存在していた時代、大陸の中心にあった国の名だ。

私はさらに頁を捲った。手記とあるように、その内容はイーゴゥ国の重鎮エトラヘブ伯による直筆の覚え書きだった。

綴《つづ》られた手書き文字。それを目で追ううちに、私はこれがとんでもない本であることに気づいた。

誰かに見られてはならない。誰にも悟られてはいけない。

私は本を閉じた。椅子にかけてあった白い肩掛けを拝借し、本を包む。それを脇に抱え、サファルを見上げる。

「戻るぞ」

王城内はいまだ騒然としていた。その混乱に乗じ、私は神宿の宮に戻った。自室の扉に鍵をかけ、サファルに「誰も近づけるな」と命じてから、机の上に光木灯を置き、改めてエトラヘブ伯の手記を開いた。

夜を徹し、私はそれを読んだ。読み終わると、初めに戻ってもう一度読み直した。

はるか昔、イーゴゥ大陸は無人の大陸だった。その中心にイーゴゥ国を建国した人物。それが『神祖』と呼ばれる男ズイール・シャマールだ。秩序のない混沌とした時代に、彼は神の声を聞き、その教義をもって国を治めた。

曰《いわ》く――

『何人《なんぴと》たりとも他人の時空を奪ってはいけない。

何人たりとも自分の時空を奪われてはならない』

当時、天に光神サマーアはなく、聖教会も存在しなかった。影使いは貴重な労働力として人々に頼られ、同じ町村で平穏に暮らしていた。

第十二代イーゴゥ国王サマーア・シャマールの時代、イーゴゥ大陸の中心に眠るという巨大な時空鉱脈を狙う周辺諸国がイーゴゥ国に侵攻してきた。イーゴゥ国は滅ぼされ、人々の敬愛を集めていた女王サマーアも殺された。

救援を率いて王都に駆けつけたエトラヘブ伯は、王城の瓦礫《がれき》の中で、女王サマーアの護衛を務めていた彼女の従兄《いとこ》アゴニスタと再会する。

アゴニスタは神の業を身につけていた。彼は岩の雨を降らせ、自分に刃向かう者達を打ち殺していった。そしてイーゴゥ大陸を統一し、サマーア神聖教国の王として戴冠した。彼は自らを光神王と呼び、現人神であると宣言した。

『光神サマーアは汝らの行いを監視する、唯一にして絶対の神だ。もし汝らの信仰が揺らげば光神サマーアは砕け、直ちに汝らを打ち殺すだろう』

神の業を目《ま》の当たりにしてきた人々の畏怖《いふ》と恐怖は凄まじかった。天空の光神サマーアは人々の恐怖を糧に巨大化していき、ついにはイーゴゥ大陸の上空を覆い尽くすに至った。

エトラヘブ伯は綴る。アゴニスタが使う神の業は影使い達の使う影の技に似ていると。ゆえに光神王は影使い達を恐れたのだろうと。アゴニスタは聖教会を組織し、影使い狩りを始めた。影使い達を領内に匿《かくま》ったエトラヘブ伯も王城に幽閉された。処刑の日が近づく中、エトラヘブ伯は地下牢でも手記を書き続けていた。

『尋常ではない体の老化。それは影使い達と同じだ。やはりアゴニスタは影に憑かれているのだ。だが影が具現化した姿というには、光神サマーアはあまりに巨大すぎる。それに影は、それを使役する影使いにしか見えないはず。なのにあの光神サマーアは万人の目に映る』

『おそらくあれは知っていたのだろう。影使いの母親から生まれた子は、影を背負って生まれてくる。影憑きは、やがて正気を失い、鬼と化す。万が一生き残ったとしても、影に時空を喰われ、常人よりも早く歳老いる。あの光神サマーアが影の作り出した幻なのだとしたら、それを維持し続けるためには相当な時空が必要となる。だが影憑きには、それを支えるだけの時空がない』
『神祖の時代よりイーゴゥ山は神域とされ、生きた者が登ってはならぬと言われてきた。そこにアゴニスタは王城を再建させた。イーゴゥ山の地下に眠る巨大な時空鉱脈を守るためだというが、それだけではあるまい。イーゴゥ山に王城を建てることで、アゴニスタは何かを隠そうとしているのだ』

私はエトラヘブ伯の手記を閉じ、その表紙に手を置いた。

天に浮かぶ光神サマーア。あれは神ではなく、人々の恐怖が具象化されたものだという。それを維持しているのが代々の光神王が使役する影だという。これが事実なのだとしたら、聖教会の主張は根底から覆《くつがえ》される。

ハウファはこの手記こそが真実だと信じた。だから彼女は新しい王を育てようとした。天に浮かぶ時空晶を消し去るため、民衆に希望と救いをもたらす新しい光神王を求めたのだ。

これで謎が一つ解けた。が、まだ疑問は残る。ハウファはこの手記をどこで手に入れたのだろう。文書館だろうか。いや、それはない。それなりの身分さえあれば誰でも閲覧出来るような場所に、こんな禁書を置いておけるわけがない。

だとしたら――

この本はいったいどこから来たのだろう？

翌日、アライスの捕縛に赴《おもむ》いていた神聖騎士団が王城に帰還した。

アライスがどうなったのか。私には誰も知らせてくれなかった。

私はサファルに命じ、詳細を探らせた。

昼過ぎになって、サファルが戻ってきた。

「神聖騎士団はシャマール領の南西にある森、通称『悪霊《シャダイ》の森』でアライス殿下を捕縛。その際、殿下が激しく抵抗したため、やむなくその場で殺害したということです」

私は大きく息を吐いた。

信じられなかった。

あのアライスが、そう簡単に死ぬわけがない。

「どうやら信じてないみたいですねえ？」

私の顔色を読んだらしい。サファルは興味深そうに首を傾げる。

「腹違いとはいえ兄妹ですからねえ。何か感じるものがあったりするんですかねえ」

その通りと、私は頷く。

「根拠はない。ただ感じるのだ。まだアライスは生きていると」

ふうん……とサファルは呟く。

「『共有』みたいなものかな？」

「『共有』？」

「影使いの技の一つです。二人の人間が一つの死影に同じ名前をつけ、それを『共有』するんです。使える時空が倍になるんで、その分長生き出来ますが、不便ですよ？　影を共有する二人が影の有効範囲、およそ三十ムードル以上離れると、影を呼び出せなくなったりね」

詳しいな……と言おうとして、止めた。影使いの技について、記した書物は王城にはない。だがそれは影使いにとって、知っていて然るべき知識なのだろう。

黙り込んだ私に向かい、サファルは問いかける。

「けど、どうでしょうねえ？　王城しか知らない、馬の扱い方もよくわからない子供が、神聖騎士団の追撃を振り切って逃げるのは、ちょっと難しいんじゃないですかねえ？」

「一人ならな」

私は間を置き、探るようにサファルを見る。

「でも、アルティヤがいた」

サファルは驚いたように片目を閉じた。

「おや、気づいてましたか」

「ああ」私は窓の外に視線を向けた。「彼女は影使いだった」

影使いが王城に来るなんて自殺行為だ。命を懸けてでも彼女は守りたかったのだ。

ハウファを、そしてアライスを。

「しかし、ハウファの侍女とはいえ、影使いがよく王城に入り込めたものだな」

「『影憑き』という奴でしょうね」物知り顔でサファルは言う。「影は血を媒介《ばいかい》して人に寄生する。影使いの母から生まれた子は影に憑かれる。一人の時空に押し込められた二つの意識。それは限られた時空を奪い合い、相手を消滅させようとせめぎ合い、やがては時空を使い果たして――」

「鬼《グル》になる？」

サファルは頷く。

「逃れるには夢を見るしかない。人の持つ時空は限られているけれど、そこから生まれる夢は無限に等しい。だから影は人の夢を喰う。夢を喰うことで時空を得るんです」

彼はそこで珍しく沈鬱《ちんうつ》な顔を見せた。

「第二離宮のテラスにはアルティヤさんの服が残されていました。おそらくアルティヤさんは残った時空のすべてを使って、アライス殿下を助けたんでしょう」

私もそう思う。けれど彼女はハウファの守護者だ。どちらか一方しか救えないのなら、アライスでなくハウファを選ぶと思っていた。

「アルティヤはどうしてハウファでなく、アライスを助けたのだろう」

私の呟きに、サファルはわざとらしく目を剝いた。

「貴方って、時々ものすごく馬鹿なことを言いますよね？」

サファルの雑言《ぞうごん》には慣れていたが、馬鹿と言われていい気はしない。私は彼を睨んだが、サファルは意に介さず、涼しい顔で言ってのける。

「貴方だってアライス殿下を先に助けたじゃないですか」

言われて初めて、それに気づいた。

あの時、私は咄嗟にアライスのことを優先した。なぜかなんて覚えていない。ただこんな所で死なせたくないと思ったのだ。

王の資質。私が心から欲するもの。それを持っているアライスが、そう簡単に死ぬはずがない。

　そこで私は、あることに気づいた。

「神聖騎士団はなぜアライスの遺骸を遺棄した？　アライスが女だったことを証明するには、証拠が必要となる。たとえ命なき死体であったとしても、持ち帰るのが筋ではないのか？」

「じゃ、確かめてみたらどうです？」

　意外な提案に、私はつい問い返してしまった。

「どうやって？」

「それを使って」

　彼は私の腰のあたりを指さした。

　昨日から着替えていない皺だらけの長衣、腰帯に木の鍵が挟み込まれている。アライスが残した木製の合鍵だ。私がそれを手に取ると、サファルは挑発的な笑みを浮かべた。

「たまには自ら動かないと。座って待っているだけじゃ誰も助けてくれませんよ？」

　言い返したかったが、彼の言う通りだったので黙っておいた。

　王城が落ち着きを取り戻せば、私は審問会にかけられるだろう。残された『神宿』は私一人。反逆罪に問われ、処刑される可能性は低いが、皆無とは言い切れない。最終的な判断を下すのは、あの光神王だ。

「動くなら、早い方がいいな」

「そういうことなら、私にいい考えがあります」

　サファルの言ういい考え。それは女官に化けて、アライスを斬ったと主張する神聖騎士に会いに行くというものだった。

「化けるにしても、なぜ女官なのだ？」

「顔を隠せるからに決まってるでしょう」

王城で働く女達は慣習に従い、薄衣で顔を隠すことが不文律になっている。例外は王妃だけ。中には不文律を無視する者もいなくはないが——そんな強者《つわもの》、私はアルティヤしか知らない。

私は女官の姿に身をやつし、南館の隠し扉から秘密の通路に入った。闇に没した通路、幾つもの分かれ道、サファルは迷うことなく歩いていく。

「道を知っているのか？」

「いいえ。でも私、夜目が利きますから」

夜目が利くも何も、こう真っ暗では何も見えないと思うのだが。

「このあたり、かな？」

サファルが隠し扉を開いた。

辿り着いたのは物置だった。聖教会の紋章が入った甲冑や盾が所狭しと積みあげられ、石壁には影断ちの剣がずらりと並んでいる。床に置かれた兜《かぶと》を蹴飛ばさないように気をつけながら、私は物置を横切り、正面にある扉を開いた。

薄暗い廊下。人がいないのを確かめてから、私はするりと物置から出た。

「こっちです」

サファルが手招く。彼に続いて歩いていくと、行く先から人の声が聞こえてきた。薄暗い廊下に光が漏れている。薄く開いた戸の隙間から、部屋の中を覗き込む。

狭い部屋には蒸気が溢れていた。部屋の中央には湯桶が置かれ、半裸の男が二人、笑いながら話している。

「あれがアライス殿下を斬ったと主張しているシャマール神聖騎士、右がラード、左がツィーダです」

耳打ちし、サファルは私の背を押した。

「では王子様、健闘を祈ります」

私は木戸を押し開いた。突然の侵入者に二人の男は身構えた。が、女官姿の私を見て、すぐに警戒を解く。

「何の御用です、女官さん？」

口先だけは丁寧にラードが尋ねた。締まりのない唇に好色そうな笑みが浮かんでいる。

私は木戸を閉じ、男達と向かい合った。

「お前達に訊きたいことがある」

私の声を聞いて、ツィーダは首を傾げた。女にしては低い声だと思ったのだろう。戸口の外にはサファルが控えている。多少の物音なら彼がなんとかしてくれるだろうが、下手に騒がれるのは得策ではない。

「アライスを斬ったというのは本当か？」

単刀直入に私は尋ねた。

「だとしたら、なぜ遺体を持ち帰らなかった？」

二人の顔に緊張が走った。声を潜めて何かを言い交わす。警戒するツィーダに、ラードが

「たかが女官一人じゃないか」と言い返す声が聞こえる。

「話し合いは終わったか?」

私が問うと、ラードは腰巻き姿のまま私の前にやってくる。息が酒臭い。顔が赤いのは蒸気のせいだけではないようだ。

「訊きたいか?」彼は素早く私の手首を摑んだ。酒臭い息を吐きながら、私の腰帯に手をかける。「なら大人しく股《また》を開きな?」

瞬間、恥辱と怒りで息が詰まった。

聖教会を守護する神聖騎士が勤めの最中に酒を飲む。それだけでもあってはならないことなのに、彼は私に——王城で働く女官に向かい、体を売れと言ったのだ。

神聖院の議会に参加するたびに感じてきた。光神サマーアの威光を笠に着た聖教会の傲慢、神聖騎士達の堕落、民が光神サマーアを忌み、恐れる理由。その一端がわかった気がした。

「お前のような下郎《げろう》が騎士を名乗るなど、騎士に対する冒瀆《ぼうとく》だ」

ラードの目が剣吞な光を帯びた。かと思うと、彼はいきなり私の頰を張った。目の前に火花が散り、一瞬、視界が暗くなる。

「偉そうな口を叩くな! たかが女官のくせに!」

床に倒れた私にのしかかり、顔を隠していた薄衣を剝ぎ取る。

私の顔を見て、ラードは驚きに目を見張った。

「お、お前は——」

彼が言い終わらないうちに、私は叫んだ。

しになる。

つむじ風のようにサファルが飛び込んできた。両手に一刀ずつ、黒い短刀を握っている。それを一閃《いっせん》したかと思うと、ラードの喉が血を吹いた。彼の手から力が抜け、体がごろりと横倒しになる。

「サファル！　来い！」

ラードの体を押しのけ、私は立ちあがった。

同僚の血に塗れた私を見て、ツィーダは後じさった。忙しく目を動かし、逃げ道を探している。これが神聖騎士かと思うと吐き気がした。彼を怒鳴りつけたいという衝動にかられるが、今はそんなことをしている場合ではない。

「アライスを斬ったというのは本当か？」

ツィーダの前に立ち、私は問いかけた。

「本当にアライスを殺したのか？」

「そ、そうです」

追及から逃れようとツィーダはさらに後ずさった。狭い室内だ。すぐに壁に突き当たる。

「ではなぜ遺体を遺棄した？」

「持ち帰れなかったんです！」

泣きそうな声でツィーダは叫んだ。顔は青ざめ、酔いもすっかり覚めてしまったようだ。彼は私を凝視し、震える声で告白する。

「み、見つけたのは服だけです」

「遺体を確かめたわけではないのだな？」

騎士は必死に頷く。顔を引き攣らせ、媚《こ》びるように笑う。

「ご安心下さい。悪霊《シャダイ》の森は死影の巣。あんな傷を負って悪霊《シャダイ》の森に入ったんです。反逆者は死影に喰われて死んだに違いありません」

反吐《へど》が出るほど腹が立ったが、嘘を言っているようには見えない。

私は確信した。

アライスは生きている。

「サファル」

「ここにおります」

静かな声が答えた。

それに対し、私は命じた。

「後始末を頼む」

それから約一カ月《シャハル》の間、私は神宿の宮で自主謹慎して過ごした。

神聖院議会から呼び出しを受けたのは、成人の儀の六日《ヤウム》前のことだった。上郭にある神聖院の議事堂では五人の大主教が私を待っていた。左右に分かれた壇上。いつも通り、右の壇にはシャマール卿、ラヒーク卿、モータ卿が座り、左の壇にはバデク卿とシェリエ卿が座っている。

エトラヘブ卿の椅子は空席だった。反逆者を手引きしたエトラヘブ卿ラカーハ・ラヘシュは職を解かれ、領地と全財産を没収され、国外に追放された。後任はまだ決まっていない。

大主教達が座る左右の壇。その間に木の椅子が置かれている。誰かに指示される前に、私はそれに座った。シャマール卿は重々しく頷いた。任せておきなさいという意味だろう。まったく余計な世話だ。

程なくして、喇叭《らっぱ》の音が響いた。

大主教達が立ちあがる。私もそれに倣《なら》い、立ちあがって頭を垂れた。

正面の玉座。その背後にある色硝子の扉から光神王が現れる。彼はのろ臭く壇上に上り、焦れったくなるほど時間をかけて着席した。

シャマール卿が一礼し、声高らかに私の罪状を読みあげる。

「神聖にて高貴なる『神宿』ツェドカ・アプレズ・シャマール。殿下は五月《イヤル》の六日、恐れ多くも光神王に反逆を企てた大罪人アライスを庇い、その逃亡に手をお貸しになられました。その後、同じく大罪人ハウファの元に駆けつけ、それを救わんとなさいました」

彼は書簡を閉じ、私に目を向けた。

「この申し立てに対し、異論はございますか？」

「異論はない」

迷うことなく、私は言ってのけた。

「私はハウファに惚れていた。彼女を得たいと思っていた。アライスを庇ったのは、ハウファを失いたくなかったからだ」

場内がざわめいた。六大主教だけでなく、護衛兵も近衛兵もひそひそと何かを囁きあう。

「静粛に」

いささか慌てた様子でシャマール卿は手を叩いた。余計なことを言うなというように、険しい顔で私を睨む。

「では大罪人アライスが女であることは、ご存じなかったのですね？」

「私はアライスと正々堂々と戦い、その上で王座を勝ち取るつもりでいた」

怒りを込めて、シャマール卿を睨み返す。

「アライスの性別を疑ったことは一度もない」

「殿下は真相を知っていたわけでも、反逆行為に手を貸したわけでもない。そうですね？」

「そうだ」

返す返すも口惜しい。もっと早く気づいていれば、貴様らに下らぬ奸計《かんけい》など仕掛けさせはしなかったのに。

「以上です」

シャマール卿は勝ち誇ったように他の六大主教を眺めた。

誰も何も言わなかった。今までエトラヘブ卿を支持していたバデク卿とシェリエ卿も口を噤《つぐ》んでいる。シャマール卿は政敵エトラヘブ卿を追い落とし、絶対的な権力を手にした。彼に異議を申し立てられる者はもう誰もいなかった。

シャマール卿は光神王に向かい、深々と頭を下げた。

「陛下、これにてツェドカ殿下の身の潔白は証明されたと考えます」

光神王は目を閉じていた。居眠りしているようだった。

「面白い」

目を閉じたまま、光神王が呟いた。

紅を塗ったように赤く、ぽってりとした唇が歪む。

黒い母と同じ嗤い方だった。

「ハウファに惚れたと言ったな？」

揶揄の声。いつもの光神王とは何かが違う。いったい何が違うのか。見極めようと私は光神王を見据えた。

「言いました」

「見る目がある」

光神王は喉の奥でくつくつと嗤った。

「あれは他の女とは違う。たおやかな見かけによらず、炎のように激しい女だった」

王が目を開く。頽廃に倦んだ暗い瞳。光すら飲み込んでしまいそうな虚無の闇。

「あれは私のものだ。あれが抱いた憎しみも恐怖も、その死さえも、すべて私のものだ」

一片たりともお前には譲らぬと、暗黒の目が言外に語る。

光神王の口調には愉悦の響きがあった。何者にも関心を示さず、狂ったパラフを道具のように切り捨てた光神王。その彼が見せた、唯一の執着。

光神王は『憎悪』を嗜《たしな》む。

それを忘れずにおこうと思った。

形式ばかりの審議の結果、私は無罪放免となった。

その六日後《ヤウム》、私一人の成人の儀が、滞りなく執り行われた。

上郭大聖堂には五人の六大主教と十諸侯達が並び、大勢の貴族や聖職者が席を埋めた。彼らの前で私は光神王の後継者として認証された。光神王が私の頭に手を置いて光神サマーアの印を切る。シャマール卿が祝辞を述べる。

晴れて成人として認められ、唯一無二の王位継承者となった私は、天上郭の新居へと移ることになった。大聖堂の奥にある大扉を抜け、天上郭に至る階段を登り、鐘楼を抱く大広間を右に抜けたところに、私の終の住処となる館はあった。

神宿の宮よりも狭かったが、それは学問のための部屋がないというだけの話。私室は今までの倍の広さがあった。贅沢な調度品で飾られた広い居間も用意されていた。

居間の格子窓からはテラスに出ることが出来た。緑の芝と植え込み。小さな空中庭園がある。中央の人工池には清浄な水が湛《たた》えられ、小さな白い睡蓮《すいれん》の花が咲いていた。

天空の庭を横切り、白い欄干まで歩いた。

ファウルカの町並みは玩具の箱庭のようだった。町の外には緑の丘が広がっている。はるか地平線は白く煙っている。天を覆う巨大な時空晶は相変わらず重苦しかったが、それを差し引いても十二分に美しい。雄大で清々しい光景だった。

この風景をアライスにも見せてやりたい。

そう思い――私は苦笑した。アライスはこの広い世界のどこかにいる。私には見ることが出来ない外の世界に、アライスは羽ばたいていった。羨むべきは私であり、同情されるべきも私だった。

成人の儀から二カ月《シャハル》が過ぎる頃には、王城も元の静けさを取り戻しつつあった。その間、私は従順な『神宿』としての振る舞いを続けた。

成人し、暮らす場所は変わっても、『神宿』の役割は変わらない。十二日《ヤウム》に一回だった礼拝参列は六日《ヤウム》に一度になったけれど、座学の時間がなくなったため、自由に使える時間は増えた。神宿の宮にいた頃は外出するにも許可が必要だったが、今は違う。誰の許可も承認もいらない。王城内であれば、私はどこにでも行ける。誰とでも話せる。

しかし難点もあった。正式な王位継承者になったことで、私の人相は城内に知れ渡ってしまった。これではアライスのように、正体を隠して人々の話を聞くことは出来ない。

さらに問題なのがシャマール卿アロン・アプレズの存在だった。私が下々の者達と接触することを、彼は喜ばなかった。光神王は現人神、その神性と威厳は神秘の薄衣に隠されているからこそ保たれると彼は信じている。

とはいえ、今は私の方が立場は上だ。シャマール卿の意見など、頭から無視することも出来なくはない。が、そうはいかない理由があった。使い方を誤れば、彼の首さえ飛びかねない諸刃の剣ではあるけれど、彼は私を従わせる切り札を持っている。

「で、どうします？」

サファルは私に指示を求める。

まるで玩具をねだる子供のように。

「さあ、ご命令を——ご主人様」

「シャマール卿アロン・アプレズは立派に役目を果たしてくれた」

私は首の前に親指で横線を引く。

「彼の出番はこれで終わりだ。舞台からご退場願おう」

その三日後《ヤウム》、シャマール卿アロン・アプレズは急死した。六大主教としての激務が彼の命を削ったのだろうと医者は言ったが、口さがない者達は「ハウファ王妃とアライス殿下の呪いだろう」と囁きあった。

アロンの跡を継いでシャマール卿となったのは、アロンの息子イーツェフ・アプレズだった。年齢は二十三歳。アロンが二十八歳の時に生まれた待望の男児というだけあって、挨拶に来たイーツェフは子供っぽさの抜けない男だった。

丸い頰を紅潮させ、興奮気味に話すイーツェフは、アロン・アプレズよりもずっと御《ぎょ》しやすい相手だった。私は適当な理由をつけて、彼から様々な情報を引き出した。私に気に入られようと必死だったのだろう。イーツェフは実によく喋《しゃべ》ってくれた。

「後宮の女官長ファローシャに会いたい」

私がそう言うと、イーツェフは狼狽《うろた》えたように首を横に振った。

「申し訳ございません。彼女はすでに役目を解かれ、故郷に戻っております」

「呼び戻せ」

「ですが――」言いにくそうに声を潜める。「後宮に長く居すぎたのでしょう。彼女はすでに正気を失っておりました。果たして無事に故郷の地に辿り着けたかどうか……」

つまり、もう生きてはいないということか。

彼女はアルティヤに嘘を吹き込み、アライスから引き離した。シャマール卿の奸計を知る数少ない証人の一人だ。生かしておいては面倒なことになると判断したのだろう。あの狐《サアラブ》の考えそうなことだ。

「ではファローシャでなくともよい。第二離宮で働いていた女官に話が聞きたい」

「な、何故に？」

「答える必要があるか？」

「い、いいえ。ですが後宮は住人がいなくなったため、先日封鎖されましてございます。働いていた女官達も皆、役目を解かれておりまして――」

「誰でもいい。生前のハウファを知っている者が残っていないか探せ」

「しかし――」

イーツェフは言い淀《よど》み、上目遣いに私を見る。

彼の言いたいことは手に取るようにわかった。『ハウファは光神王に逆らった反逆者だ。殿下は大罪人である女のいったい何が知りたいのだ？』

いいから探せと命令することも出来た。けれど彼にはこれからも役に立って貰わねばならない。私は一計を案じ、目を閉じた。

「忘れられないのだ」

「は？」

イーツェフが首を傾げる。

椅子の背もたれに寄りかかり、私は手を組んだ。

「初恋は叶わないと言うが……私のような辛い別れを経験する者は、そう多くはないだろう」

成人の儀の六日《ヤウム》前に開かれた審問会。イーツェフはその場にいなかったが、審問会で私が語った内容については、耳にしているはずだった。

「私は話が聞きたいのだ。長らくハウファの傍にいた者から、彼女のことを聞かせて貰いたいだけなのだ。彼女が何を見て、何を好み、どのようにしてあのような大罪を企むに至ったのか。私はそれが知りたいのだ」

「ツェドカ様――」

二十三歳の叔父は、大役を背負わされた十二歳の甥《おい》に見事に騙されてくれた。イーツェフは同情に満ちた目で私を見つめ、わざとらしく手を打った。

「そういえば、ハウファの世話をしておりました女官が下郭の台所に廻されたと、聞いたことがございます。名前は確か――これまたハウファと申しました」

イーツェフは私を元気づけようと、朗らかに笑う。

「すぐここに呼ばせましょう」

「それには及ばない」

用はすんだと知らせるため、私は長椅子から立ちあがる。

「そのうち私の方から訪ねることにする」

「ですが、その娘がおりますのは」

「下郭の台所だろう。さっき聞いた」

「いえ、ですから――」

「そんなところで働く下女をここに呼ぶつもりか?」私は両手を広げた。「ここは天上郭、神聖な者しか入れぬ神域だ。穢れた女を立ち入らせるわけにはいかないだろう？」

納得したような、でも何か釈然としないような複雑な表情で、イーツェフは頷いた。

彼が出て行くのを待って、くすくすとサファルが笑い出す。

「貴方、意外と演技派ですねえ。あの様子じゃ、彼、いいように喋らされたことにさえ気づいていませんよ？」

「無駄口はいい」

私は上着を羽織り、長椅子の下に隠した油紙の包みを手に取った。言うまでもない。エトラヘブ伯の手記だ。新居に運び込ませた多くの書物の中に紛れ込ませておいたのだ。

「ハウファという元女官に会いに行く」

後宮に入る前、王妃となる女達は所持品の検閲を受ける。武器になりそうなものを持ち込ませないためだ。もちろん書物も一冊一冊、中を検《あらた》められる。こんな禁書を持ち込めるはずがない。ということは、ハウファはこれを後宮に入ってから手に入れたということになる。

「ハウファの傍にいた女官なら、何か知っているかもしれない」

私は大聖堂の隠し扉から秘密の通路に入り、下郭へと向かった。それが一番の近道だったということもある。が、すれ違う者達にいちいち平伏されるのはごめんだというのが本音だった。

道案内はサファルに任せた。アライスが王城を脱出した日に破壊された城壁は、すでに修復されていた。だが普段使用されない通路は、壊れたまま放置されていた。そんな箇所に行き当たるたび、サファルはブツブツと文句を言った。

「まったくこんなにボロボロにして、歩きにくいったらないですね」

やったのはお前だろうと思ったが、言わずにおいた。「命令したのは貴方です」と言い返されるのは目に見えている。

暗闇の中を歩き廻ること十数分。サファルは目的地の扉を開いた。そこは下郭にある穀物倉庫だった。積みあげられた小麦の麻袋《ダキカ》、梁《はり》に吊された香草の束《ケタナ ヘター》、何かが腐ったような異様な臭気が漂っている。私は息を止め、足早に倉庫を出た。

狭い路地を抜けると、下郭の通用路に出た。道具を担いだ鍛冶屋《かじや》、野菜を積んだ荷車。大勢の使用人が忙しく行き交っている。

さて、台所はどこだろう。私は天を見上げた。突き出した煙突から煮炊きの煙が昇っている。私は雑踏を避けながら、煙突を目指して歩き出した。

建物の入口に扉はなかった。狭い室内では女達が働いている。野菜を切る者、肉を焼く者、竈《かまど》の大鍋はぐらぐら煮立ち、もうもうと湯気を上げている。

「おい、お前」

傍を通りかかった女を呼び止めた。

「ハウファという娘がここで働いているか？」

「ああ、いるよ……じゃない、いますけど——？」

大柄な女は無遠慮に私を眺めた。貴族の子供がなんでこんな所にいるんだろうと、訝《いぶか》しく思っているようだった。私の顔を知らないらしい。これは好都合だ。

「ハウファを呼んで貰えるか？」

そう言うと、女は我に返ったように頷いた。

「あ、はい――承知しました」

子供とはいえ貴族相手に粗相《そそう》があってはいけないと考えたのだろう。女は台所の奥に向かって大声を張り上げた。

「小ハウファ！　あんたにお客さんだよ！」

奥から小柄な女が走ってくる。幼さの残る顔立ち、まだ二十歳にもなっていないだろう。蒸気と熱気で顔が真っ赤になっている。

「お前がハウファか？」

「そうです」彼女は素直に頷いた。「小ハウファとお呼び下さい。ずっとそう呼ばれてきましたので」

私は小ハウファの腕を掴み、最初に声をかけた大柄な女を振り返る。

「この娘、ちょっと借りるぞ？」

「え――？」

女の返事も待たず、戸惑う小ハウファを引き摺るようにして、私は台所を出た。来た道を逆に辿り、狭い路地に彼女を引っぱり込む。

「あの、困ります。まだ仕事が残ってるんです。戻らないと怒られます」

「すぐにすむ」

私は油紙の包みを解き、彼女にエトラヘブ伯の手記を見せた。

「この本を知っているか？」

茶色の革表紙を一目見るなり、小ハウファは目を見開いた。

「この本はハウファ様の——」

言いかけて、口を押さえる。今やハウファは大罪人だ。その名を呼ぶことさえ禁忌《きんき》とされている。

「怖がらなくていい」私は少し微笑んでみせた。「私は第一王子ツェドカだ。お前が何を語ろうと、お前が罰せられることはない。それは私が保証する」

「ツェドカ様？」

彼女の赤い頬から一気に血の気が引いた。

「し、失礼いたしました！」

「こんな所で畏《かしこ》まるのはやめてくれ」

平伏しようとする彼女の腕を摑んだ。萎縮する小ハウファに、私は出来る限り優しく問いかけた。

「この本をハウファがどうやって手に入れたのか。知っていることがあったら教えてくれ」

「私がハウファ様にお仕えするようになった時には、すでにお持ちでした」

戸惑いがちに、彼女は話し始める。

「お仕えし始めて間もない頃です。ハウファ様のお部屋をお掃除しておりました時、それを見かけまして、『ずいぶんと古い本ですね』とお尋ねしたことがあります。そうしたらハウファ様は、いつになく怖い声で『その本に触れないで』と仰って——でもその後はどこかに隠されてしまったらしく、もう見かけることはありませんでした」

「……それだけか？」

「私が知っているのはそれだけです」

俯いたまま、おどおどと小ハウファは答える。

「でもシェナなら、もっと何か知っているかもしれません」

「シェナ？」

「後宮にいた女官の一人です。ハウファ様が後宮に入られた時から、第二離宮付きの女官だったと聞いています」

「シェナは今、どこにいる？」

「確か――作業所の洗濯女になったと……」

「それはこの近くか？」

「は、はい。通りの先の階段を――」

「呼んできてくれないか？」

小ハウファは答えなかった。俯いた顔、小さな顎が震えている。

「シェナを呼んできてくれないか？」

私が繰り返すと、彼女は思い切ったように顔を上げた。思いの外、きつい眼差しで私を見る。

「ハウファ様のことをお調べになって、どうなさるおつもりなんですか？　どうかもうこれ以上、ハウファ様の名を貶めるのは止めて下さい！」

これには驚いた。後宮を追い出された元女官が、光神王の後継者である私に噛みついてこようとは、想像もしていなかった。

「ハウファ様はお優しい方でした。確かに嘘をおつきになったのはよくないと思いますけど……でも母親なら、我が子の命を守りたいと思うのは当たり前のことです！」

当たり前でない母親もいるが、それを彼女に言っても仕方がない。

「ハウファの名を貶めるつもりはない」

私の応えに、ひくっ……と娘の喉が鳴る。

「むしろその逆だ。彼女の名誉を守るために真実を知る必要があるのだ」

「ほ——本当ですか？」

「本当だ」

私は眼帯の上に刻まれた光神サマーアの印に指先を置く。

「光神サマーアの名に懸けて、本当だ」

私の説得が効いたのか、それとも光神サマーアの印のおかげか、小ハウファはこくりと頷いた。

「待っていて下さい。シェナを呼んできます」

数分後《ダキカ》、小ハウファは一人の女を連れて戻ってきた。もう若くはなかったが、背筋がぴんと伸びている。長いこと後宮に勤めていたというのは本当だろう。

「シェナと申します」

粗末な木綿《クトン》のドレスを摘み、シェナは貴族風の礼をした。私が正体を明かしても、小ハウファのように怯えはしなかった。けれど私がエトラヘブ伯の手記を見せると、その顔色が変わった。

「この本がどこから来たのか、お前は知っているのか？」

シェナは深く頷いた。

「その本はエシトーファ様――現在のツァピール侯がお持ちになられたのです」

「ツァピール侯？」

「はい、エシトーファ様がハウファ様に手渡すところを、この目で見ました」

シェナはその時のことをよく覚えていた。

私とアライスが生まれる前、ハウファは文書館に入り浸っていた。現在のツァピール侯は、当時文書館で歴史学者の手伝いをしていたのだという。

「エシトーファ様がハウファ様に面会を求めてきた時、最初は逢い引きかと思いました。でも前庭の四阿《あずまや》で話をするお二人は、そんな甘い雰囲気ではありませんでした」

ツァピール侯エシトーファ。想像もしていなかった人物の名。それを聞けただけでも来た甲斐があった。さらなる僥倖《ぎょうこう》はエシトーファがまだ生きていて、口がきける人間であるということだ。

「ハウファ様もアライス様もとても良い人でした」

臆することなくシェナは言い、不意に声を詰まらせた。

「こんな風にお亡くなりになるなんて――お二人がもうこの世にいらっしゃらないなんて、とても信じられません」

シェナと小ハウファは互いに抱き合い、さめざめと涙を流した。

「よく聞かせてくれた」と私は言った。「ありがとう。心から礼を言うぞ」

二人の女は泣くことも忘れ、驚いたように私を凝視した。その顔には『ツェドカ殿下に礼を言われるとは思わなかった』と書いてある。

人に何かをして貰ったら「ありがとう」と言う。

それが人間の基本だとハウファは言った。

私は人間でありたい。

少なくとも、今はまだ。


その後、私は文書館に通い、記録を調べた。当時も文書館にいたという歴史学者に話を聞き、その証言と記録を照らし合わせる。

ツァピールは勇猛果敢《ゆうもうかかん》で知られるツァピール騎士団を有している。下手に策を弄《ろう》して敵に廻すのは得策ではない。それにエトラヘブ伯の手記を見せ、「これをどこで手に入れた?」と尋ねても、素直に答えるとは思えない。

どう手を打つか。考えているうちに年が明けた。十諸侯が一堂に会する領主院議会が開かれる月が巡ってきた。

「エシトーファに会う」

私がそう言うと、サファルは探るような目で私を見た。

「あの手記を読んだとバレちゃ首が飛ぶ。しかも貴方は光神王の後継者だ。素直に話してくれるとは思えませんけどねえ?」

「他に手がかりはない。何としても訊き出すしかない」

「けど、訊いてどうするんです? エトラヘブ伯の手記をどこで手に入れたかを訊いて、それで貴方は何を得るんです？」

「私は『あれ』の正体が知りたいだけだ」

初代アゴニスタはどうやって『光神サマーア』を具現化したのか。アゴニスタに憑いた『影』とは何なのか。

「あの光神サマーアが恐怖の化身であるのなら、本当の神はどこにいる？　神は私に何をさせようとしている？」

サファルの瞳がキラリと光った。

「貴方、神の声を聞いたんですか？」

暗闇から聞こえてきた声、『ならばお前が神になれ』と言った。

あれはいったい何なのか。

「私はそれが知りたいのだ」

二月《シュバト》の六日から三日間《ヤウム》にわたり、領主院議会が開かれた。私はそのすべてに参加し、十諸侯達の意見に耳を傾《かたむ》けた。議会の内容は興味深いものだった。新たな見識を学ぶとともに、私はツァピール侯エシトーファと面識を得た。

「ツァピール侯は以前、文書館で働いていたと聞いたが、それは本当か？」

「ええ、ずいぶんと昔の話ですが」

私が文書館に通っていることを話し、歴史の話題を振ると、エシトーファは簡単に喰いついてきた。

「初代光神王が戴冠の際に記された宣言文。その草稿が残っていると聞いたのだが、どうにも見当たらなくて困っているのだ」

「それなら最下層の一番奥、右の棚にあるはずです」

「右の棚はすべて探したつもりなのだが」

「薄い本ですからね。見落とされたのでしょう」

私はううむ……と唸って腕を組み、思いついたように顔を上げる。

「よければ明日にでも、一緒に探して貰えないだろうか？」

「もちろん、喜んでお手伝いいたしますよ」

何ら疑うことなく、エシトーファは快諾した。こんなに騙されやすくて領主が務まるのだろうかと思い——私は気を引き締めた。いいや、油断は禁物だ。私がしようとしていることを思えば、どんなに警戒しても、しすぎるということはない。

翌朝早く、私はエシトーファとともに文書館に向かった。右手に光木灯を掲げ、左手に油紙の包みを抱え、彼に続いて階段を下りていく。十年近《サナ》く文書館で働いていたというだけあって、彼は迷うことなく最短の道筋を辿った。

「この臭い、懐かしいなぁ」

埃をかぶった本の山、黴の臭いと羊皮紙の臭い、墓所のように陰気な場所だが、エシトーファにとっては思い出の場所であるようだ。

「ええと、この辺にあったはずだけど——」

草稿を探す彼の背に、私は静かに呼びかけた。

「ツァピール侯」

「はい？」

人の良い顔がこちらを向く。

その眼前に私はエトラヘブ伯の手記を突きつけた。

「この本を知っているな？」

一瞬、エシトーファの顔が引き攣った。

私はそれを見逃さなかった。

「この本をどこで手に入れた？」

「何のことです？」

エシトーファは首を傾げた。口元がひくひくと痙攣《けいれん》している。どうやら嘘をつくのが苦手な質《たち》らしい。

「私が生まれる前、第二王妃ハウファ・ラヘシュは連日この文書館に通っていた。その案内を務めたのがお前だ。ハウファは六カ月《シャハル》あまりで文書館通いを止めている。その二カ月《シャハル》後、お前は後宮の前庭でハウファと会い、この本を渡した」

「そんな本、見たこともありません」

顔を引き攣らせながらも、エシトーファは強固に言い張る。

「ハウファ様に渡したのは別の本です。彼女が好きだったサーレの詩集です。そんな本、私は知らない」

「ハウファに本を渡した直後、お前は文書館での職を辞している。それも偶然だと言うか？」

私は彼の目を覗き込んだ。

「お前とハウファは、ここで何を見つけた？」

「何も——」

言いかけた彼の目前で、私は手記を開いた。

「——！」

エシトーファは咄嗟に目をつぶり、顔を背ける。

「なぜ目を背ける？」

本を広げたまま、彼に問う。

「そうだ、これは禁書だ。読めば命の保証はない。それを知っていたからこそ、お前は目を背けたのだろう？」

私は本を閉じ、近くの机の上に置いた。その表紙に右手を当て、俯いたままのエシトーファに言う。

「これを読んだことが聖教会に知れたら、間違いなくお前の首は飛ぶ。ツァピール領は没収され、聖教会直轄領に併合される」

「……何が望みだ」

呻くように言って、エシトーファは顔を上げた。

「わざわざ嘘をついて、僕をこんな所に連れ出して、いったい何が目的だ？」

「真実が知りたい」

私は近くの椅子に腰掛けた。

「すべてを話してくれたなら、このことは誰にも話さない」

「手記の内容を秘匿することが目的なら、こんな手の込んだことはしない。本を焼き、お前の口を封じればすむことだ」

「それを――信じろと？」

エシトーファの顔が嫌悪に歪んだ。それを見て、『死ぬだの殺すだの、子供が口にする言葉ではありません』と、ハウファに叱られたことを思い出す。

「いいでしょう」

押し殺した声でエシトーファは言った。

「私がここで知ったこと、すべてお話しいたしましょう。ですがその前に、私と私の領地に危険が及ぶことのないよう、誓約書をいただきたい」

なるほど、誓約書か。書物を愛する領主が考えそうなことだ。

しかしそんな物を残せば、彼だけでなく私の命も危なくなる。こんなにも人の良い、嘘をつくのが下手な領主に、反逆の証拠となる物を渡すのは危険すぎる。

「誓約書よりも手早く、もっと効果的な方法がある」

私は右手を挙げ、背後に立つサファルに合図する。

「サファル、何か面白いことをしてみせてやれ」

「承知しました」

楽しそうな応え。

ガタン……という音がした。本棚が揺れ、そこに収められていた大量の本が投げ出される。

エシトーファが悲鳴を上げた。建国当時の出来事を記した貴重な書物だ。そのどれもが床に落ちただけでバラバラになってしまうほど古く、脆《もろ》い。

本は石床に叩きつけられる寸前で止まった。かと思うと、蝶のように羽ばたきながら、元あった書架へと戻っていく。

エシトーファは呆気にとられたように書架を見つめ、それからゆっくりと私を振り返った。

「今のは……もしや影の技ですか?」

意外に冷静だなと思った。育ちの良さそうな彼のこと。邪教徒である影使いを目の当たりにしたら、我を忘れて罵《ののし》るか、恐れおののくだろうと思っていた。

とはいえ、冷静でいてくれた方が話はしやすい。

「もし私がお前を売ろうとしたら、その時は告発しろ」

私は自分の胸を指さし、同じ指で彼を指さす。

「お前が誰かにこれを話したら、お前の命は貰い受ける」

「わかりました」

エシトーファは腰に吊していた鍵の束を手に取った。その中から一本の鍵を選び出し、初代光神王の肖像画の額縁に差し込む。カチリという音が聞こえ、肖像画が扉のように前に開いた。

隠し扉か。この肖像画は何度も目にしていたのに、気づかなかった。

「どうぞ中へ」

光木灯を手に、エシトーファは扉の奥へと消えた。

秘密の通路が現れるのかと思いきや、肖像画の後ろに隠されていたのは狭苦しい小部屋だった。澱んだ空気は重苦しく、埃の臭いが鼻をつく。中央には机が置かれ、本が山と積まれている。壁の書架にも隙間なく本が横積みされている。

「あそこに紅輝晶が置かれていました」

エシトーファは正面の壁を指さした。石壁に穿《うが》たれた真四角の窪み。臙脂《えんじ》色の布が敷かれ、その上には空《から》の燭台《しょくだい》が残されている。

「殿下は『夢利き』をご存じでしょうか？」

どこかで聞いたような気もするが、思い出せない。私は首を横に振った。

「いや、聞き覚えはない」

「まだこの国が統一される前、貴族の間に流行《はや》った嗜みの一つといわれています」

エシトーファは何かを懐かしむような顔をした。

「彩輝晶《さいきしょう》は叶うことのなかった夢の結晶。その輝きは秘められし夢の輝き。仮初の時空を与えることで花開き、その中に封じられた夢を見せる。そして一度咲いたが最後、夢は砕け散り、二度と彼《か》の元には戻らない」

舞台の前口上のような言葉を述べた後、エシトーファは話し始めた。

今から十五年前、ハウファに乞《サナ》われ、エシトーファはこの隠し部屋を開いた。そこで彼らは一つの紅輝晶を見つけた。『闇王ズイールの夢』と信じられていたそれに封じられていたのは、初代光神王アゴニスタ一世の記憶だった。死の床についた彼の慚愧《ざんき》の記憶だった。

「アゴニスタはイーゴゥ国最後の女王に仕える騎士でした。けれどイーゴゥ国は滅び、最後の女王サマーア・シャマールも死んだ」

愛する女王の死を嘆くアゴニスタに、不可思議な声が呼びかけた。

「ならばお前が神になれ――と」

平和な世を維持するには厳しい戒律が必要だ。人間の欲望を抑えこむことが出来るのは恐怖だけ。恐怖だけが世界に平和をもたらすことが出来る。

その声にそそのかされ、アゴニスタは自分の時空と引き替えに、それに『サマーア』という名前を与えた。灰色の絶対者『光神サマーア』を頭上に戴くアゴニスタは、望み通りイーゴゥ大陸を平定した。

「時空を使い果たし、死の床についた彼は、自分が大きな間違いを犯したことに気づきました。憤《ふん》怒《ぬ》と憎悪に支配され、恐怖の神に彼女《サマーア》の名を与えてしまったこと。彼女《サマーア》が望んだ世界とは正反対の世界を築いてしまったことに、彼は気づいたんです」

すべては手遅れだった。彼が死ねば支えを失った光神サマーアは地に落ち、それを神と信じる者達を打ち殺してしまう。だから彼は後継者に『神』を引き継いだ。国を守るためにはそうするしかなかったのだ。

「あれは神ではないと言うアゴニスタの言葉を、私は確かに聞きました。あれは影だと、人の心が生みだした闇だと、そう呟く彼の声を聞きました」

初代光神王が残した紅輝晶。それは彼の告解であり、警告でもあった。これは大きな手がかりだ。けれど私には、それよりも気がかりなことがあった。

「アゴニスタ一世が聞いたという不可思議な声は、『ならばお前が神になれ』と言ったのか？」

「私にはそう聞こえました」

「まだ王城が建てられる以前の岩山の上で？」

「眼下にファウルカの町が見えましたから、多分そうだと思います」

目眩《めまい》がした。足下の床が抜けたように感じた。

声はアゴニスタをそそのかし、光神サマーアを創造させ、この国に恐怖と闇をもたらした。

「それと同じ声を、私も聞いた」

変化を求めるか？　ならばお前が神になれ――と。

「あの声は、私に何をさせようとしている？」

恐怖が背筋を這い上がってくる。

次は私か？

私もアゴニスタ一世のように、絶望と憎悪にかられ、この国を滅ぼすのか？

「殿下――！」

私に駆け寄り、倒れないように支えてくれたのは、サファルではなくエシトーファだった。

私に散々な目に遭わされたというのに、彼は心配そうに私の顔を覗き込む。

「アルティヤさんが言ってました。彩輝晶には夢が宿ると。砕けたらそれは虚無に帰り、また人の元に生まれてくると。もしかしたら殿下には、アゴニスタ一世の夢が宿っているのかもしれませんね」

「だとしても、私が引き継いだのは絶望と憎悪だけだ」

私は眼帯の上から右目を押さえた。

「希望と理想を継いだのは、私ではなくアライスだ」

「けど、アライス殿下は――」

「生きている」

私は断言した。

生まれ変わりなど信じない。でもこれだけは間違いない。アライスと私は同じ夢の表と裏、光と闇だ。アライスが死ねば、私にはわかる。

「アライスは王になるべくして生まれた。何も成さないまま死ぬはずがない」

「こんなこと、殿下に言うのは失礼かもしれませんが——」エシトーファは自嘲気味に笑った。

「人望のある兄弟を持つと苦労しますよね？」

確かエシトーファにも兄がいた。ずいぶんと前に事故で死んだはずだった。彼の兄は領主の資質を持っていたのだろうか。兄に代わり、ツァピール侯の名を背負うことになった彼は、どんな苦労をしてきたのだろうか。

「ハウファ様は目的のためには手段を選ばない方でした。嘘をつくのが上手くて、僕はすっかり騙されてしまった」

そういう割りには懐かしそうにエシトーファは笑っている。

「ツェドカ殿下はアライス殿下を助けようとした。それはハウファ様を守りたかったからだと、審問会で仰った。それは本当だったのですね」

だとしたら、どうだというのだ。

「ハウファ様はこの国を正そうとしていた。そのために彼女が何をしようとしているのか、僕にはわかっていました。でも僕には、ともに戦う勇気がなかった。当時の僕は臣下のツァピール騎士団さえ思うように動かせない情けない領主だったから、あまり役には立てなかったと思うけれど——それでも手を貸すべきだったと、今は後悔しています」

エシトーファは顔を上げ、私を見て微笑んだ。

「ツェドカ殿下、貴方はハウファ様に似ている」

「……平気で嘘をつくところが、か？」

「目的を果たすためなら命も惜しくないと思っているところが、です」

笑うべきかとも思ったが、彼の顔は真剣そのものだった。

「建国当時、聖教会からの弾圧を受けた影使い達は、聖教会と初代光神王に警告したそうです。光と影、生と死、表と裏をもって世界は安定する。光が閉ざされ、大地が闇に傾けば、世界は歪み、崩壊する。それを影使い達は『永遠回帰』と呼びました」

永遠回帰——？

「それは必ずやってきます。ツェドカ殿下とアライス殿下の誕生がその証拠です。ですからツェドカ殿下。もし貴方がハウファ様と同じことを考えていらっしゃるのなら、もう少し、何もせずに待っていて下さいませんか？」

光と影、生と死、表と裏をもって世界は安定する。

アライスが光をもって民を導く役目なら、私の役目は何だ？　私は何のために生まれたのだ？

そんな私の葛藤《かっとう》を知らず、人の良い領主は力強く頷いた。

「もしどこかでアライス殿下が生きているという噂を聞いたら、必ずご連絡します」

彼の言葉を信じたわけではない。

何もせずに待っていたわけでもない。

エシトーファから隠し部屋の鍵を借りた私は、そこにしまわれていたすべての禁書に目を通した。エトラヘブ伯の手記とアゴニスタ一世の夢。それが事実かどうか検証するために。

禁書に綴られた内容は、エシトーファの話を裏づけるものばかりだった。

天に浮かぶ光神サマーア。あれは神ではない。人々の恐怖を映す鏡だ。それを維持しているのが光神王だ。光神王は何らかの方法で、自らに憑いた『神』を跡継ぎに伝承する。もし光神王が跡継ぎに『神』を渡すことなく死んだら、あれは本当に落ちてきて、あれを神と信じる者達を押し潰してしまうのだ。

文書館の隠し部屋で、私は本を閉じた。

「つまりあの時空晶を消し去るには、あれを神として畏怖する人々の信仰心を、根底から覆さなければならないということだ」

「それって、そんなに難しいことですかね」

サファルは気楽な調子で答える。

「光神王は現人神だと信徒達は信じているんでしょう？　なら光神王が一言『あれは神じゃない』と言えば、それですむことじゃないんですかねえ」

私は彼を見上げ、逆に問いかけた。

「今までの光神王は、なぜそれをしなかったのだと思う？」

さあねえ？　とサファルは肩をすくめる。

私はため息をついて、自らの問いに答えた。

「長い間、権力の上に胡座《あぐら》をかいてきた代々の光神王は、民の憎悪に気づいていた。民が『光神サマーア』を恐れながら、憎んでいることを知っていた。もし光神王が『光神サマーア』を否定し、恐怖の軛《くびき》から民を解き放てば、民は光神王や聖教会に襲いかかる。彼らはそれを恐れたのだ」

だから歴代光神王は呪いを担うことを選んだ。民の苦しみを知りつつも、それに気づかないふりをした。自分の時空を『神』に捧げることで、彼らはこの王国を維持してきたのだ。

「けど貴方はあれを破壊するつもりなんでしょう？　光神王になって、民に真実を告白するんでしょう？　あれは恐怖の塊だと、神ではないのだと、恐れることはないのだと言うつもりなんでしょう？」

そこでいったん言葉を切り、口調を変えてサファルは続けた。

「たとえそのために、自分が殺されることになっても？」

それには答えず、私は笑った。

「私の懸念はな、私が王になっても、私の声は民に届かないのではないかということだ」

民は光神王を現人神として畏怖している。彼らにとって、光神王の言葉は神の言葉に他ならない。たとえ光神王であっても——いや、光神王の言葉だからこそ、民に神を否定させることは難しい。

真実を話しても『あれ』は消えない。暴動が起こり、私が殺されるだけならいい。だが『あれ』を消すことが出来ないまま私が殺されたら、支えを失った『あれ』は落下し、民衆を押し潰してしまう。

「私にアライスの半分でも人徳があればよかったんだがな」

今まで私は飢えることも、厳しい労働を課せられることもなく、のうのうと生きてきた。私は民の苦労を何も知らない。こんな私の言葉に誰が耳を傾けるというのだろう。

民の心から恐怖を払拭する者。暗黒の時代を終わらせ、この国に光をもたらす者。それは、ただ一人しかいない。

文書館の地下深く、暗い天井を見上げ、私は心の中で呼びかけた。

アライス、お前は今どこにいる？


アライスの行方は杳《よう》として知れなかった。

気にはなったが、彼女が奇跡を起こすのを黙って待っているわけにもいかない。

私は『あれ』を消す方法を模索し続けた。考えても考えても良案は浮かばなかった。私には『あれ』を消すことは出来ない。『あれ』を消すことが出来なければ、光神王を殺すわけにもいかない。

月日は過ぎ、光神王は目に見えて衰えていった。彼の時空は残り少ない。私が神の名を継ぐ日も近いだろう。夢にまで見た王の座。だが光神王になるだけでは何の解決にもならない。

「いっそ強権を発動して聖教会を取り潰すか」

私がそう言うと、サファルはとんでもないというように首を横に振った。

「そんなことをしても、命令が外に漏れる前に、さっくりと殺されるのがオチですよ」

六大主教を始めとする聖職者達。彼らは神を恐れない。私が彼らの意に沿わないことを言い出したなら、彼らは何ら葛藤することなく、私を暗殺するだろう。

「神に仕える者達の方が、いとも容易に神を否定してみせるとは、皮肉なものだな」

「鬱になるのは勝手ですけど、私と貴方は一蓮托生《いちれんたくしょう》なんですからね。自棄《やけ》になって馬鹿なことしないで下さいね」

「心配してくれるのか？　珍しいこともあるものだ」

「何を仰る。私が貴方の心配をしなかったことがありますか？」

「ありすぎて逆に思い出せん」

何も出来ないまま、時間だけが過ぎていった。自分の無力さに嫌気がさし、このまま『神』の傀儡《かいらい》になるしかないのかと絶望しかけていた時——

「ツェドカ殿下」

領主院議会が終了し、天上郭に戻りかけていた私を、エシトーファが呼び止めた。

「殿下が探していた花を見つけました」

その言葉に、私は一瞬にして倦怠《けんたい》から解き放たれた。

「——本当か？」

「はい」エシトーファは真顔で頷いた。「もしよろしければ、少々お時間をいただけますでしょうか？」

「これから文書館で調べ物をするつもりだ」

逸《はや》る気持ちを抑え、私は冷静を装った。

「最下層にいる。鍵は開けておこう」

「わかりました、私もすぐに参ります」

私は天上郭には戻らず、その足で文書館に向かった。

歴史学者達は仕事を終えて帰ろうとしていた。

「鍵は持っている。私にかまうな。お前達は帰れ」

言い残し、私は光木灯を手に階段を下った。歩き慣れた通路。通い慣れた道。迷路のような文書館でも、もう迷うことはない。

アゴニスタ一世の肖像画の前で、私はエシトーファを待った。十数分後《ダキカ》、階段を下りてくる光木灯の明かりが見えた。私はサファルを呼び、他者をここに近づけさせないようにと命じた。

「こんな夜更けに、こんな陰気な場所で、逢い引きするのは貴方達ぐらいですよ」

悪態をつきながら、サファルは姿を消した。

「お待たせしました」

小走りにエシトーファがやってくる。

「五年《サナ》ぶりだな」

正確に言えば二カ月《シャハル》に一度、議会の場で顔を合わせていたのだが、あれは表向きの顔だ。秘密を余人に悟られぬよう、私達は一定の距離を置いていた。

早く彼の話が聞きたい。そう思ったが、五年《サナ》もすれば人は変わる。秘密を握っているとはいえ、すぐに信用するわけにはいかない。

「まずは成婚おめでとうと言わせて貰おう」

彼はケナファ家の令嬢イズガータ・ケナファと一カ月前に婚礼の儀を挙げたばかりだった。

「はあ、まあ、結婚といっても政略結婚ですからね。個人的にはめでたいのかどうか――」

そう言いながら首を捻る。相変わらず馬鹿正直な領主だ。

「私が探していた睡蓮《シャハル》を見つけたとか？」

水を向けると、エシトーファは真顔に戻って頷いた。

「はい。とても美しい花を咲かせていらっしゃいました」

「それは確かに私の探していた睡蓮だったのか？」

「間違いありません。実際に言葉を交わし、その口から話を聞きました」

それに――と言い、彼は自分の右目を指さす。

「殿下と同じ『証』をお持ちでした」

私の眼帯に塡《は》め込まれた『神宿』の証。これと同じ物をアライスは護符として首から下げていた。彼女が王城から出て行くことになったあの日、彼女の胸にそれが揺れていたことを思い出す。

「その睡蓮はどこに咲いている？」

「それは――」エシトーファは言葉を濁し、申し訳なさそうに首を横に振った。「言えば妻に殺されます」

彼の妻イズガータ・ケナファは馬上武術大会で優勝したこともある最強の騎士だ。

冗談にしても笑えない。

「お前は妻に、私の秘密を話したか？」

「実を言うと、話そうと思ったことはあります」

やはり正直に、エシトーファは告白した。

「でも誰にも話さないとお約束しましたから」

堪えきれず、私は笑ってしまった。

「領主がそんなに馬鹿正直で大丈夫なのか？」

「それを言うなら殿下も同じでしょう？」人の良い領主は果敢にも言い返す。「殿下も僕との秘密を守って下さいました」

「秘密は秘匿するからこそ価値があるのだ」

冷淡に言ってのけたにもかかわらず、エシトーファはにっこりと笑った。

貴方の本心はわかっていますよと言うように。

「おかげで僕は夢を叶えることが出来ました」

彼はぺこりと頭を下げる。

「ありがとうございました」

礼を言われることには慣れていない。どう返したらいいのかもわからない。私が黙っていると、エシトーファは顔を上げ、生真面目な表情で言った。

「もうじきです殿下。じき睡蓮は大輪の花を咲かせましょう。ですからもう少し、どうかもう少しだけ、ご辛抱下さい」

それを聞いて、私は悟った。

アライスは十諸侯達と組んで、光神王に反乱を起こすつもりだ。光神王の子である彼女が先頭に立てば、『光神サマーア』への恐怖は薄れる。民衆は彼女に従うだろう。しかもエシトーファの妻イズガータの父は、あのエズラ・ケナファ大将軍だ。民に信望されている彼がついているとなれば、その勢力は侮《あなど》れない。聖教会が有する神聖騎士団を量質ともに凌駕《りょうが》する可能性も充分に考えられる。

「彼らは知っているのか？『あれ』を消すことが出来ないまま光神王を殺せば、『あれ』は落ちてきてすべてを押し潰すのだということを？」

「話しました――けど」エシトーファは顔を曇らせる。「そんなの迷信だと笑われました」

無理もない。十諸侯領の領民は、聖教会直轄領の領民に較べ信仰心が薄い。頭上に浮かぶ光神サマーアなど鬱陶《うっとう》しい岩ぐらいにしか思っていないだろう。『あれ』が恐怖で出来ていることを思えば、それはそれで頼もしくはあったが、この人の良い領主に彼らを説得せよと言うのは荷が重いだろう。

では、私が行くか？

王城を出てアライスに会いに行くか？

アライスに真相を話せば、彼女は民を説得してくれるだろう。彼女の言葉なら民にも伝わる。彼女ならきっと『あれ』を消し去ることが出来る。

アライスに会わせてくれと頼めば、エシトーファは私を彼女の元に連れて行ってくれるかもしれない。けれど一歩王城を出たら、もう戻ることは出来ない。私は光神王になるという夢を諦めなければならない。

それに、もうひとつ懸念がある。

天に浮かぶ『あれ』が恐怖の塊で、それに形を与えているのが『神』であるなら、『あれ』を消しただけでは終わらない。光神王に憑いた『神』を殺さない限り、いずれまた『あれ』は蘇る。

いまだわからぬ『神』の正体。それが影と同じ性質を持つのであれば、私は『神』を殺すための武器をすでに手にしていることになる。だがその武器を使うためには、光神王から『神』を受け継ぐ、その瞬間まで待たなければならない。

「お前達と私、目指す場所は一緒でも、そこに至る道筋は異なる」

ハウファが夢見た理想の国。それを作るのは私でありたい。私は光神王になると誓った。あの約束を守りたい。『神』を殺し、王となる。この役目は私のもの。決して誰にも譲らない。

「お前達はお前達の道を行け。私は私の道を行く。双方の志が同じものであるならば、いずれ王城の天上郭で出会うことになるだろう」

「承知しました」と答え、エシトーファは心配そうに眉根を寄せた。「それまで殿下、どうかご無理はなさいませんように」

私は答えず、ただ礼を言って笑った。

アライス達は何を企んでいるのか。

どんな計画が進行しているのか。

それを私に知らせてくれたのはエシトーファではなく、デュシス王国からの使者だった。

隣国デュシスはサマーア神聖教国の豊かな時空鉱山を狙い、何度も我が国への侵攻を繰り返してきた。現王マルマロスが病に伏した後は、大規模な戦争も絶えて久しく、ここ十数年《サナ》間は休戦状態が保たれてきた。

そのデュシス王国から使者がやってきたのは、「アライスは生きている」とエシトーファに告げられてから一年《サナ》と二カ月《シャハル》が過ぎた四月《ニーサン》のことだった。

私は光神王とともに謁見室《えっけんしつ》に向かった。

中郭にある謁見の間には六大主教が揃っていた。大勢の近衛兵に囲まれて、デュシスの使者は光神王の前に立った。携えていた書簡を広げ、声高らかに読み上げた。

「平和の使者としてサマーアに渡った弟を、汝らは無慈悲にも謀殺せしめた。よって我は正義の刃をもって、汝らを討ち果たさんとす」

謁見の間が不穏にざわめいた。

シャマール卿イーツェフ・アプレズが書簡を受け取り、光神王の元に運んでくる。私は王の肩越しにその文面を読んだ。今、使者が読み上げた通りだった。デュシス王国第一王子クリューソスの署名。デュシス王家の紋章印。正式な宣戦布告だった。

「これは一体どういうことか」

光神王は使者ではなく、六大主教に尋ねた。

「和平の使者を迎え入れた覚えはない。それを謀殺した覚えもない。卿ら、釈明出来る者はおらんのか？」

六大主教は何も言わない。顔を俯けたまま、探り合うような視線を交わしている。

おそらく彼らは何も知らない。六大主教は保守的だ。デュシスの王子と手を組もうだなんて、大胆なことを考える者はいない。だとすれば、アルギュロスを謀殺したのは六大主教ではない。十諸侯の誰かだ。

「名高き光神王もずいぶんと衰えられましたな？」

挑発的に、使者は言う。

「国内の情勢すら把握されておられないとは、君主にあるまじき失態といえましょう」

「馬鹿を言うな！」

一番若い六大主教のバデク卿が声を荒らげた。

「そのような奸計に乗るとでも思ったか！　アルギュロスはクリューソスと次期王座を争う政敵ではないか！　自らの手で弟王子を始末したあげく、その罪を我が国に着せようとは、言いがかりにもほどがある！」

馬鹿はお前だと言いたかった。デュシスは戦端を開く口実を求めている。なのに見え見えの挑発に引っかかるとは、あまりにも馬鹿過ぎる。

「では確かめられるとよろしい」

顔を朱に染めるバデク卿とは反対に、使者は落ち着き払って答えた。

「ケナファ侯あたりが詳しい事情をご存じだと思いますぞ？」

それを聞いて、やはりそうかと思った。

アライス達はデュシスの第二王子と手を結び、光神王を倒そうとしたのだ。その過程で何か予想外のことが起こり、アルギュロスが死んだ。

「……そういうことであったか」

光神王は言った。

億劫《おっくう》そうに右手を挙げる。

「書状は確かに受け取った。あとは汝の死を以《もっ》て、開戦の意を主《あるじ》に伝えよ」

「捕らえよ！」イーツェフが大声で命じた。「首を刎《は》ね、デュシスに送り返すのだ！」

使者は抵抗しなかった。口元に薄ら笑いを浮かべながら、謁見の間を出て行った。

宣戦布告は受理された。もはや戦は避けられない。

六大主教達はこの状況を歓迎しているようだった。戦場で功績を挙げれば光神王の覚えがめでたくなる。聖教会内での地位も上がる。彼らは直ちに神聖騎士団を召集し、戦のための準備を始めた。

国中から武器と馬、それに食料が接収された。六つの聖教会直轄領からは少年から老人まで、男達が駆り集められた。

十諸侯の元にも伝令馬が走った。

『デュシスとの大戦に備え、各騎士団を率いて光神王の元に馳《は》せ参じよ』との命に、イーラン、ゲフェタ、ザイタ、ネツァー、ラファーの五騎士団が王都ファウルカに集結した。

その一方で、光神王はケナファ侯とその類縁であるツァピール侯、前二侯と同盟を結んでいるトゥーラ侯、バル侯、デブーラ侯を王城に召還した。なぜ敵国の王子であるアルギュロスが、サマーア神聖教国で死んだのか。ことの次第を説明せよとのことだった。

ケナファ侯らが反乱を画策していたことはまず間違いない。いずれ彼らは裁判にかけられ、極刑を申し渡されるだろう。もちろんデュシスとの戦にサマーア神聖教国が勝利し、国土と光神王を守ることが出来たらの話だが。

そのためには我が国が保有するすべての兵力を召集しなければならない。しかし聖教会は、ケナファ、ツァピール、トゥーラ、バル、デブーラの五騎士団に蟄居《ちっきょ》を命じた。「反逆者と共闘するつもりはない」と六大主教達は口を揃えるが、彼らの本音は他にある。勇猛で知られるケナファやツァピールの騎士団に手柄を横取りされることを、六大主教は恐れているのだ。

何という愚行だろう。さすがに黙ってはおれず、六大主教に私は言った。

「今は権力争いなどしている場合ではない。宣戦布告をしてくるということは、よほど自信があるということだ。デュシスは今までに例を見ないほどの大軍を送り込んでくるに違いない。サマーア神聖教国も総力を上げて立ち向かうべきだ。今すぐに五騎士団の蟄居謹慎を解き、彼らを召集するのだ」

だが六大主教は聞く耳を持たなかった。

「大丈夫です。我らには光神サマーアがついています」

「光神サマーアが我らを守って下さいます」

日々高まっていく緊張感。大戦への期待と高揚。彼らは自分達が負けるとは欠片も思っていなかった。まるで城全体が熱病にうかされているようだった。

私は一人、危機感を募らせた。

デュシス人は光神サマーアへの信仰を持たない。もし神聖教国軍が敗れたら、クリューソス王子は光神王を処刑するだろう。光神王が死ねば、天から『あれ』が落ちてくる。『あれ』はイーゴゥ大陸に住む者達、すべてを押し潰してしまう。

もし勝ったとしても、反乱を企てたケナファ侯やエシトーファは処刑される。アライスも捕らえられ、殺されるだろう。

彼らを救う方法は一つだけ。

私が光神王になるしかない。

出撃を翌日に控えた神聖院議会の場で、私は光神王に願い出た。

「私に神聖教国軍の指揮を任せていただきたい」

六大主教が目を剝いた。特にイーツェフは壇上から転がり落ちそうなほど驚いた。

光神王は現人神。大陸の中心に身を置き、この国を守るのが定め。世俗の穢れに馴染まず、聖域から外に出ることは許されない。それは後継者である私にも適用される掟だった。

だが今は非常時だ。四の五の言っている場合ではない。

「そのかわり、私がこの戦で武功を立て、見事勝利を摑むことが出来ましたなら、私に光神王の座をお譲りいただきたい」

光神王が了承しなければ、ここで道は断たれる。

けれど私には勝算があった。光神王は年老いた。残る時空はあとわずか。『神』は新たな生け贄を欲しているはずだ。

「いいだろう」

光神王は枯れ枝のような指で私を指差す。

「王座を得たくば、勝利を持ち帰るがよい」

「有り難き幸せ」私は深々と一礼してみせた。「このツェドカ・アプレズ・シャマール・サマーア。必ずや光神王の信頼に応えてみせましょう」

私が王になればエシトーファ達に恩赦を出すことが出来る。アライスを王城に呼び戻すことも出来る。

それに、これは最後の機会だ。自ら戦場に立ち、勝利を収め、この国を守ることが出来たら、民は私を王と認めてくれるかもしれない。アライスのように民の心を摑めるかもしれない。分の悪い賭けだとは思う。でも、私が天空の時空晶を消し、『神』を退治するためには、もうこれしか道がない。


翌日——

王都ファウルカの住人達に見送られ、六つの神聖騎士団と十諸侯イーラン、ゲフェタ、ザイタ、ネツァー、ラファーの五騎士団から成る神聖教国軍は進軍を開始した。

整列した騎士達、翻る紋章旗、銀の甲冑と槍の穂先がきらきらと光を反射する。整然と行進する軍隊は煌びやかで美しかった。私は光神王に戦勝を誓い、生まれて初めて王都を離れた。二万人を超える兵列が南へと向かう。隊列の半ば、騎馬兵達に囲まれて、私も馬を歩ませた。嗜みの一つとして乗馬の心得はあったものの、一日中騎乗し続ける辛さは想像を超えていた。数日もすると全身の骨が軋み、寝つくことさえ出来なくなった。

それでも私は休むことなく、進軍を続けた。デュシス軍は外縁山脈を越え、トゥーラ領から侵入してくる。平原に出られてしまっては厄介だ。出来れば奴らが山を越える前に叩きたい。

城を出て六日目《ヤウム》、私は予想外の報告を受けた。

民兵達が進軍についてこられず、脱落者が相次いでいるというのだ。にわかに信じられなかった。健康な成人男子ならば、ついてこられない速度ではなかったはずだ。

私は隊列の最後尾に向かった。

聖教会直轄領から集められた民兵達は具足もまともに着けていなかった。しかも食べ物が行き渡っておらず、彼らは痩せ細り、すでに疲れ切っていた。

「彼らの分の食料はどこに消えた？」

王都を出る前、私はこの目で確認した。兵糧《ひょうろう》は充分に足りているはずだ。それが行き渡らないということは、誰かが横領しているとしか思えない。

「なに、お気になさることではございませぬ」

ディナーエ伯が答えた。彼はシャマール神聖騎士団の団長だ。私の手助けをするようにと、シャマール卿イーツェフが副将軍に任命したのだ。

「民兵は少しぐらい腹を空かしていた方がよく働きます」

「そうですとも」

ディナーエ伯だけではなかった。傍に控えた神聖騎士団の団長達は、ここぞとばかりに自分を売り込む。

「殿下、民兵を囮《おとり》に使うとよろしい」

「民兵を前面に立たせ、敵を誘い出し、戦列が伸びたところを騎馬で叩く。これぞ必勝の法です」

「先陣を切る誉《ほま》れ、ぜひ我がシェリエ神聖騎士団にお任せ下さい」

　唖然とした。

　この者達は騎士団を率いる地位にありながら、兵法書も読んだことがないのか？

「戦において一番の兵力となるのは歩兵だ。歩兵の役割を軽んじるな」

「何を仰います。騎兵こそが戦の華。騎士団の活躍なくして勝利は摑めませんぞ？」

「騎馬の利点は機動力だ。奇襲にこそ最大の威力を発揮する。密集した平地戦となれば、騎馬など矢の標的になるだけだ」

　なぜこんな初歩中の初歩を戦玄人《くろうと》であるはずの騎士に説かねばならないのか。腹立たしさを通り越し、恐ろしくなってくる。

「とにかく、民兵達にもきちんと食事が行き渡るように取り計らえ」

「それでは兵糧が足りなくなります」

「予備兵糧を送るようエトラヘブ卿に伝令を出せ」

「ご無理を仰いますな」エトラヘブ神聖騎士団の団長が意味ありげに笑う。「追加接収には一切応じるな。小麦《ヘター》一粒たりとも出すなとのご命令です」

「そんな命令を出した覚えはない」

「ツェドカ殿下ではなく、我が主エトラヘブ卿のご命令です」

「私は光神王の許しを得て、神聖教国軍の指揮を執っているのだ。最も優先されて然るべきは私の命令だろう！」

　強固に主張する私を見て、団長達は顔を見合わせ、やれやれというように失笑する。

「殿下、戦のことはどうか我々にお任せ下さい」

「そうです。殿下は安全な場所で、高みの見物をしていて下さい」

まともに馬にも乗れない素人《しろうと》が戦に口を出すなと言いたいらしい。そういう彼らも大規模な戦は初めてのはずだ。これは模擬戦ではない。殺し合いだ。彼らとてずぶの素人だ。けれど本人達はそうは思っていないらしい。

神聖教国軍は十二日間《ヤウム》を費やしてエトラヘブ聖教会直轄領を抜け、ようやくケナファ領に入った。それと同じ頃、デュシスの大軍が外縁山脈を越え、トゥーラ領に侵入したという知らせが届いた。

私は歯がみした。もし地の利あるトゥーラ騎士団が蟄居を命じられていなかったら、こうも易々と侵攻を許しはしなかっただろう。だが今さらそれを悔やんでも仕方がない。次の防衛線はトゥーラとツァピールの領境を流れるマブーア川だ。デュシス軍がマブーア川を渡る前に、侵攻を食い止めなければならない。

神聖教国軍はケナファ領を縦断し、ツァピール領を横切り、マブーア川を渡ってトゥーラ領に入った。

その頃にはもうデュシスの大軍は目と鼻の先に迫っていた。その数一万二千。数では神聖教国軍の方が優位だ。しかし、日夜にわたる強行軍で民兵達は疲れ切っていた。あれだけ命じたにもかかわらず、食事を口に出来ずにいる者も多くいた。体調を崩して倒れる者、進軍についていかれず捨て置かれる者、逃亡しようとして斬り殺された者もいる。これでは士気など上がるわけがない。騎士団長達の制止を振り切り、私は民兵達の様子を視察して廻った。声をかけ、励ましてはみたものの、彼らの目は虚ろで覇気はまるで感じられなかった。

このままではいたずらに兵を失うことになる。民兵達に温かな食事が行き渡るよう、私は再度命じたが、騎士団長達は耳を貸さなかった。彼らは玩具を与えられた子供のように、立案会議に夢中になっていた。そして彼らが選んだ作戦が、トゥーラ領モアド平原での開戦だった。

「モアド平原の丘に陣を張ります。最前列に民兵、その後ろに弓兵、最後に騎馬隊を配置。弓なりに広く布陣し、その両端にも騎馬隊を置きます。まずは民兵を進行させ、それを討ちに出てきた歩兵を側面から突く。奴らが動揺し、逃げにかかったところを騎馬隊が追撃。これを殲《せん》滅《めつ》します」

ディナーエ伯が示す作戦図を見て、私は目眩がした。

「あり得ない」と呟く。「林や森に隠すならいざ知らず、両翼の騎馬隊がこのように姿を見せたままでは、相手が懐に入ってくるわけがない」

「デュシス人は野蛮な人種です。疲れ切り、戦意を失っているサマーア人が目の前にいれば、それを斬り殺さずにはいられないはずです」

「せめてマブーア川まで陣を後退させよう」

一縷《いちる》の望みを込めて、私は提案した。

「北の山岳地帯に騎馬隊を隠し、歩兵を使って奴らを陽動、川の中に誘い込む。動きが鈍ったところを弓と騎馬で叩く」

「ツェドカ殿下」ディナーエ伯は苦笑した。「騙し討ちなど、誇りある神聖騎士団が取るべき戦法ではございません」

「その通りです」

彼の言葉に他の騎士団長達も同意する。

「光神サマーアがご覧になっておられるのです」

「そのような戦い方をしては神聖騎士の名折れです」

私は食い下がった。戦争に卑怯も名折れもない。味方の損害を最小限に抑えつつ、いかに相手に打撃を与えるか。それを真っ先に考えるべきなのだ。私は幾つもの案を示した。理論的に、順序立てて、幾度も幾度も説明した。最後まで考え直すよう説得を続けた。

だが――すべては徒労に終わった。

私の提案はことごとく却下され、神聖教国軍はモアド平原の丘に布陣した。騎士団長達は意気揚々、すでに勝利を確信しているようだった。

けれど陣の前列に目を向ければ、民兵達の疲れ切った姿が目に入る。あれでは戦略的な動きなど望むべくもない。もとよりまともな防具もない、訓練に参加したこともない者達だ。デュシスの歩兵と正面からぶつかったら、甚大《じんだい》な被害が出るだろう。

一方、敵軍の布陣は見事だった。

最前列を固めるのは大盾を持った歩兵と、三ムードルはありそうな長槍を持った槍兵だ。密集し、盾で周囲を覆われたら矢も通らない。盾の間から槍を突き出されたら、民兵はもちろん、騎馬隊でもそう簡単には手が出せない。攻めあぐねて立ち止まれば、次列に待ち構えている弓兵の攻撃に身を晒《さら》すことになる。標的が大きい分、騎馬はいい的になるだろう。

あの布陣を見るだけでもわかる。デュシス人は騎士団長達が思っているような野蛮人ではない。歩兵と槍兵の集団に統制のとれた動きをされたら、数的有利など一瞬でひっくり返されてしまう。

懸念をあげたらきりがない。私は不安を飲み込んだ。

私は神聖教国軍の大将だ。部下達に弱気な顔を見せるわけにはいかない。

右手を挙げ、私は進軍を指示した。

同時にデュシス軍も前進を開始する。

デュシスの歩兵は方陣を組んでいた。周囲を大盾で覆い、盾の合間から長槍を突き出す。まるで巨大な針山だ。その針山が足並み揃えて神聖教国軍に迫る。弓兵が矢を浴びせかけても、盾の壁はびくともしない。

埒《らち》があかないと見て、ディナーエ伯は民兵達を突撃させた。民兵は粗末な武器を手に、わらわらと針山に襲いかかる。彼らは次々と槍に突かれ、矢に射られて大地に転がる。盾に覆われた方陣は整然と前進してくる。民兵の層を突き破り、弓兵の列にまで達しそうな勢いだ。

「諸侯よ！　騎馬隊を動かせ！」

ディナーエ伯が叫ぶ。

両翼の騎馬隊は、参戦が許された十諸侯が所有する五つの騎士団で構成されていた。彼らは機動力を生かし、方陣の側面に廻り込む。民兵の死骸に足を取られ、針山の進軍速度が衰えた。騎馬兵が長槍の穂先を避けながら、盾の壁に馬を乗り上げる。決死の突撃に方陣が崩れる。盾に隠れていた歩兵と槍兵が神聖教国軍の民兵ともみ合う。騎士達の槍が敵兵を突き倒す。

その時、天に雷鳴が響いた。

私は思わず天を見上げた。雷光は見えない。時空晶は明るく、雨が降り出す様子もない。散発的に鳴る雷鳴。

そのたびに騎馬兵が弾かれたように倒れる。

これは雷ではない。デュシスの攻撃だ。デュシス軍の後方部隊に細長い筒のようなものを抱えた兵士がいる。彼らは横一列に並んで筒をかかげた。筒の先端が火を噴くたび、神聖教国軍の騎馬が撃ち倒される。馬は雷鳴におののき、主人の命令を無視して暴走する。

そこに鬨《とき》の声が響いた。後方に控えていたデュシスの歩兵部隊が動き出す。曲刀を振りかざし、最前線になだれ込む。

戦場は混乱を極めた。青々とした牧草は血に染まり、丘には踏み潰された死体が転がる。

「行くぞ！」

「勝利を我らに！」

神聖騎士団が突撃していく。デュシス兵が筒を構える。雷鳴が轟く。戦場に到達する前に、幾多の騎兵が打ち倒されていく。

それでも二時間《サーア》は持ちこたえた。

神聖教国軍の民兵はほぼ壊滅、騎馬隊も分断されつつある。一方デュシスはまだ多くの歩兵を残している。

「怯むな！」

「誉れある神聖騎士団ぞ、敵に背を向けるな！」

騎士達の声が虚しく響く。

私の元に一騎の騎馬が駆け寄ってきた。手綱の白い房飾り、ディナーエ伯だ。

「ツェドカ殿下！」

面頰《めんぼお》を上げ、彼は叫んだ。

「一小隊をおつけします。どうかお逃げ下さい！」

地の利も数的優位も生かすことなく、神聖教国軍は敗走を始めていた。指揮系統は分断され、もはや態勢を立て直すことも出来そうにない。

大地を血に染めて倒れる人々を見て、私は自分の無力さを痛感した。私に王の資質があったなら、結果は変わっていたかもしれない。けれど、私はそれを持たなかった。私の声は届かなかった。光神王から軍を預かり、将軍を務めながらも、私は彼らを束ねることが出来なかった。

「私は神聖教国軍の将軍だ。逃げも隠れもしない」

「なりません殿下。殿下は光神王となられるお方。何としてでも無事王城に戻っていただかねば、シャマール卿に合わせる顔がございません！」

それに反論しかけた時、耳元でサファルが囁いた。

「逃げましょう。もし貴方が捕まって人質にでもなったら、次に戦うアライス殿下が迷惑します」

私は奥歯を嚙みしめた。

ディナーエ伯が用意した騎士小隊に守られて、私は戦場を後にした。

神聖教国軍は大敗した。

見る影もなく敗走した。

敗軍の将たる私の、王城までの帰路は易くはなかった。聖教会がどれだけ民の生活を圧迫していたか、神聖騎士団がどれだけ民に忌み嫌われていたか、私は身をもって知ることになった。神聖騎士だと知れると、民達は鋤《すき》や鍬《くわ》を握って殴りかかってきた。盗賊にも襲われた。甲冑や馬を奪われ、時空晶も食料も底をついた。殺されたり逃げ出したりして護衛兵は一人、また一人と減っていく。

徒歩《かち》の旅。喰う物にも困る道行き。途中で体調不良に見舞われたせいもあり、私が王都ファウルカに戻った時には、敗戦からすでに一カ月以上が経過していた。

王城に帰還した私を出迎えたのはシャマール卿《シャハル》イーツェフだけだった。

「戦況はどうなっている？」

開口一番に私は尋ねた。空腹よりも体の不調よりも、それが気になった。

「デュシス軍はどこまで進んだ？」

「ああ、ご存じないのですね」

イーツェフの悲壮な表情を見て、非情な現実を突きつけられるものと覚悟した。

けれど彼の口から飛び出したのは、信じられない言葉だった。

「マブーア川の戦いに敗れたデュシス軍は、地方領主達の連合軍により殲滅されました。とはいえ、クリューソスを取り逃がすとは所詮は烏合《うごう》の衆と申しますか、詰めが甘いと言いますか――」

「勝った――？」

地方領主の連合軍が？　蟄居を命じられていた五騎士団の寄せ集めが？　新兵器を携えたあ

のデュシス軍に勝ったというのか？

信じられない。

アライス、お前、どんな神の業を使ったんだ？

「しかも奴ら、恐れ多くも光神王が温情を示して下さったというのに、返礼も寄こさないのです」

「温情を……示した？」

「奴らは大罪人を匿っていたのです。殿下もご記憶でしょう。七年前、反逆罪に問われ、殺されたはずのアライス・エトラヘブ。それが生きていたのです」

イーツェフは腹立たしそうに口唇をねじまげる。

「まこと失礼な奴らです。大罪人を差し出せば汝らの罪は不問とする、報償も与えると光神王《サナ》は仰られたのに、いまだ何の音沙汰もない」

当たり前だ。彼らは光神王に従うつもりなどない。それどころか打倒光神王を掲げ、王都に進軍してくるだろう。モアド平原の戦いで神聖騎士団の主戦力は失われた。城に残ったわずかな兵力だけで、反乱軍に立ち向かうのは不可能だ。

今すぐ和平の使者を送るべきだ。アライスを再び『神宿』として王城に迎え入れるのだ。アライスを擁《よう》する反乱軍は光神サマーアを恐れない。王城に攻め入り、光神王を殺すことに何の躊躇《ちゅうちょ》も抱かない。

私は旅の汚れを落とし、身支度を調え、光神王に面会を求めた。

面会の許可を求めにいったイーツェフは、申し訳なさそうな顔で戻ってきた。

「光神王からのご伝言です。俗世の穢れが落ちるまで会うつもりはない……とのことです」

「そうか」

無理もない。あれだけの兵を従えていたにもかかわらず、私の軍は敗走した。失望されて当然だ。

「わかった。もういい」

イーツェフを下がらせ、私はテラスに出た。

欄干に手を置き、天を見上げる。

「ハウファ……」

懐かしい名前を呟く。耳の奥に彼女の声が蘇る。

『私が望むのは今までとは異なる新しい光神王。この国の民を圧政と恐怖から解放してくれる、そんな光神王を誕生させることが私の本願なの』

貴女の夢を叶えたかった。

貴女の夢を叶えるのは私でありたかった。

『この国の未来のために自分に何が出来るのか。よりよい世界を作るために自分は何をすればいいのか。貴方なら、きっとその答えを見つけられる』

答えを見つけたと思った。

そのために出来る限りのことをした。

『貴方が心から願えば叶わないことなんて何もない。貴方はどんな道でも選べる。どんな場所にだって行ける。どんな人間にだってなれるわ』

私は王になりたかった。

民を愛し、民に愛される王になりたかった。

『貴方にはまだ多くの時空が残されている。だから今がどんなに辛くても諦めないで』

私の夢は潰《つい》えた。

もうやり直すだけの時空はない。

「すまない、ハウファ」

私は良き王になりたかった。

けれど王は、なるものではない。選ばれるものなのだ。

「貴女との約束、守れそうにない」


王城に戻った私は、日がな一日を天上郭のテラスで過ごした。長椅子に身を横たえ、飽きもせずに天《ヤウム》を見上げていた。

数日後、デュシス軍の侵攻を食い止めた十諸侯達の騎士団が、王都ファウルカに向かって進軍してくるという一報が入った。

「ど、どうしましょう?」

イーツェフはおろおろと視線を彷徨わせる。

「逃げる準備をした方がよろしいでしょうか?」

私は長椅子に寝ころんだまま、揶揄するように笑った。

「いったいどこに逃げるつもりだ? 光神王が死ねば光神サマーアは落ち、この国の生きとし生けるものすべてを押し潰す。逃げ場など、どこにもない」

それを聞いたイーツェフはまるで雷に打たれたように背筋を伸ばした。

「王都の守りを固めさせます！」と言い残し、小走りに去っていく。

「また脅《おど》かして、悪い人だ」

サファルが長椅子の背もたれに腰掛ける。

「彼は貴方と違って純真なんですから、いじめたら可哀相ですよ？」

いつもと変わらぬ減らず口。言い返す気力もなく、私は天を見上げた。頭上を覆う時空晶。

その表面に変化はない。

「で、いつまで腑抜けているつもりです？」

「腑抜けているわけではない。待っているのだ」

「待ってる？　何をです？」

「――奇跡を」

アライスは人の心を魅了する。民は彼女を王にと望んでいる。光神王に背けば、頭上に浮いている神が自分達を押し潰す。その恐怖に人々が立ち向かえるのはアライスがいるからだ。人々は光神サマーアの恐怖から解き放たれつつあるのだ。

なのに――

「なぜこいつは消えない？　いったい何が足りない？　これが恐怖の結晶であるなら、人々がアライスを信じ、光神サマーアに恐れを抱かなくなれば、消えてなくなるはずではないのか？」

「アライス殿下が神を恐れているから――とか？」

「怯えれば怯えるほど恐怖の神は肥大する。そうわかっていて、どうして——」

言いかけて、脳裏にある考えが閃く。

私は身を起こし、口に手を当てた。

「もしかしてアライスは、エトラヘブ伯の手記を読んでいないのか？」

だとしたら、納得がいく。

アライスは『あれ』の正体も、光神王が影使いであることも知らないのだ。たとえ誰かから聞かされたとしても、それを信じることが出来ずにいるのだ。アライスは馬鹿で素直で純粋だ。いまだに『あれ』を光神サマーアだと信じている。だから『あれ』はこうして天に居座り続けているのだ。

「なんでハウファ様はアライス殿下にエトラヘブ伯の手記を見せなかったんでしょう？」

「私には、なんとなくわかる気がする」

「——？」

「アライスは『光』だ。理想や夢や希望を糧に未来を築こうとしている。だがあの手記は『闇』だ。陰謀と殺戮《さつりく》と後悔に満ちたこの国の負の遺産だ。おそらくハウファは、アライスにそれを背負わせたくなかったのだ。『闇』に染まることなく、『光』の道を歩んで欲しいと願ったのだ」

エシトーファが「アライスは生きている」と知らせてくれた時、私は何を捨ててでも、彼女に会いに行くべきだった。あの時すべてを打ち明けていたら、ここまで拗《こじ》れることはなかった。代々の光神王と同じだ。私は民や国のことよりも、自分の矜持を優先した。今になってすべてを打ち明けても、もはや命乞いにしか聞こえないだろう。何を言っても奸計だと思われるだろう。それに唯一、私の味方をしてくれそうなエシトーファは今、王城の地下牢に繋がれている。

いっそエシトーファを連れて王城を出るか。彼に仲介を頼んでみるか。いや、それでも上手くいくとは限らない。私はハウファを守れなかった。アライスとの約束を守れなかった。アライスは私を恨んでいるだろう。たとえどんなに言葉を尽くしても、もう信じては貰えないだろう。

私には時間がない。やり直しはきかない。

考えろ。より確実な方法を。

「光神王に会わせるしかないか」

光神王は神ではない。憎悪を嗜む化け物だ。直接会って話をすれば、アライスもきっと目を覚ます。

「でも光神王は王城から出ませんよ。アライス殿下だって、殺されるとわかってるのに、のこのこ王城にやってきたりはしないでしょう」

だが彼らが攻め込んでくるまで待つわけにはいかない。光神王を倒す前に、アライスに『あれ』を否定させる。それにはアライスの信仰心を、完膚なきまでに破壊しなければならない。

「サファル、つき合え」

私は立ちあがった。

「ケナファ侯に会いに行く」

反逆罪に問われた五人の領主は、王城の地下牢に軟禁されていた。居眠りしている牢番から鍵を拝借し、私はケナファ侯の牢に入った。

地下牢としては比較的広い方だった。木の机と椅子、寝台も用意されている。

「これはこれはツェドカ殿下」

ケナファ侯はにこやかに私を出迎えた。簡素な木綿《クトン》の服、顎を覆う無精髭《ぶしょうひげ》、少しやつれたようにも見えるが、私よりはるかに健勝そうだ。

「このようなむさ苦しい場所に何の御用ですかな？」

「貴方に頼みがある」

私は机の上に油紙の包みを置き、ケナファ侯を見上げた。

「貴公の命、私にいただけないだろうか？」

さすがのケナファ侯もすぐには二の句が継げなかった。それでも彼は気を悪くした風もなく、不思議そうに首を傾げる。

「なぜそのようなことをお尋ねになる。私はただの虜囚《りょしゅう》。断りを入れる必要もない。黙って首を刎ねればよろしい」

そこで言葉を切り、楽しそうに、にやりと笑う。

「ただそれしきのことでは救国軍の進軍は止まりませぬぞ？」

「ああ、わかっている」

私は油紙の包みを解いた。エトラヘブ伯の手記を取り出し、ケナファ侯に差し出す。

「読んでくれ」

訝しげな顔をしながらも彼は手記を受け取った。古い表紙を開き、頁を捲る。読み進めていくうちに、彼の顔色が変わった。私が目の前に立っていることなどすっかり忘れてしまった様子で、彼はエトラヘブ伯の手記に没頭した。

長い時間をかけ、ケナファ侯はすべての頁に目を通した。それを待って、私は再び口を開いた。

「『あれ』を消すためには人々の心から神への恐怖を取り除かねばならない。それが出来るのは王の資質を持つアライスだけだ。しかしアライスは、いまだに『あれ』を神だと信じている。『あれ』を天から消し去るには、アライスに神を否定させる必要がある」

小さな咳を挟み、私は続ける。

「だから父に会わせる。光神王は憎悪を嗜む。アライスがいまだ光神王を現人神と信じ、光神サマーアを神として崇拝しているのなら、光神王はそれを揶揄せずにはいられない。必ずや彼女の希望を打ち砕こうとするだろう」

ケナファ侯は私を見つめた。その眉間に深い皺が刻まれる。

「惨《むご》い手段を考えたものだ」

「『あれ』を消し去るためだ。手段は選ばない」

私はエトラヘブ伯の手記を取り上げた。

「アライスはイズガータ殿に憧れていた。イズガータ殿と貴公の関係はアライスにとって理想そのものだった。その貴公が自分のせいで殺されたら――」

後はわかるだろう？　というように、私は首を傾げてみせた。

「だが――」ケナファ侯は眉を顰めたまま言い返す。「殿下の考え通りにことが運び、アライス姫が投降したとしても、王城に足を踏み入れたが最後、姫は捕らえられ処刑されてしまう」

「だろうな」と私は答えた。「その際には王城前広場にて公開処刑になるよう取り計らおう。アライスを王にと望む民衆は黙ってはいないだろう。必死に助けようとするだろう。その思いが恐怖を凌駕した時、『あれ』は消える」

「もし上手くいかなかったら？」

「サマーア神聖教国は滅びる。光神王は反乱軍に殺され、国民は『あれ』に潰されて死に絶える」

ケナファ侯は深いため息をついた。何かを思い出すように、自分の掌《てのひら》をじっと見つめる。

「アライス姫はずっと耐えてくれていた。父王を殺したくないのに、我らのためを思い、先頭に立ってくれた。もうこれ以上、姫に苦しい思いをさせたくはない」

私は答えなかった。

ケナファ侯は十諸侯だ。守るべき民がいる。きっと決断してくれる。そう思う。そう信じたい。

「ツェドカ殿下、一つお約束いただきたい」

長い沈黙の後、ケナファ侯は切り出した。

「もし奇跡が起きて、『あれ』を消し去ることが出来たなら、その後、姫に父殺しはさせないと約束していただきたい」

娘を思う優しい父親。ケナファ侯とイズガータに憧れた、アライスの気持ちがわかる気がした。

「わかった」

私は彼の目を見つめた。

「父は私が殺そう」

「では――」と言って、ケナファ侯は戯《おど》けた仕草で両手を広げた。「このような老体ではありますが、殿下のお役に立ちましょう」

「本当によいのか？」

とても信じられなかった。

「私を、信じてくれるのか？」

配下の者でさえ私の言葉を信じなかったのに、自分の兵隊でさえ望み通りに動かせなかったのに、理不尽にも「お前の命を差し出せ」と言っているのに、ケナファ侯はおおらかに頷く。

「これでも人を見る目はあると思っております」

そう言って、彼はくすりと笑った。

「それに初めに申し上げましたでしょう。私を処刑するのに、こんな手の込んだ嘘は必要ない。黙って首を刎ねればよろしい」


アライス率いる反乱軍は、ファウルカの目と鼻の先まで接近していた。ファウルカ郊外の丘に彼らが陣を張った、その日の正午。

エズラ・ケナファ大将軍が処刑された。

ファウルカ外周に築かれた急ごしらえの城壁。その南側の門に彼の遺体は吊された。服の胸部には血文字で、アライス宛ての警告が記された。

大罪人アライスに告ぐ。
直ちに投降せよ。
さもなくば罪の果実は数を増し、
ファウルカの街は焦土と化すであろう。

私は待った。天上郭のテラスで長椅子に腰掛け、背もたれに頭を乗せて、私は待った。

天を覆う時空晶が真っ赤に染まる。

音もなく夜の帷《とばり》が降りてくる。

長椅子に座ったまま、私はその報告を待ち続けた。

真夜中近く、バタバタという足音が聞こえた。

イーツェフが息を切らし、テラスへと駆け出してくる。

「アライスが投降してきました！」

来たか。

私は立ちあがり、イーツェフに命じた。

「すぐに裁判を行う。急いで六大主教を集めろ」

「い、今からですか？」

「そうだ。一刻も早くアライスを処刑し、現人神は光神王ただ一人であることを愚民どもに証明してみせるのだ」

急がねば反乱軍が攻め込んでくるぞと脅すと、イーツェフは「直ちに！」と答え、慌ただしく去っていった。

裁判に参加するため、私と光神王は上郭にある神聖院の議事堂に向かった。

議事堂には六大主教が顔を揃えていた。彼らが座る左右の壇。その真ん中に被告人席が設けられている。屈強な近衛兵に挟まれて、一人の若い騎士が座っている。

無造作に束ねられた白金の髪。

炯々《けいけい》と輝く青碧の瞳。

王城を出て七年《サナ》。アライスはまごうかたなき王の資質を開花させていた。

凜《りん》とした眼差し。内面から放たれる高貴な魂の輝き。彼女は大輪の花だった。泥の中から立ちあがり、清らかな花を咲かせる、白い睡蓮だった。

「裁判を始める」

全員が着席するのを待って、イーツェフが宣言する。彼は書面を広げ、アライスの罪状を読み上げる。

「咎人アライスは本来の性を偽り、実母ハウファと共謀し、光神王の座を簒奪《さんだつ》せしめんとした。その謀略が発覚した後、王城から逃走。七年《サナ》の潜伏の間に反乱軍を組織し、これを率いて王都に攻め上がり、恐れ多くも光神王を弑《しい》せんとした。よって神聖院は咎人アライスに死罪を求刑する」

イーツェフは頭を下げた。

「以上でございます」

王は気怠《けだる》げに応じた。

「左様にしろ」

「お待ち下さい！」

アライスが立ちあがった。左右の近衛兵が乱暴に彼女の腕を掴む。

「下がれ！」

鋭い声でアライスは命じた。

「『神宿』を押さえつけるとは何事か！」

その一声に近衛兵が怯んだ。アライスは彼らの手を振り払うと、臆することなく光神王を見上げた。

「父上、貴方もお気づきのはずです。王城に残存する兵力では救国軍を止めることは出来ません。時の流れは誰にも止められません。恐怖で人を支配する時代は終わったのです」

「勝手な発言は慎むよう——」

「黙れ！」

遮ろうとしたイーツェフを、アライスは一喝した。

「今こそ聖教会による圧政を廃するのです。恐怖政治を終わらせるのです。暴政をふるう六大主教から権力を奪い、十諸侯達に国の行く末を委《ゆだ》ねて下さい。それさえお約束下されば、私はこの命に代えてでも、必ずや父上をお守りいたします」

「何を言うか！」「この反逆者が！」

六大主教達が罵声《ばせい》を浴びせる。近衛兵達も興奮したように槍の石突《いしづき》で床を叩く。

のろりと光神王が手を挙げた。

騒然としていた場内が静まりかえる。

「私の死は、すなわち国の死である。私を弑せば光神サマーアは地に落ちる。神に逆らった者達に相応しい滅びを与える」

「なぜです？　父上は国民を愛していないのですか？」

アライスは困惑したように眉を寄せる。

「この国には貧しさのあまり飢えて死ぬ者がいる。時空晶を稼ぐために危険な仕事に従事し、命を落とす者もいる。聖典にある通り、人々を救うために光神サマーアがおられるのなら、聖教会の言う通り、民を救うために信仰があるのなら、なぜ神は、貴方は、彼らを救おうとしないのです？」

「真の救いとは何か、お前は知らない」

淡々とした光神王の声。わずかに漂う愉悦の響き。憎悪を喰らう化け物が、ゆっくりと鎌首をもたげる。

「人間は苦難を神に預けることで思考を放棄し、心の平穏を得る。困難に直面すれば救済を求め、我を救えと神に祈る。それが信仰だ。神はそこにあるだけで、人を救うものなのだ」

「貴方こそ、現実を何も知らない！」

射るような眼差しで、アライスは王を睨みつける。

「聖教会は貧しい者からも容赦なく喜捨《きしゃ》を取り立てる。神聖騎士団は罪もない者達を殺戮している。なのに神は民を恐怖で弾圧するばかりで、何の救済も与えない。これでは信仰などなくなって当然だ。人々に信仰を捨てさせたのは、彼らの苦難を看過してきた光神王、貴方のせいだ！」

「それを望んだのは人間だ。恐怖なくして人間は自らを律することが出来ない。国を統治し、平和な世を築くためには、恐怖の神が必要なのだ。それを承知しているからこそ人間は神を頭上に戴き、自ら進んでその隷属となったのだ」

「人は恐怖による支配など望んではいない！」

「ならば、なぜ人間は、いまだ光神サマーアを頭上に戴き続ける？」

「光神サマーアは我らの頭上に君臨する神。我らを守る絶対神。そう教えられてきたからだ。疑えば、神は汝らを打ち殺すのだと聞かされ続けてきたからだ」

然りと、光神王は嗤った。捕らえた獲物をいたぶるように、彼女の心に黒い爪を食い込ませる。

「恐怖による統治を人間達が望んだからこそ、光神サマーアは存在するのだ」

「違う！」

「何が違う。恐怖がなければこの大陸は再び混沌《こんとん》に飲まれる。それがわからぬような愚か者は、恐怖に打たれて死ねばよい」

アライスは目を見開いて絶句した。失望、憎悪、後悔、憤怒、あらゆる負の感情が、彼女の顔に浮かんでは消えていく。

「神に救いを求める者達に、現人神である光神王が死ねと宣《のたま》う。それが神の有り様だというのなら、もう神などいらない」

　アライスは顔を上げ、叫んだ。

「私は光神サマーアを否定する！」

　よく言った。

　その言葉を待っていた。

　次の瞬間、アライスは左右に立つ近衛兵を蹴り倒した。剣を奪い、玉座に向かって走る。鋭利な刃物のような殺気。光神王を殺す気だ。

　駄目だ、アライス。『あれ』はまだ消えていない。今、光神王を殺しては、『あれ』が落ちて来てしまう！

　私は両手を広げ、アライスの前に立ち塞がった。

「退《ど》けッ！」

　声とともに繰り出される蹴り。彼女の右足が脇腹に入り、私はあっけなく蹴り飛ばされた。痛みに目の前が暗くなる。蹴られた脇腹を押さえながら、必死にアライスに手を伸ばす。

「やめ——」

　声は届かなかった。

　アライスの剣は光神王の胸を貫いていた。

　剣から手を放し、アライスは数歩後じさる。そこにようやく近衛兵が駆けつけてきた。恐慌に陥った近衛兵達は、力任せに彼女を殴り、蹴り、踏みつける。

「大丈夫ですか、殿下！」

近衛兵が私を助け起こそうとする。私はそれを固辞し、自力でなんとか立ちあがる。左脇腹がズキズキと痛む。左腕に力が入らない。

私は天井を見上げた。何の音もしない。『あれ』が落ちてくる気配もない。

すべては迷信だったのだろうか。私は迷信に翻弄されていたのだろうか。

そんな考えが脳裏を過《よぎ》った時だった。

「気性の激しさは母親によく似ている」

くつくつと、愉悦の笑い声が聞こえた。

「愚かなところもよく似ている」

光神王の声だった。

王の右手が動き、自分の胸に突き刺さっている剣の柄《つか》を握った。剣が胸から引き抜かれる。なのに血は一滴も流れない。

なぜだ、なぜ死なない？ それともこれは幻なのか？ 影が見せた幻影なのか？

「お前がいなければ、反乱軍は戦えない」

押さえつけられ、床に伏したアライスに向かい、光神王は言った。

「先に逝き、地の国《トゥホーマ》で待つがよい。光神サマーアに逆らう者は根絶やしにする。お前が守ろうとした者はすべて地の国《トゥホーマ》に堕《お》ちる」

アライスの顔が恐怖に歪む。

追い打ちをかけるように、光神王はさらに続ける。

「愚か者よ。お前はこの国を変えたかったのではない。民草を救いたかったわけでもない。お前はこの父に愛されたかったのだ。この父に認められたかったのだ。『私が間違っていた』と、『お前は私の誇りだ』と、この口に言わせたかったのだ」

「違う」

「だからお前はここに来た。軍勢を率いて攻め込めば勝利は確実であったものを、単身ここにやってきた。父に自分の功績を認めさせたいという愚かな欲望のため、お前は民の期待を裏切ったのだ」

「違う……！」

「私を殺せなかったのが何よりの証拠。父に愛されることをお前は望んだ。その夢をお前は捨てられなかった。だからお前は私を殺せなかった。頑是《がんぜ》ない子供のように父の愛を乞い続ける限り、お前に私は殺せないのだ」

光神王はアライスの『神宿』の証を手に取ると、それを彼女の目の前で、粉々に握り潰した。

アライスの瞳が絶望に塗り潰されていく。

美しく花開いた睡蓮が、黒い狂気に散らされていく。

「明日正午、咎人アライスを王城前広場にて火刑に処する！」

アライスはがくりと頭を垂れた。抗弁も抵抗もしなかった。近衛兵に両腕を摑まれ、地下牢へと引きずられていく。その姿からは、もはや王の威厳も光輝晶《こうきしょう》の輝きも感じられない。

私は失策を悟った。

私が破壊したのはアライスの信仰心ではなかった。私が壊してしまったのは、長い間、彼女が胸に秘めてきた、彼女自身の夢だったのだ。

「医者を呼びましょう」というイーツェフの申し出を断り、私は天上郭の自分の住まいに戻った。テラスに置いた長椅子に座る。蹴られた脇腹が脈打つように痛む。しばらく休めば楽になるだろうと思っていたのに、痛みは引くどころか、ますますひどくなってくる。

椅子の上に仰向けに倒れ、両足を投げ出した。目を閉じると瞼《まぶた》の裏側に、引き立てられていくアライスの姿が浮かんだ。

昔、第二離宮の裏庭でアライスは言った。

「叶わなかった夢はどこへいくんだろう。深海に雪が降るように、海の底に沈んでいくのか。それともどこかの深い谷底で、誰にも知られずひっそりと花を咲かせるのか」と。「そうだといいな。それなら少し救われる気がする」と言って、強ばった笑みを浮かべた。

あの時、私はアライスに同情されたのだと思った。

けれど、違ったのだ。アライスの夢はハウファの願いを叶えることでも、この国の民を救うことでもなかった。彼女は父に愛されたかったのだ。女である自分を父に認めて欲しかったのだ。あの時、第二離宮の裏庭で、彼女はすでに悟っていたのだ。自分の夢は叶わないだろうと。父は自分のことを、決して認めはしないだろうと。

アライスにとって、神と父は同じものだった。彼女は父の愛を求め、そのために神を信じ続けた。だから『あれ』は消えなかった。アライスは父を殺せなかった。

私も同じだ。パラフからは得られぬ母の愛をハウファに求めた。ハウファのために光神王になると誓った。理想の国を作ると誓った。

私達の夢は砕けた。もうなす術はない。明日の正午、アライスは処刑される。私は光神王となって天空の偽神を背負い、支えきれずに死ぬだろう。『あれ』は地に落ち、この地に生きとし生けるもの、すべてを滅ぼすだろう。

誰にも救えない。

誰も助けてはくれない。

この世に神などいない。

祈っても、泣き叫んでも、誰も私達を救ってくれない。

「なら、貴方が神になればいい」

私は目を開いた。

背もたれの後ろから、サファルが私を覗き込んでいる。

「貴方、ついに道を見つけましたねえ」

彼の手には、文書館の鍵束が握られていた。

サファルに導かれ、私は文書館に向かった。人気《ひとけ》のない作業場を抜け、奥の階段を下る。アゴニスタ一世の肖像画に隠された小部屋、奥の壁に穿たれた龕《がん》から空の燭台をどけ、臙脂色の敷物を取り払う。

そこには鍵穴があった。

アライスが残した木製の合鍵を差し込むと、鎖の鳴る音がした。石壁が沈み、その先に階段が現れる。

私達は光木灯を頼りに、地下深くへと降りていった。どこまでもどこまでも続く階段。下っても下っても先が見えない。どこまで続いているのだろう。どこに続いているのだろう。

「こんなもの、いったい誰が作ったのだ」

私の囁きに、サファルが答える。

「貴方ですよ」

「私――？」

「ここでは『意識』が『物質』となる。真実を求める貴方の意志が、一段一段この階段を作り、ついに真相へと辿り着いたんです」

なんだそれは。出来の悪いお伽噺《とぎばなし》か。

私は笑い飛ばそうとした――が、笑えなかった。

この世界は歪んでいる。『物質』と『意識』の境目が曖昧《あいまい》になっている。『意識』である夢が結晶化し、『物質』である人間が影に憑かれるほどに。

私は無言で階段を下り続けた。

やがて私達は地の底に辿り着いた。光木灯を掲げても天井にも壁にも光が届かない。どれほどの空洞が広がっているのか見当もつかない。

「ご覧なさい」

サファルは光木灯に遮光布を被せた。視界が闇に沈む。真っ暗で自分の鼻先も見えない。

「こんな状態で――」何を見ろというのだ。そう言いかけた時だった。

暗闇の中に光が見えた。きらきらと瞬く小さな光。天を、地を、周囲を埋め尽くす淡い光。

それは結晶の花だった。

内なる光を秘めた数多《あまた》の彩輝晶だった。

「これは……」

後じさると、足下で硝子が砕ける音がした。彩輝晶の花を踏みつけてしまったのだ。慌てて摘み取ると、それは私の手の中で脆く崩れた。

「そっと歩いて下さい」

サファルが言った。

「これは失われた夢なんですから」

「……失われた、夢？」

「そうです」

サファルは手を伸ばした。かすかな光を纏った花片が、その掌に舞い降りる。

「美しいでしょう？」

彼の髪に私の肩に、はらはらと夢が降ってくる。燃え尽きた夢。叶わなかった夢。まるで慰めるように、何かを労《いたわ》るように、静かに優しく降り積もる花片。

ああ、夢は、どうしてこんなに美しいのだろう。

叶わないとわかっていても、こんなにも心を摑んで離さないのだろう。

「ここは忘却の淵《ふち》。叶わなかった夢が眠る場所。人の心から抜け落ちたもの。忘れ去られていったもの。選ばれなかったもの。それらは彩輝晶となり、ひっそりと花を咲かせ、人知れず散っていく」

サファルは私を見つめ、少し寂しそうに笑った。

「貴方はこれで救われましたか？」

「――お前だったのか」

ため息のように、私は呟いた。

「地下から聞こえたあの声は、お前の声だったのか」

「いいえ。あれは『世界の意識』です。私であって、私ではない」

謎かけのように言って、彼は掌に留まる花片に息を吹きかけた。その花片はきらきらと輝きながら、音もなく空に溶けていく。

「影は『世界の意識』の一部。だから影使い達は『永遠回帰』の影響を受けます。特に王城はこれの真上にあるせいで、その影響を受けやすいのです」

「これ――？」

「伝説では巨大な時空鉱脈と言われてますね」

私は自分の足元を見た。色とりどりの彩輝晶。儚《はかな》い音を響かせて、砕け散っていく夢の花。

「本来、『意識』というものは人の心の中にのみ存在し、目には見えないもののはずだった。『物質』である人と『意識』である影は乖離《かいり》していて、触れ合ったり会話したりすることは出来ないはずだった。けれどこの世界では、それがこんがらがってしまっている」

降ってくる花片を見上げ、サファルはそっと笑った。

「――といっても、他の世界がどうなっているのかなんて知る由もないんで、あくまでも想像でしかないんですけどね？」

「この歪みを直す方法はないのか？」

「悪いのは歪みじゃない。そう生まれついたのは個性です。貴方がどんなに望んでもアライス殿下になれないように、アライス殿下がどんなに望んでも貴方にはなれないように、己にないものを求めても虚しいだけ。歪みなど気にせずに、これが自分だと胸を張って生きればいい」

彼は手を伸ばし、私の胸の中央を指さす。

「自分を救えるのは、自分だけなのだから」

「自分を救う——？」

私は嗤った。

「それが出来たら苦労はしない。その方法がわからないから、人は迷い、悲しみ、こんなにも苦しむのだ」

「でも貴方は『世界の意識』の声を聞いた」

サファルは掌を上に向け、ゆらゆらと揺らした。

「世界が変革を求める時、『世界の意識』の声を聞く者が現れる。ズイール・シャマール然り。アゴニスタ一世然り。世界を変える者が声を聞くんじゃない。その声を聞く者が世界を変えるんです」

闇輝晶の瞳が私を見つめる。

「『世界の意識』が永遠回帰を望み、貴方はそれに応えた」

地の底に眠る深淵《しんえん》。そこに横たわる『世界の意識』。深く静かな大地の鼓動。時代のうねり。永遠回帰の大波。それに飲まれそうになった時——

私は目を覚ました。

天上郭のテラス。そこに置かれた長椅子に横たわり、私は天を見上げていた。

天空の時空晶は暗く、まだ夜明けの気配はない。

「手当てしておきました」

長椅子の背もたれに腰掛け、サファルが言った。

「気休め程度ですが、少しは楽になったはずです」

横になったまま、私は彼を見上げた。

奇妙な夢を見た——と言いかけて、止めた。

私の体の上には透明な花片が降り積もっていた。身を起こすとはらはらと散る。床に落ちる前に淡く光って消えていく。

脇腹の痛みは鈍くなっていた。

「一つだけ、聞かせてくれ」

息をつき、サファルに問いかける。

「お前が通路に詳しいのは、お前がアトフだからか？」

パラフの愛人だったアトフ。彼女を王城から連れ出そうとし、斬り殺された地図職人。パラフが宝玉箱の中に隠し持っていた闇輝晶は、彼の無念が結晶化したものだったのだろうか。

「闇輝晶は生きたいと願う人の本能です。死影は無念を残して死んだ人々のそれ。個人の記憶はありません」

嘯《うそぶ》いて、彼は顔をしかめてみせた。

「だいたい私がアトフだったら、貴方の義理の父親ってことになるじゃありませんか」

「まぁ、どうしてもというのなら、お父さんと呼んでくれてもかまいませんけどね」

「嫌そうに言うな」

「死んでも断る」

笑おうとして、私は咳き込んだ。サファルが私の背をさする。まるで父親のように優しく、慈悲深く。

「もういい」

右手を上げてそれを制し、私は命じた。

「それより歴史学者の服を用意しろ」

「何をするつもりです？」

「アライスに会いに行く。あれは単純だから、きっと一人では答えに辿り着けない」

サファルを見上げ、低い声で尋ねる。

「まだ時空は足りそうか？」

気遣わしげな顔で私を見つめながら、それでも彼は頷いた。

「はい、大丈夫です」

「では行こう」

私は彼に手を差し出した。

「手を貸してくれ、サファル」


鐘楼の鐘が鳴る。

正午を告げる鐘が鳴る。

人で溢れた王城前広場。雨を求め、夜明けを求め、奇跡を求めて歌う人々。

その様子を、私は天上郭のテラスから眺めていた。

火刑台に向かい、アライスを乗せた荷車が進んでいく。

本来の性別を偽るのは苦しかっただろう。男に負けまいと努力し続けるのは並大抵のことではなかっただろう。あれだけの剣技を身につけるには痛い思いもしただろう。人々の期待に応え、血みどろの戦場に身を置くのは辛かっただろう。

お前が歩いてきた道は決して平坦ではなかった。

それでもお前は逃げなかった。逃げ出さずにここまで来た。

お前になら出来る。

奇跡を起こせ。

奇跡を起こし、お前自身を救ってみせろ。

火刑台の粗朶《そだ》に火が放たれる。人々の声が、なおいっそう大きくなる。悲鳴のような歌声、膨れあがる思い、祈りは大きなうねりとなって、天空の時空晶を突き上げる。

ミシリ……と時空晶が軋んだ。アライスの真上、灰色の時空晶に亀裂が走る。それは四方八方に広がり、蜘蛛《アンカプート》の巣のような紋様を描く。ぱらぱらと散る破片が雨となって降ってくる。

炎と黒煙に包まれる火刑台。その上でアライスが叫んだ。

何と言ったのか、私にはわからなかった。

けれど人々は、熱狂をもってそれに応えた。

オオオォオオオオ……ン

鐘が割れるような音を響かせて、恐怖の神が罅割れた。

長い長い間、この国の人々を押さえつけていた信仰が崩れていく。

コオオオオオオオォ……ン
コオオオオオオオオォォ……ン

時空晶が砕ける。偽物の神が砕ける。その破片は大粒の雨に姿を変え、驟雨《しゅうう》となって降りそそぐ。

雨が降る。血を、闇を、恐怖を洗い流して雨は降る。降り続く。

激しい雨に遮られ、広場も火刑台ももう見えない。

私は一人、天上郭のテラスに立ち、両手を開いて雨を受け止めた。慈雨に打たれて私は笑った。ずぶ濡れになりながら、大声で笑い続けた。

「見事だ、アライス！」

お前は恐怖の神を砕いた。私には決して成し得ない奇跡を起こした。

アライス、お前は気づいていただろうか。

私はお前になりたかった。ずっとお前に憧れていた。

お前は私のことを『本物の王子』と言った。自分のことを『偽物の王子』と言った。

それは違う。違うぞ、アライス。

お前は確かな王の資質を持つ。

お前は本物だ。お前こそが本物なのだ。

そんなお前に憧れていた。

私はお前になりたかった。

煙るような雨は次第に勢いを失い、白い靄の合間から、剣のような光が差し込んできた。

天から地上へとまっすぐに伸びた光。幾本もの光の柱。天上に続く光の階段。

その先に――青い空があった。

目映《まばゆ》く輝く太陽があった。

素晴らしい眺めだった。夢のような光景だった。

「サファル……手を貸してくれ」

青い空を見上げる。

太陽の眩しさに目を細める。

「ケナファ侯との約束を果たしにいく」

濡れた衣服を脱ぎ、礼服に着替えた。ハウファの肩掛けを羽織り、私は天上郭の大広間に向かった。

大広間の一番奥、天蓋《てんがい》つきの王座に光神王は座していた。手足を投げ出したその姿は、まるで屍《しかばね》のようだった。

「ツェドカ……」

死に体が私の名を呼んだ。

「……近くへ」

仰せに従い、私は彼に歩み寄った。その足下に跪《ひざまず》き、皺と染みに埋もれた顔を見上げる。

「これにはもう時空が残っていない」

軋むような声で、それは言う。

「お前の時空が必要だ」

老いさらばえた体を起こし、枯れ枝のような手で私の肩を摑む。

「もう一度、光神サマーアを具現化させる。岩を降らせ、神を信じぬ愚か者どもを殲滅するのだ」

死にかけた体に似つかわしくない強力で、それは私を引き寄せる。罅割れた唇が私の首筋に吸いつく。歯が皮膚を食い破る。影は血を媒介して人に寄生する。光神王に憑いた『神』が私の中に侵入してくる。

——我を名づけよ。サマーアの名を共有し、我に時空を差し出せ。

大地の奥底に眠る数多の夢。あの彩輝晶を尽きることなき欲望と捉えるならば、天空にあった時空晶はそれを抑圧する自我だった。初代アゴニスタに呼びかけた『神』もまた『世界の意識』の一部だったのだ。戦乱の世に秩序を求める人々の願いが、時代のうねりが、恐怖の神を生み出したのだ。

だが、もはや人々は神を必要としない。闇ではなく光が、死ではなく生命が、絶望ではなく希望が、これからの世界を作るのだ。永遠回帰の時が来た。暗黒の時代は終わったのだ。

――力が欲しかろう。王になりたかろう。我に時空を寄こせ。お前の夢を叶えてやろう。

「無駄だ」

唇を歪めて、私は嗤った。

「私にはもう時空がない」

初代光神王は「女は闇に属する」と言い、女が光神王になることを禁じた。

その事実を知った時、私の中に一つの仮説が生まれた。

光神王に宿る『神』。それは影なのではないか。

影に憑かれた女から生まれた子供は『影憑き』になる。『影憑き』は死影に時空を喰われ、時空を使い果たして鬼《グル》となる。光神王はそれを恐れたのではないだろうか。時空を持たない者を後継者としてしまうことを、『神』は恐れたのではないだろうか。

光神王に憑いている『神』は影と同じく、宿主の時空を喰う。けれど『神』は神祖ズィール・シャマールの血を引く者にしか憑くことが出来ない。だから光神王は、次の器が死影に憑かれることのないよう『神宿』を王城に隔離するのだ。

エトラヘブ伯の手記を読み、ツァピール侯の話を聞いて、その仮説は確信に変わった。

影使いが使役する影は、宿主の死とともに消滅する。残り時空の少ない者が後継者となれば、その死とともに『神』も死ぬ。それこそが歴代光神王を支配してきた『神』を殺す、唯一の方法だ。

「終わりにしよう」

私は眼帯を取った。

結晶化した右目と醜く老いた顔を晒す。

光神王が影使い達を排斥し、虐殺《ぎゃくさつ》し続けた理由。それは影使いが外見を偽る技を持っているからだ。自分がまだ若く、可能性に満ちた若者であるように、光神王の目を欺くことが出来るからだ。

パラフが隠し持っていた闇輝晶。それは他の彩輝晶から仮初の時空を得て具現化した。私はハウファを守るため、死影と契約し、我が身に影を受け入れた。

それがサファルだ。

私は『神』を殺すため、己の時空をサファルに与え続けた。人には見えない下僕《げぼく》として、かけがえのない友として、彼を具現化し続けてきた。

「サファル、最後の命令だ」

この十二年間を、ともに歩んできた死影《サナ》に、私は命じた。

「アゴニスタ・ザカア・メレク・サマーアを殺せ」

「畏まりました」

応えとともに、サファルが黒い手を伸ばす。光神王の筋張った首を影の手が締め上げる。

父王の目が見開かれる。皺深い顔が灰色の結晶と化していく。恨めしげな目、何か言いたげに開かれた口、けれど呪詛《じゅそ》の言葉を発する間もなく父の体は結晶化し、粉々に砕け散った。

王座に残された王の衣装。房飾りのついた天鵞絨《マフマル》のマント。それを羽織り、私は王座に腰掛けた。

——アライスの時空を乗っ取れ。お前が欲してやまない王の資質を手に入れろ。

頭の中で『神』が叫ぶ。

——秩序を守り、規律を維持していくためには恐怖が必要なのだ。人間の欲望を抑えることが出来るのは恐怖だけだ。恐怖だけが人の世に平和をもたらすことが出来るのだ。

それを無視し、目を閉じる。

私は何不自由なく育てられた。多くの召使いが私につき従い、光神王を崇めるが如く私を崇めた。私の望みは何でも聞き届けられた。本でも食べ物でも、求めるものは何でも手に入った。けれど二つだけ、どうしても手に入らないものがあった。

ひとつは自由。

そして、もうひとつは愛。

結局、私はどちらも手に入れることが出来なかった。自由を勝ち取ることも、愛した女性を守ることも出来なかった。

「だが、私は夢を叶えた」

ハウファ、見ていてくれたか？

私は光神王になったぞ。

王になって、この国を救ってみせたぞ。

「光神王、お逃げ下さい！」

血相を変えたイーツェフが駆け込んできた。

「暴徒達が攻め込んできます。もう一時も保ちません！」

私は唇の端で笑った。本当の姿を晒した私をイーツェフは光神王だと思っている。

「私は逃げぬ」

父のように頽廃に倦んだ声で、私は答えた。

「もうよい。お前達は投降しろ」

「そのようなことは出来ません！」

イーツェフは顔を引き攣らせながらも、頑固に言い返した。

「光神王はこの命に代えてもお守りいたします」

彼はシャマール神聖騎士団に指示を出し、大聖堂へと繋がる階段に配置した。

「ツェドカ殿下！　どこにおわします！　殿下！」

私の名を呼びながら、イーツェフは天上郭を駆け廻る。

すまない、イーツェフ。お前は私のような悪人ではないが、ここまで来ては仕方がない。ともに地の国《トゥホーマ》に堕ちよう。お前がいてくれたら、地の国《トゥホーマ》も少しは賑やかになるだろう。

「よろしいのですか？」

サファルが私に尋ねた。珍しく真面目な顔をしている。

「すべてを話せば、アライス殿下はきっとわかってくれますよ？」

「アライスが光神王を殺さねば、民は納得しない」

それに——と続け、私は左手を目の前にかざす。

「説明するだけの時空は残っていない」

私の左手は結晶化し、罅割れていた。残ったわずかな時空を『神』が食い荒らしているのだ。

サファルは闇輝晶の目を眇める。

「すべてはアライス殿下のためですか？　そんなに妹君のことが大事ですか？」

「アライスのためではない」

王座に深く腰掛け、私は微笑んだ。

「アライスにあれを砕かせたのは誰だ？　『神』を殺し、この国を救ったのは誰だ？　アライスか？　国民か？　いや、違う。この私だ。すべては私の矜持のため。アライスのためでも国のためでもない。すべて私自身のために行ったこと。私は私自身を救ったのだ」

「そんなこと誰も知りゃしません」

「夢とはそういうものだろう？」

この大地の下、人知れず咲く彩輝晶の花。仄《ほの》かな光を纏いながら音もなく散る花片。

私の夢も花になる。そう思えば、救われる。

「私にはわかりません」

サファルは頑《かたく》なに首を振る。

いいや、わかっているはずだ。お前は私とともに歩み、私と同じ夢を見てきたのだから。

影は人の夢を喰う。そうやって時空を得て、人として生まれ変わる。誰の心にも影は棲む。すべての人間は、人間であると同時に影でもある。

「サファル、今までよく私につき合ってくれた。もういい。充分だ。私の時空、お前が生きろ」

にわかにあたりが騒がしくなった。

剣戟《けんげき》の音。階段を駆け上ってくる足音。

「寄るな！　穢れし者め！」

イーツェフがかん高い声を張り上げる。

「ここは神のおわす神聖な場所だ！　恥を知れ！」

シャマール神聖騎士団が最後の抵抗を試みる。銀色に煌めく甲冑、揺れる白い房飾り、その間を割って、一人の女が階段を駆けあがってくる。

「女ッ、天上郭を穢すつもりかッ！」

叫ぶイーツェフをアライスは一撃で斬り殺した。

煤《すす》けた白い頬。焼け焦《こ》げ縮れた白金の髪。彼女は血に染まった曲刀を手に、私に向かって走ってくる。

そうだ。走れアライス。

走って走って走り続けたその先に、きっとお前は見るのだろう。今まで誰も見たことのない理想の国を。走り続けた者だけが見る夢の世界を。私には決して見ることの出来ない世界を。

アライスが曲刀を振りかぶる。私の喉を切り裂こうとした刃が……その直前で止まった。

点々と剣先から血が滴《したた》る。青碧の瞳が私を凝視する。鬼《グル》のような形相が困惑と戸惑いに変わっていく。曲刀を支える手がぶるぶると震え出す。

そんな彼女を見上げ、私は言った。

「昔、お前は言ったな。『私は頭が悪いから、難しいことを考えるのはお前に任せる』と。『そのかわり私はうんと強くなって、この国を守る』と」

そして、軽やかに笑ってみせる。

「なあ、それでいいじゃないか？」

視界がぼやける。体が崩れていく。

緩やかに、闇が降りてくる。

「ツェドカ陛下」

畏まったサファルの声が聞こえる。

「私が王と認めるのは貴方だけ。貴方は誰よりも優れた、素晴らしい王でした」

その声は子守歌のように優しく温かく、私を深い眠りへと誘う。

「どうかごゆるりとおやすみ下さい。ツェドカ陛下、唯一無二の我が主」

穏やかな眠り。

もう夢は見ずにすむだろう。

終　幕

夢売りの掌《てのひら》に咲く闇輝晶《あんきしょう》。

その漆黒《しっこく》の花を見つめ、夜の王は呟いた。

「アイナとオープ、母とアルティヤ、ケナファ侯、名前すら知らない騎士達、数多くの民兵、そしてツェドカも、私を王にするために死んだ」

「強制されたわけではありません。自らそれを選んだのです。自分の夢を投げ出して、貴方に未来を託したのです」

「だが、私はまだ何もしていない」

夜の王は拳を握りしめる。

「私には……王になる資格などない」

「それは言い訳ですか？」

泣き言を許さない厳しい声。闇輝晶の瞳で夢売りは王を見上げる。

「王はなるものではございません。選ばれるものです。多くの者が貴方の足下に己の夢を積みあげ、貴方が王になることを望んだ。貴方は選ばれた。王として、この国の民に選ばれたのです」

夢売りは掌を前に突き出した。

闇色の花が、そこに秘められていた夢が散っていく。

「我が主《あるじ》は言いました。『私の時空をお前が生きろ』と。ですが私は、初めて主の命《めい》に背きました」

花が散る。それと同時に夢売りの手も色を失い、薄い霧となって溶けていく。

「待て」

夜の王は立ちあがり、王座から石床へと駆けおりる。

「人から得た夢が影を人間にするなら、それを費やしてしまったお前はどうなる？」

「影は己の時空を持ちません。時空を使い果たせば無に還《かえ》る」

「なぜだ？」

王は夢売りの手を摑もうとした。けれど夢売りの手は儚《はかな》い夢のように霧散する。

「人として生まれ変わる機会を捨ててまで、お前はなぜ私に夢を見せた？　お前の『命』と引き替えに、お前の主がお前に与えた『夢』と引き替えに、お前は何を得ようというのだ」

白い霧の中、夢売りは誇らしげに微笑んだ。

「——自分自身の救済《夜明け》を」

広間を支配していた夜の気配が薄れていく。

それと同じく、夢売りの姿もおぼろげになっていく。

「真実は誰も知らない。真の英雄は誰の記憶にも残らない。でも貴方はすべてを見た。すべては貴方に宿った。この国を救ったのは誰か、真の英雄は誰だったのか、これで貴方は忘れない。私は夢を叶《かな》えた。私は自分自身を救ったのです」

夜の宮殿に光がさす。

「大地の地下深くに眠る彩輝晶。それは人々の叶わぬ夢で出来ている。叶うことのなかった数多《あまた》の夢が、このイーゴゥ大陸を支えている。貴方が立つこの大地は幾万の、幾億の叶わなかった夢で出来ている」

白く清冽《せいれつ》な夜明けの光。

「貴方は今までずっと、夢の上を歩いてきたのですよ」

光の中、夢売りの姿は霧となって消え、その声だけが耳に残る。

「さあ、目を覚ましなさい。
この国に、貴方自身に、夜明けをもたらすために」

「姫――起きて下さい、アライス姫」

名を呼ばれ、私は目を開いた。

イズガータ様が私の顔を覗き込んでいる。その口元には呆れたような、困ったような笑みが浮かんでいる。

「ご準備下さい。戴冠式が始まります」

「う……ん？」

まだ目覚めきっていない頭を振り、私は周囲を見廻した。

石造りの柱と弧を描く天井。天高く聳《そび》えた鐘楼《しょうろう》。天上郭の大広間だ。

「こんな時に居眠りとは大胆ですねぇ？」

「お前は黙っていろ」

イズガータ様がアーディン副団長を一喝《いっかつ》する。二人とも見慣れた甲冑《かっちゅう》姿ではなく、華やかな白い礼装に身を包んでいる。

「参りましょう、アライス姫」

同じく白い礼服を纏《まと》ったダカールが、私に曲刀を差し出す。

私とは一歳違いのダカール。なのに彼は三十路《みそじ》か、それよりも年輩に見える。そんな彼を見るたび、胸の奥がつきんと痛む。私を守るため、彼が費やしてきた時空を思う。

「まだ迷ってるのか？」

私の耳に口を寄せ、ダカールは囁く。

「いい加減目を覚ませ。もう『私には王の資格はない』とか、『私は王を殺していない』とか、甘ったれたことを抜かしている場合じゃないだろ」

私を見て、眉を寄せ、困ったような笑顔を見せる。

「大丈夫。君には僕達がついてる。どんなことがあっても僕達が君を支える。だから君は今まで通り、夢に向かって走ればいい」

夢はいつか覚めるもの。どんな夢もいつかは終わる。

けれど、夢は終わっても人生は続く。きっとまた夢を見る。

彼が、そう教えてくれた。

私は立ちあがり、ダカールから曲刀を受け取った。

剣帯に曲刀を吊す。金糸の刺繡《ししゅう》で飾られた白い上衣。その上に白い天鵞絨《マフマル》のマントを羽織り、長い裾を引きながら、階下の大聖堂に向かって歩き出す。

イズガータ様とアーディン副団長に先導され、白い階段を下る。石壁に食い込んだ矢尻。床に残る刀傷。まだ生々しい傷跡。ここで繰り広げられた戦いの記憶。

今後、おそらく幾たびも、私は悪夢にうなされるだろう。私が手にかけてきた者達の声に怯え、私のために死んだ者達を悼《いた》み、眠れぬ夜を過ごすだろう。これでよかったのか。私のしたことは正しかったのか。本当にこの道しかなかったのか。繰り返し自問し、煩悶《はんもん》し続けるだろう。

正面に大扉が現れる。光神サマーアの印は削り落とされ、かわりに大きな旗が飾られている。黒地に白い睡蓮《すいれん》の花をあしらった新しい国の旗。睡蓮の花《アライス・アルニール》の紋章。

イズガータ様は扉の前で立ち止まり、私を振り返る。

「準備はよろしいですか？」

私は無言で顎を引き、頷いた。

鎖が巻き上げられる音がする。大扉が開かれる。

湧き上がる拍手。人々の歓声。飾り窓から差し込む色とりどりの光が、みんなの顔を照らしている。きらきらと笑顔が輝く。その一つ一つが、ああ、まるで彩輝晶《さいきしょう》のようだ。

かつてこの地にあったというイーゴゥ国。その最後の女王サマーアと従者アゴニスタが夢見た世界。平和で自由で平等な理想世界。それを実現するには、まだまだ障壁が残っている。

人の中には影が棲む。頭上を覆っていた恐怖の神は消え、私達は解き放たれた。行動を抑制する者はもういない。私達は自由だ。私達は何にでも――神にも鬼《グル》にもなれるのだ。

百年先《サナ》、二百年先《サナ》、この国はどうなっているだろう。光を忘れ、闇に支配されているだろうか。見る影もなく荒廃し、争いの絶えない戦乱の世に逆戻りしているだろうか。

わからない。

それでも、歩いていくしかない。

私はまだ何もしていない。何の約束も果たしていない。

歩いて、歩いて、歩き続けたその先に、理想の世界があるという保証はない。

絶望するかもしれない。

後悔するかもしれない。

それでも、私は歩いていこう。私が生きている間には叶わないかもしれないけれど、一歩一歩、数多の夢を踏みしめながら。昨日よりも今日、今日よりも明日が、より良い日になると信じて。この一歩が、理想の世界に続くと信じて。
そして、いつか私も花になろう。この大地を支える夢になろう。
私には夢がある。叶えたい夢がある。
それが花になる日まで――

歩いていこう。
夢の上を。

〈了〉

あとがき

このたびは『夜を統べる王と六つの輝晶』をお手にとっていただきまして、まことにありがとうございます。この物語――原題は『夢の上』といいまして、中央公論新社のC★NOVELSから刊行されておりました。

二〇一〇年九月に『夢の上』の第一巻が、翌年の一月に第二巻が出まして、五月発売に向けて第三巻の校正作業をしている時でした。これまで経験したことのない強い地震に見舞われました。

東日本大震災でした。

私が住んでいる地域では駐車場が液状化したり、家の外壁にひびが入ったりしましたが、大きな被害は出ませんでした。けれど災害の大きさを知るにつれ、恐ろしくて身が震えました。第三巻の読み直しをしながら、テレビから目が離せませんでした。自然災害の恐ろしさを痛感するとともに、変わらない日常生活を続けていることに罪悪感を覚えました。

この時にも恐ろしい想いをしている人がいる。大勢の人が助けを求めている。こんな非常時に虚構の物語なんか書いている場合じゃないだろう。もっと他にしなきゃいけないことがあるだろう。焦燥に駆られながらも、実際には何も出来ない、何の役にも立てない、自分の無力さに打ちのめされました。それでも現状が知りたくて、闇雲に情報を読みあさっている時、偶然、ある書き込みを目にしました。

名前もわからないその人は、余震が続く中、こう呟いていました。

「『夢の上』の三巻を読むまで死ねない」

あれを目にした時の感情は、今でも言葉に出来ません。感動しましたし、救われたとも思いました。罪悪感と責任感とがない交ぜになって、ボロボロ泣いた覚えがあります。

私の仕事は書くことだ。打ちのめされた人々が再び立ち上がる物語を、決して諦めない人々の物語を、困難を乗り越えていく人々の物語を書き続けることだ。

そう心に誓ってから、早九年が過ぎました。

東日本大震災の復興もままならないうちに大きな地震が相次ぎました。近年は大雨や台風の災害もありました。COVID19の流行につきましては、いまだ予断を許さない状況が続いております。被害に遭われた皆さまには、心からお見舞いを申し上げます。どうか一日も早く復旧がなされますように。一刻も早く皆さまの心に平穏が戻りますように。現在進行形で私達の健康と生活を脅かしている病禍が早く収束に向いますように。

この九年間、些細なことではありますが、私も様々な問題に突き当たってきました。先行き不安な閉塞感の中、途方に暮れたこともありました。暗くて重い物語は流行らないよ、大口叩く前に作家として生き残れるかどうかを心配しなさいよという声に、心が折れそうになったこともありました。

そんな時、あの一言を思い出しました。あの呟きが私を救ってくれたように、私も誰かを励ましたい。読み終わった後に「もう少しだけ頑張ってみようか」と、思って貰えるような物語を書き続けたい。それが今の私の夢です。これからも、おっかなびっくり歩いていこうと思います。温かい目で見守っていただけましたら幸甚です。

文庫化にあたり、膨大な加筆修正による地獄の編集作業をこなしてくださいました担当編集のMさま、本当にお世話になりました。幻想的な表紙絵を書いて下さいました㋐㋷㋜㋣レーターさま、私のヘナチョコ手描き地図を美しい地図に仕上げて下さいました平面惑星さま、ありがとうございました。校閲さま、デザイナーさまをはじめ、『夢の上』の文庫化にご助力ご尽力下さいましたすべての方々に厚く御礼申し上げます。

そして何よりも、最後までお付き合い下さいました貴方に最大の感謝を。この物語が貴方を励まし、楽しませることが出来たなら、それに勝る喜びはございません。

二〇二〇年三月

多崎　礼

本書は『夢の上3　光輝晶・闇輝晶』（二〇一一年五月C★NOVELS刊）に加筆訂正し、改題したものです。

地図作成　平面惑星

中公文庫

夢《ゆめ》の上《うえ》
夜《よる》を統《す》べる王《おう》と六《むっ》つの輝晶《きしょう》3

2020年4月25日　初版発行

著　者　多《た》崎《さき》　礼《れい》

発行者　松田陽三

発行所　中央公論新社
〒100-8152　東京都千代田区大手町1-7-1
電話　販売　03-5299-1730　編集　03-5299-1890
URL http://www.chuko.co.jp/

DTP　ハンズ・ミケ
印　刷　三晃印刷
製　本　小泉製本

Published by CHUOKORON-SHINSHA, INC.
Printed in Japan　ISBN978-4-12-206871-1 C1193